판소리 더늠의 시학

판소리 더늠의 시학

정양 지음

문학동네

책머리에

    판소리는 많은 더늠들을 얼개삼아 짜여진 예술이다. 더늠이라는 말은 '더 넣음'의 준말이다. 어떤 소리꾼이 어느 대목을 유난히 즐겨 부르고 음악적으로 남들보다 더 세련되게 표현할 때 그 대목을 그 소리꾼의 더늠이라고 일컫는다. 십여 년 판소리를 강의하는 동안 나는 판소리의 여러 연구영역 중에서 주로 그 더늠들에 관심이 많았다. 소리꾼들의 각별한 공력으로 다듬어진 그 더늠들이 판소리의 진국으로 여겨졌기 때문이다.

    이 책은 판소리의 더늠에 관한 그 동안의 내 관심을 정리해본 것이다. 판소리의 눈대목이 되어온 그 더늠들 속에는 판소리가 겪어온 굴절의 양상과 함께 평민문화의 기수 역할을 감당하던 판소리의 진면목이 선명하게 살아 있다. 또한 오랜 세월 동안 농축되어 있는 판소리 청중들의 꿈과 한과 신명이 생생하게 드러나기도 하고, 민담과 판소리와 근대소설의 혈연관계가 확인되기도 한다. 그 더늠들 속에는 또 양반문화에 대한 부러움과 폄하, 천민자본주의에 대한 혐오와 비난이 회화적으로 혼재되어 있기도 하다. 애초에 논문으로 썼던 글을 이 책을 엮으면서 어렵사리 그 틀을 깨보았다. 좀더 편하게 읽힐 수 있을지 모르겠다.

식민지시대의 유성기 음반들 중 학계에 아직 그 내용이 소개되지 않은 리갈 음반을 중심으로 판소리 단가에 해당되는 노랫말들을 찾아 이 책의 부록으로 삼았다. 이미 학계에 소개되어 있는 콜롬비아, 빅타, 오케이, 시에론 등의 음반들 중에서도 판소리 단가에 속하는 노랫말을 찾아 중복을 피하여 정리하였다. 식민지시대 유성기 음반에 수록된 판소리 단가들은 노랫말이 같으면서 제목이 다르거나, 제목은 같지만 노랫말이 서로 다른 경우가 많았고, 표기법에도 일관성이 없어 정리작업에 어려움이 많았다. 원문대로 정리하면서 읽는 이들의 편의를 위하여 띄어쓰기는 임의로 해보았다. SP음반의 시간적 제약 때문에 노랫말이 잘린 음반이 많아서 아쉽다. 아직 해당 학계에 소개되지 않은 단가들이 여러 편 정리된 것을 보람으로 여긴다. 관심 있는 이들에게 다소라도 도움이 되었으면 한다.

2001년 겨울 전주 두물머리에서

鄭洋

| 차례 |

1. 〈불수빈〉 정정렬 창
2. 〈고고쳔변〉 임방울 창
3. 〈로화월〉 심상건 창
4. 〈조어환주〉 이소향 창
5. 〈초로인생〉 오태석 창
6. 〈편시춘〉 이선유 창
7. 〈대관강산〉 이금홍 창
8. 〈진국명산〉 박록주 창
9. 〈텬지광탕〉 이선유 창
10. 〈초한가〉 김유앵 창
11. 〈초한가〉 김옥선 창
12. 〈백구야 날지 마라〉 권농선 창
13. 〈강상풍월〉 박소춘 창
14. 〈운담풍경〉 강춘섭 창
15. 〈청춘원〉 이소향 창
16. 〈어화 세상〉 오비취 창
17. 〈죽장망혜〉 이동백 창
18. 〈죽장망혜〉 오비취 창
19. 〈태평천지〉 오비취 창

20. 〈명기명창〉 박소춘 창
21. 〈청류원〉 정남희 창
22. 〈청춘을 허송 마라〉 정남희 창
23. 〈가자 어서 가〉 오비취 창
24. 〈경기가〉 정남희 창
25. 〈탐승가〉 정남희 창
26. 〈남원산성〉 조농옥 창
27. 〈화류정한〉 정남희 창
28. 〈천하태평〉 신숙 창
29. 〈청루가인곡〉 정남희 창
30. 〈몽유가〉 심상건 창
31. 〈소상팔경〉 심상건 창
32. 〈소상팔경〉 이화중선 창
33. 〈만고강산〉 이화중선 창
34. 〈팔도강산〉 박중근 창
35. 〈싹타령〉 한농선 창

놀부의 심술과 도깨비의 심술
─심술타령을 중심으로

1. 도깨비 민담과 끌어내리기

마음 착한 흥부가 인간적이라면 악한 놀부 또한 인간적이다. '인간적'이라는 말은 그 쓰임이 한결같지 않다. 대개는 인정이 많다든지 사려가 깊다든지 한이 많거나 자비롭거나 관대한 경우에 긍정적 의미로 쓰이지만 경우에 따라서는 야비함 포악함 간사함 잔인함 잡스러움 심술궂음 등등 인간의 부정적 속성을 일컬을 때에도 역시 그 인간적이라는 말을 쓴다. 인간이 지닌 그런 양면적 속성 때문에 인간적이라는 말이 그 어느 쪽으로 쓰이더라도 그런 어법을 탓할 수는 없다. 어차피 인간은 신과 짐승의 중간자적 입장에서 상반되는 정신영역을 수용하며 살아야 하고 거기에 따르는 모순과 갈등으로 이런저런 말썽들을 빚으면서 문화를 형성해왔기 때문이다. 따라서 성(聖)과 속(俗), 미추, 애증, 희비 등등 인간적인 것을 축으로 삼아 매달려 있는 이러한 상반되는 가치개념들은 그것이 반드시 상반되기만 하는 것이 아니고 경우에 따라서는 서로 상대적 가치를 유지한다. 판소리 〈흥부가〉와 같은 선악, 빈부에 관한 담론 또한 '인간적인 것'을 축으로 삼은 상대적 상호보완적 가치개념으로 문화사에 얼룩져온 한 전형일 것이다.

악마에게 영혼을 저당잡히고 인간적 꿈과 진실을 추구했던 중세 유럽 민담 속의 파우스트는 신에 대한 두려움, 교회의 거대한 권력, 봉건적 신분제도 등등의 중세적 속박으로부터 해방되고자 하는 민중들의 꿈이 빚어낸 인물이다. 파우스트는 반교회적 반봉건적 모습으로 민담 속에서 성장하여 T.말로우, 괴테, 토마스 만 등을 거쳐 오늘에 이르고 있는데, 악마에게 영혼을 팔아 사후에 악마의 꼭두각시가 되더라도, 살아서 신의 질서에 편입해보고 싶었던 그의 꿈은 아직껏 비극인 채로 인류문화에 점철되고 있거니와, 신과 인간과의 관계에서 야기되는 여러 가지 갈등을 그보다 소박하게 수용하여 인간의 꿈을 실현시키고자 했던 것이 한국의 도깨비 민담인 것 같다.

신의 세계를 인간적 질서로 치환시킨 그리스 로마 신화나 파우스트에 관한 유럽의 민담들이 신과 인간과의 갈등에서 야기되는 인간중심적 세계관에 의해서 형성된 것들인바, 〈흥부가〉 형성의 주요 배경이 되었으리라고 여겨지는 한국의 도깨비 민담은 그 인간중심적 세계관이 한결 심화되어 있어서 흥미롭다. 파우스트가 어떻게든 신의 질서에 편입하고자 안간힘을 쓰는 데에 비하여 도깨비 민담은 거침없이 그 신을 인간의 차원으로 끌어내리고 인간 중에서도 단순하고 지능이 낮은 인간으로 끌어내리어 그의 어리석음을 이용하기도 하고 심지어는 짐승의 차원으로 끌어내리어 짓밟으며 그를 즐기기도 한다.

　도깨비 민담 속에는 도깨비의 외모에 대한 구체적인 언급이 없다. 신체의 부분부분에 대해서만 약간씩의 묘사가 있을 뿐이다. 그것이 신과 인간과 짐승 중에서 인간 쪽에 더 가까운 것 같긴 하지만 그 모두에 대한 막연한 가능성을 상상을 통하여 종합하게 하는 것이 도깨비의 외모다. 도깨비는 신과 같은 초능력을 지니고 있기도 하고 인간과 비슷한 생활습관이나 약점들을 지니기도 하고 인간이 소원을 성취하기 위한 수단으로 이용해먹을 정도로 어리석기도 하고 더러는 그 머리나 엉덩이에 뿔이나 꼬리가 달려 있어서 짐승처럼 여겨지기도 하는데, 상상의 베일에 가려진 도깨비의 외모는 도깨비 민담이 지니고 있는 그 모든 신과 인간과 짐승의 속성들을 다 허용하도록 하는 구실을 감당하고 있는 셈이다.

　도깨비 민담 속에서 도깨비와 관계를 가지는 인물들의 계층이 한결같이 평민들이라는 것도 주목할 만한 점이다. 그 어느 도깨비 민담에도 권력층이나 귀족이 등장하지 않는다. 다른 민담에서 초월적 구조자로서의 신이나 권력이나 귀족의 기능을 도깨비 민담에서는 도깨비가 도맡아 하고 있다. 그리고 비판의 대상으로서의 그들에게 주어진 구실도 희화화된 도깨비가 도맡아 감당하고 있다. 예속과 복종을 강요하던 신이나 신과 동일시되던 지배권력의 횡포를 감당해 나가기 위해서 한국의 평민들은 도깨비라는 해학을 만들어 그들의 슬픔과 한, 그들의 비극적 운명을 투사시키며 이를 생활화해온 것 같다. 파우스트가 신의 권위와 중압감에 대한 반항으로 인간을 신의 차원으로 끌어올리려 했던 비극적 영웅이었다면 한국의 평민들은 신이나 절대권력을 평민의 차원으로 끌어내리고 다시 짐승의 차원으로까지 끌어내리면서 그것들을 즐겼다. 도깨비라는 한국적 해학,

도깨비라는 상징의 근거는 바로 그러한 측면에서 밝혀져야 한다.

밤마다 꿈속에서 주인이 되는 머슴, 꿈속에서 주인을 머슴으로 부리면서 참담한 현실을 견디던 민담 속의 머슴처럼 한국의 평민들은 그들 가슴에 인 박인 한의 불덩어리를 도깨비불이라는 매체에 투사시키고 그 불에다 꿈과 현실을 접합시키어 그들 나름대로의 카타르시스를 성공적으로 수행하고 있었다. 민담 속의 도깨비들은 그들이 아무리 신과 같은 초능력을 지니고 있다고 하더라도 먹고 마시고 노래하고 춤추기를 즐기는 인간들을 닮아 있다. 아무리 조화를 부린다 할지라도 그들은 흔해빠진 메밀묵 따위나 좋아하다가 그 좋아하는 것에 덜미가 잡히어 비참하게 이용이나 당하고, 가려운 데를 자꾸 긁고 싶은 인간의 성정처럼 자기 약점인 왼다리를 수시로 확인해보지 않고는 못 배기어 만나는 사람에게마다 자꾸만 씨름을 하자고 졸라대기도 한다. 평민들의 가슴속에 맺힌 그 불덩어리는 때때로 그들의 머리나 엉덩이에 뿔이나 꼬리를 달아두기도 했다.

도깨비 민담에서 우리가 주목해야 하는 또 한 가지 특성은 대부분의 도깨비가 맹목적인 심술을 부린다는 점이다. 도깨비는 그 심술에 관한 한 잘못을 뉘우치는 일이 없다. 그 심술 때문에 번번이 피해를 보면서도 고집스럽게 그 심술을 포기하지 않는다. 도깨비 민담에 등장하는 평민들은 도깨비의 그 맹목적 심술 때문에 피해를 입기도 하지만 그 우직한 심술을 역이용하여 부자가 되기도 한다. 신의 횡포를 심술로 격하시키고 오히려 그것을 이용함으로써 신적 권위를 훼손시키고 이익을 보는 것이 도깨비 민담의 기본틀이다. 도깨비는 바로 그가 지닌 초인적 힘과 무분별하고 거칠고 맹목적인 심술과 자유분방한 원시적 감정으로 신과 권력에 투사된 이데아이며 그러한 무의식의 층에서 발효된 원형적 이미지다.

신의 권위를 끌어내리어 이용하고 즐기는 도깨비 민담의 기본 틀은 탈놀이나 판소리 같은 이조 후기 평민문화를 빚어내는 데 크게 기여하고 있는 것 같다. 졸고 「닮아가기와 끌어내리기」에서 〈춘향가〉의 판소리적 감동이 양반을 닮아가려는 노력보다는 양반 끌어내리기를 통해서 완성되는 과정을 헤아려보았거니와, 도깨비 민담의 도깨비가 이조 후기 서사문화 속에서는 곧바로 부자나 양반이나 전형적 악인으로 자리바꿈되어 그들을 끌어내리는 서사관행을 보이고 있는데, 〈심청가〉의 뺑덕어미, 〈춘향가〉의 변학도, 〈적벽가〉의 조조, 〈흥부가〉의 놀부, 「호질」의 북곽선생, 「옹고집전」의 옹고집 등 비난이나 미움의 표적이 되어 있는 그들 부정적 인간형들은 그 양상이 한결같지는 않지만, 끌어내리기를 통해서 희화화시키는 도깨비 민담의 기본 틀과 그에 수반되는 도깨비적 속성을 상당부분 공유하고 있는 것으로 여겨진다.

이 글은 조선 후기 서사문화 속에서 부정적 인간형으로 알려져 있는 인물들 중 놀부를 표본으로 삼아 그에 관한 심술타령을 분석함으로써 도깨비 이미지가 놀부 화소를 통하여 어떻게 되살아나 있는가를 밝혀보고자 한다.

2. 근시적 열등의식과 맹목적 심술

조선 후기 서사문화 속의 부정적 인간형들은 정도의 차이는 있지만 그들이 모두 편집증에 사로잡힌 인물들이라는 점에서 우선 도깨비를 닮아 있다. 변학도나 뺑덕어미는 부도덕한 향락에 매달려 있고 조조는 부당한 권력에, 북곽은 사대부의 위선과 허명에, 옹고집과 놀부는 각각 부에 매달려 그것들에 대한 과도한 비도덕적 집착 때문에 비난이나 미움을 받는다. 민담의 도깨비들도 대개는 그 비슷한 과도한 집착 때문에 고집스럽고, 그 고집 때문에 지능이 낮은 우직한 짓을 하게 되고 그 결과 앞서 말한 바처럼 정상적인 사람들에게 이용을 당한다. 그 고집과 우직함은 심술이라는 무의식적 반작용으로 표현되는데 그 심술은 어떤 목적의식과 결부된 경우도 없지 않지만 대개는 맹목적이다. 자신을 놀림감으로 만들면서 이용해먹는 불특정 다수의 인간들에 대한 막연한 적대감의 표현인 경우가 많다. 심술타령에 관한 한 놀부의 심술도 그 대부분이 맹목적이고, 불특정 다수에 대한 막연한 적대감의 표현이라는 점에서 도깨비의 심술과 만만찮은 혈연관계임을 드러낸다.

세상일에 대한 도깨비들의 근시안적 태도 또한 조선 후기 서사문화의 부정적 인간형들에 일관되어 있는 요소이기도 하다. 도깨비의 근시안적 태도는 다분히 그들이 지니고 있는 인간에 대한 열등감을 바탕삼고 있는데 그 열등의식은 조선 후기 서사문화의 부정적 인간형들이 공유하고 있는 성격형성상의 특성이기도 하다. 뺑덕어미는 곽씨부인에게, 옹고집은 가짜 옹고집에게, 변학도는 이몽룡에게, 그리고 놀부는 흥부에게 나름대로의 열등의식을 지닌 상태로 이야기가 전개되고 있다.

그 열등의식과 근시안적 태도는 각각 별개의 것들이 아니라 서로 긴밀한 상호작용을 통하여 형성되는 성질의 것이다. 도깨비 민담이나 조선 후기 서사물의 부정적 인간형들에게서 자주 나타나는 '심술'은 그들의 편집증에서 오는 지나친 집착과 우직함, 그리고 열등의식과 근시안적 태도의 총체적 표현인 셈이다. 신의 권위와 횡포를 도깨비의 심술로 격하시키어 놀림감으로 삼는 도깨비 민담처럼 〈흥부가〉도 조선 후기사회의 천민자본의 횡포를 놀부의 심술로 매도하면서 그것을 즐기고 있다.

심술타령은 〈홍부가〉의 초압에서 놀부라는 부정적 인간형의 면모를 파악하게 하는 안내의 구실을 하고 있는데, 창본마다 심술의 유형이 다양하게 확대되고 있어서 판소리의 적층성과 개방성을 한결 실감나게 하는 대목이기도 하다.

사람마다 오장육부로되 놀보는 오장칠분 것이 心事腑 한나이 왼편 갈비 밑에 병부 줌치 찬 듯하야 밧긔서 보와도 알기 쉽게 달려 있어 심사가 無論四節허고 一望無際 나오는데 똑 이렇게 나오것다.

本命方에 벌목하고, 蠶絲角에 집짓기와, 五鬼方에 이사 勸코, 三災든 데 혼인하기, 洞內主山 팔아먹고, 남의 선산 투장하기, 길 가는 과객양반 재일 듯이 붙들었다 해가 지면 내여쫓고, 일년 雇工 外商 사경 농사지어 추수하면 옷을 벗겨 내여쫓기, 초상난 데 노래하고, 역신 든 데 개잡기와, 남의 노적 불지르고, 가뭄농사 물고 베기, 불 붙는 데 부채질, 夜葬할 때 왜장치기, 혼인발에 바람 넣고, 길 가운데 虛房 놓고, 외상술값 억지쓰기, 견동다리 딴족 치고, 소경 의복 뚱칠하기, 배 앓는 놈 살구 주고, 잠든 놈께 뜸질하기, 닷는 놈 깨발 내치고, 곱사등이 자쳐놓기, 맺는 호박 넌출 끊고, 패는 곡식 모개 뽑기, 술 먹으면 후욕(后辱)하고, 場市間에 臆買하기, 좋은 망건 편자 끊고, 새갓 보면 땀대 띠기, 궁반 보면 관을 찢고, 걸인 보면 자루 찢기, 喪人 잡고 춤추기와, 여승 보면 겁탈하기, 새 초분에 불지르고, 小大祥에 祭廳치기, 아 밴 계집 배통 차고, 우는 아이 똥 먹이기, 원로 행인 노비 도적, 急走軍잡고 실강이질, 官差使의 傳令 도적, 鎭營校卒 막장 뺏기, 지관 보면 패철 뺏고, 의원 보면 침 도적질, 물 인 계집 입맞추고, 喪輿軍 놈 刑問 치기, 만만한 놈 뺨치기와, 고단한 놈 험담하기, 채소밭에 물똥 싸고, 수박밭에 외

손질과, 小木匠人 대패 뺏고, 초란이패 탈짐 도적, 옹기짐에 작대 차고, 장독간에 독 던지기, 소매 따기 도쟈속금, 고무도적 끝먹기와, 다담상에 흙덩이질, 計買할 때 뼈 감추기, 어린아기 불알 발라 말총으로 호와 매고, 약한 노인 엎지르고 마른 黃門 쌩짜 하기, 제줏병에 개똥 넣고, 蛇酒병에 비상 넣기, 곡식밭에 우마 몰고, 부형연갑 벗질하기, 귀먹은 이 욕하기와, 소리할 때 잔말하기,

날이 새면 行惡질, 밤이 들면 도적질을 평생에 일삼으니 제 어미 붙을 놈이 삼강을 아느냐 오륜을 아느냐, 굳기가 돌덩이요, 욕심이 쪽제비라, 네모 난 송곳으로 이마를 부비어도 진물 한 점 아니 나고 대장간 불집게로 불알을 꽉 집어도 눈도 아니 깜작인다.(신재효본)

기록으로 남아 있는 심술타령들 중에서 위에 인용한 신재효본이 가장 길고, 현행 창본들 중에는 김연수 창본이 가장 길다. 심술타령이 창본에 따라 길고 짧은 것에 특별한 의미가 있는 것 같지는 않다. 해당 사설의 연행 당시의 여건이나 창본이 기록될 때의 여건에 따라 그 길이가 늘기도 줄기도 했을 것이다. 더구나 이 심술타령처럼 특별한 짜임이 있는 것도 아닌, 비슷비슷한 내용들이 단순히 열거되어 있는 경우에는 그 길이가 상황에 따라 창자에 의해서 적당히 신축되었을 것이다.

여러 창본들 속에 나타나는 놀부 심술은 도합 150가지가 넘는다. 애초에 구어투의 심술타령이 신재효본에 이르러 한문투가 많이 섞인 내용으로 변개되었던 것 같다. 현행 〈흥부가〉 창본들의 심술타령은 신재효본을 바탕삼아 가감 변화된 것으로 여겨지는데, 그렇게 심술타령이 확장되어 있을 만큼 심술타령에 대한 청중들의 반응이 만만치 않았다는 점에 대해서는 일단 주목해볼 필요가 있다.

부분부분 약간의 변화가 있기는 하지만 대부분 자진머리 한 장단에 심술 하나씩 열거하는 단순한 얼개로 짜여 있는 이 심술타령이 150가지 이상으로 확대될 수 있었던 것은 그에 관한 음악적 관심 때문이라기보다는 각각의 심술마다 지니고 있는 파격성, 곧 그 사설이 제공하는 비일상적 자극과 그에 수반되는 매력 때문이었을 것이다.

　놀부 심술타령은 대부분의 창본마다 크게 서사 본사 결사 세 부분으로 나누어지는데, 이 글은 놀부 심술타령의 음악성보다는 각 심술의 성격과 그 의미를 분석하는 일에 비중을 두면서 놀부의 심술과 도깨비 심술과의 관련성을 짚어가고자 한다.

　　사람마다 오장육부로되 놀보는 오장칠분 것이 心事腑 한나이 왼편 갈비 밑에 병부 줌치 찬 듯하야 밧긔서 보와도 알기 쉽게 달려 있어 심사가 無論四節허고 一望無際 나오는데 똑 이렇게 나오것따.

　놀부 심술타령의 서사에 해당하는 부분이다. '심사부(心事腑)'는 대부분의 다른 창본에서는 심술보로 부른다. "밧긔서 보와도 알기 쉽게" "병부 줌치 찬 듯" 매달려 있는 심사부는 놀부라는 인물의 비정상적 외모와 그에 따른 비정상적 성격을 암시하고자 한다. 심술타령의 서사라고 볼 수 있는 이 부분은 이렇듯 놀부가 비정상적 인물이라는 점을 우선 강조하고 있다. 그것은 곧 천민부호에 대한 적개심의 회화적 표현이면서 도깨비 민담적 끌어내리기가 시작되는 전주곡이기도 하다. 도깨비 민담이나 도깨비의 심술에 익숙해 있던 당대의 청중들에게 놀부에 대한 이러한 언급은 머리에 뿔이 나 있는, 혹은 엉덩이에 꼬리가 달린 도깨비를 당연히 연상시켰을 것이다. "무론사절(無論四節)허고 일망무제(一望無際)"로 나온

다는 전천후적 한도 끝도 없는 놀부의 심술은 놀부에게 들씌우고
자 하는 그러한 도깨비 이미지를 확실하게 돕고 있다.

本命方에 벌목하고, 蠶絲角에 집짓기와, 五鬼方에 이사 勸코, 三災든
데 혼인하기

심술타령의 본사가 시작되는 부분이다. "초상난 데 개잡고, 불
붙는 데 부채질, 해산한 데 개잡기……" 등으로 시작되는 경판본
〈흥부가〉의 토속적 사설에 비하여 한문투로 시작하는 이 신재효본
은 이후의 대부분의 〈흥부가〉 창본에 절대적인 영향을 미치고 있다.
  음양오행설이나 풍수지리설이 상식화되어 있던 당대의 문화에
대한 놀부의 이러한 도전은 문면상으로 보면 과격한 진보주의자임
을 강조하는 것처럼 여겨지기도 한다. 그러나 사실은 벌목하고 집
짓고 이사하고 혼인하는 사람은 놀부가 아니다. "이사 勸코"에서처
럼 벌목을 시키고 집을 짓도록 해서 남에게 동티나 나게 만들고 혼
인을 하게 권하여 남들의 불행을 즐긴다는 등의 내용을 자진머리
가락에 맞게 줄여서 표현한 것일 뿐이다.

본명방에 벌목하고, 오귀방에 이사 권코, 잠사각에 집 짓게 하기
(정광수 창본)
대장군방 벌목해, 오귀방에 이사 권코, 삼살방에 집 짓기고(박동진
창본)
대장군방 벌목하고 삼살방에 집을 짓게 오귀방 이사 권코(박헌봉
창본)
상문방에 벌목허고, 오귀방에 이사 권코 잠사각에 집짓키(이선유

창본)

대장군방 벌목시켜 오귀방에 이사 권코 삼살방에다 집 짓기고(박봉술 창본)

인용한 부분들을 보면 벌목하고 이사하고 집짓는 사람이 놀부가 아니라는 것을 밝혀두기 위한 소리꾼들의 노력의 흔적들이 역력하다. "대장군방 벌목시켜, 오귀방에 이사권코, 삼살방에다 집짓기고"로 표기된 박봉술 창본의 경우가 그중 실제에 가장 가까운 표현일 것이다. 그것은 신앙적 금기에 대한 놀부의 적극적 도전이 아니라 오히려 그러한 금기를 철저히 믿고 있는 입장에서 심술을 부리는 불특정 다수에 대한 놀부의 맹목적 적개심의 표현일 따름이다. 불특정 다수에 대한 이러한 놀부의 맹목적 적개심은 당연히 도깨비의 맹목적 심술과 그 우직함을 연상하게 한다.

洞內主山 팔아먹고, 남의 선산 투장하기

놀부가 동네 주산을 팔아먹는 것은 딱히 돈이 필요해서 하는 짓은 아닌 것 같다. 그것은 마을사람들이 공동으로 가꾸고 섬기는 산을 팔아치움으로써 마을사람 모두에게 골탕을 먹이기 위한 행동일 것이다. 남의 선산에 투장하는 것도 풍수지리에 대한 놀부의 광적인 믿음의 결과라기보다는 선산을 가꾸고 섬기는 이들을 골탕먹이기 위한 짓일 터이다. 놀부 심술의 유형을 가리어 그중 몇 가지(동네 주산 팔아먹고, 남의 선산에 투장하기, 일 년 고공 외상 사경 농사지어 추수하면 옷을 벗겨 내어쫓기, 외상술값 억지쓰기, 장시간에 억매하기, 소매치기 도자속금, 고무도적 끝먹기, 밤이 들면 도적질 등)를 경제적 이익추구를 위한 심술로 분류한 글이 있기도 하지만 놀부의 그러한 심술들이 추구하는 경제적 이익은 이 심술타령에 관한 한 한낱 수단일 뿐 불특정 다수를 골탕먹이는 데에 더 비중을 두고 있다. 놀부의 인색함이나 경제적 이익추구를 위한 동물적 본능의 표현이기보다는 그러한 악행으로 인하여 야기되는 불특정 다수의 불행이 놀부 심술의 주된 목적인 것이다. 도깨비 민담에도 경제적 이익에 매달려 있는 도깨비는 거의 없다. (오히려 그 경제적 무관심을 이용하여 사람들은 경제적 이익을 추구하고 있다.) 도깨비가 인간에게 경제적 피해를 입히게 되는 것은 자신의 경제적 이익을 추구해서가 아니라 인간의 불행을 즐기려는 타고난 심술 탓이다.

도깨비의 그러한 불특정 다수에 대한 맹목적 심술이 인간에 대한 열등감과 질투에서 비롯된 자기방어적 기전이라면 놀부의 심술 또한 양반문화에 대한 천민의 열등감과 질투심에서 비롯된 것임은 어렵지 않게 헤아릴 수 있을 것이다. 그것은 놀부의 심술타령이 청중들의 열렬한 반응을 불러일으켰던 근본적인 이유 중의 하나일 것이다. 탈놀이나 사설시조와 함께 판소리가 당시 평민문화의 기수 노릇을 담당했던 점을 감안한다면, 그리고 당시의 평민문화가 양반에 대한 적개심을 근거로 형성되었던 점을 감안한다면 양반문화에 대한 놀부의 무절제한 적개심이 당시 판소리 청중들에게 얼마나 화끈한 무의식적 자극을 제공했을 것인가는 가히 짐작이 간다.

엄동설한에 흥부네 가족을 내쫓거나 구걸하러 놀부집에 나타난 흥부에게 매를 때리는 등의 놀부의 악행이 일반적으로 놀부의 구두쇠적 측면을 단적으로 드러내고 있는 사건으로 파악되기도 하지만, 경제적 이익을 추구하는 그 현실적 표면적 행동은 사실은 양반문화에 대한 놀부의 무의식적 무절제한 적개심이 그 근본적인 이

유였을지도 모른다.

　네 이놈아 말 들어라 부모 양친 생존시엔 너와 나와 형제라도 등분
(等分) 있게 기르던 일을 너도 응당 알 터이라 우리 부모 야속하여 나
는 집안 장손이라 선영(先塋)을 맞기면서 글도 한 자 안 갈치고 주야
로 일만 시켜 소 부리듯 부려먹고 네놈은 차손이라 내리사랑 더하다
고 당초 일은 안 시키고 주야로 글만 읽혀 호의호식하던 일을 내 오늘
생각허니 원통허기 짝이 없다 네놈은 부모 때에 세도를 허였으니 나
도 이제는 기를 펴고 세도 좀 해볼란다 또 이 집안 살림살이 내가 말
끔 작만했고 논과 밭과 수만 두락 내 혼자 작만허여 네놈 존 일 못 허
겠다 네놈의 권속들이 여태까지 먹은 것을 갑을 쳐 받을 테나 그는 다
못할망정 더 먹이든 않을 테니 오늘은 너의 처자를 모두 앞세우고 당
장 집에서 떠나거라(김연수 창본)

　놀부가 지니고 있는 흥부에 대한 질투와 열등감과 적개심, 그것
은 바로 양반문화에 대한 천민 놀부의 누적된 무의식적 적개심이
지엽적으로 표면화된 것에 불과하다. 공자와 도척의 관계처럼 놀
부에게 있어서 흥부는 아우이기 이전에 양반문화의 상징이다. 양
반문화에 대한 무의식적으로 누적된 열등감과 적개심, 그것이 바
로 놀부 심술의 밑그림인 것이다.

　길 가는 과객양반 재일 듯이 붙들었다 해가 지면 내여쫓고,
　일년 雇工 外商 사경 농사지어 추수하면 옷을 벗겨 내여쫓기

　자진머리 한 장단에 심술 한 가지씩 열거하는 단순구조의 얼개

에 음악적 변화를 도입하고 있는 부분이다. 앞부분의 심술들이 유교문화적 신앙이나 사회적 금기에 대한 총체적 심술의 작위적 표현이라면 이 부분부터는 보다 일상적인 삶 속에서 벌이는 개별적 심술을 무작위적으로 열거하겠노라는 음악적 신호를 겸하고 있는 것 같다. 한 장단에 심술 하나씩이 아니라 심술 하나를 세 장단으로 처리하여 단순한 음악적 열거의 지루함을 피해가면서 더불어 사설 내용의 미묘한 상황 변화를 꾀하고 있는 것이다.

"과객양반"의 '양반'은 사회적 신분으로서가 아닌 일반화되어버린 단순한 접미호칭의 개념이다. 양반의 사회적 신분을 의미하는 경우라면 "과객양반"이 아닌 '양반과객'이 되었을 것이다. 놀부의 심술이 불특정 다수를 대상으로 한 것이기는 하지만 정상적인 양반을 심술의 대상으로 삼는 일이 없다. 놀부의 심술 중 "궁반(窮班) 보면 관을 찢"는 대목이 후대에 이르러 박헌봉의 『창악대강』이나 김소희의 창본에는 "양반 보면 관을 찢고"로 표기되어 있기는 하다. 그것은 양반에 대한 첨예한 관심이 희석된 시대의 표현일 것이다. 그의 심술의 대상이 되는 인물들은 대부분 어린이나 아녀자나 장애인이나 노약자나 사회적 신분이 비교적 낮은 만만한 사람들이다. 신재효식 양반 감싸기가 이 심술타령에도 적용된 것이 아닌가 하는 의문은 불필요하다. 만일 놀부가 양반을 의식적으로 심술의 대상으로 삼았더라면 그의 적개심과 심술은 당시에나 지금이나 결코 비난과 희화의 대상이 되지는 않았을 것이다.

양반을 심술의 대상으로 삼아 놀부를 영웅으로 만드는 것은 〈흥부가〉 작가군들의 의도하는 바와는 거리가 멀다. 양반문화에 대한 무의식적 적개심이 놀부 심술의 밑그림이기는 하지만 놀부는 그걸 의식하고 행동에 옮길 만큼 깨어 있지도 열려 있지도 않다. 〈흥부가〉작가군들이 놀부에게 맡긴 기능은 도깨비 민담 속의 도깨비와 마찬가지로 질투와 열등감과 우직한 고집과 근시안적 욕심에 사로잡혀 있는, 그리하여 사회적으로 만만한 불특정 다수에게 적개심을 품고 어떻게든 그들을 골탕먹이려 벼르고 있는, 언제 무슨 심술을 부릴지 예측하기조차 어려운 아슬아슬한 역할이다. 놀부 심술의 궁극적 목적은 경제적 이익추구가 아니고 만만한 불특정 다수를 골탕먹이는 것이다. "길 가는 과객양반 재일 듯이 붙들었다 해가 지면 내여쫓"는데 그것은 과객에게 드는 비용을 아끼기 위해서라기보다는 그를 곤경에 빠뜨려놓고 즐기려는 것이다. 마찬가지로 머슴을 외상으로 부려먹고 가을걷이가 끝난 뒤에 임금을 주기는커녕 입던 옷까지 벗기어 쫓아내는 악행 또한 돈을 아끼기 위한 방법이라기보다는 불쌍한 사람을 골라 골탕먹이기를 즐기는 쪽에 더 비중을 두고 있는 것 같다.

3. 놀부 심술과 도깨비 심술의 차이

"초상난 데 노래하고, 역신 든 데 개잡기와, 남의 노적 불지르고, 가뭄농사 물고 베기, 불붙는 데 부채질" 등등으로 이어지는 놀부의 심술은 씨앗글에서 자란 곁가지들이 많다. 판소리의 적층성과 개방성을 한결 실감나게 하는 곁가지들이다. 씨앗글이든 곁가지글이든 그것들은 한결같이 만만한 불특정 다수를 골탕먹이고자 하는 기본입장에서 크게 벗어나지 않는다.

소리꾼들이 이 심술타령을 부를 때는 "그 심사가 무론사절허고 일망무제로 나오는디 꼭 이렇게 나오것다"라든지 "이 소리꾼의 말과 조금도 틀림이 없든 것이었다" 등등으로 놀부의 심술이 사실임을 강조하고는 있지만 실제로 열거되어 있는 심술 중에는 아무리 놀부라고는 하지만 그 실현가능성이 의심스러운 것들이 많다. 장가가는 놈 자지 베기, 빚값에 계집 뺏기, 어린아기 불알 발라 말총으로 호와매기, 사주병에 비상 넣기, 수절과부 겁탈하기, 여승 보면 겁탈하기, 다 큰 큰애기 겁탈하기, 오대독자 불알까기 등과 같은 그런 극악한 심술이 아니라 할지라도 놀부의 심술들은 대부분 우리 인간생활에서 용서받지 못할 것들이다. 실제로 그런 일이 벌어진다면 마땅히 분노해야 할 일들임에도 불구하고 청중들은 이 대목에서 폭소를 감추지 않는다. 소리꾼들이 아무리 "꼭 이렇게 나오것다"라든지 "이 소리꾼의 말과 조금도 틀림이 없든 것이었다"라고 강조하면서 그 사실성에 단단히 못을 박아두더라도 그 천인공노할 심술들이 실제상황 아닌 가상의 것이라는 믿음이 마음놓고 터뜨리는 폭소의 밑바탕이 되어 있는지도 모르겠다.

청중들로 하여금 마음놓고 폭소를 터뜨리게 하는 놀부의 심술들이 도깨비의 심술과 마찬가지로 만만한 불특정 다수에 대한 적개심의 표현이라는 점에 접근하기 위하여 우선 그 '심술의 유형'이 아닌 '심술대상의 유형'을 나누어본다.

1) 장애인에 대한 심술

전동다리 딴족치기, 소경의복 똥칠하기, 곱사등이 자쳐놓기, 귀먹은 이 욕하기, 꼽사동이 뒤집아놓고 다듬이돌로 눌러놓기, 앉은뱅이 엉덩이 차기, 앉은뱅이 택견, 봉사 보면은 인도하여 개천물에다 밀어넣기, 앉은뱅이 턱을 차기, 봉사 눈에다 똥칠하기.

2) 병자에 대한 심술

역신든 데 개잡기, 등창난 놈 돌짐 지기, 면종난 놈 주먹 박기, 담 붙은 놈 코침주기, 눈 앓는 놈 고추 넣기, 이 앓는 놈 뺨치기, 곽란 난 놈 더운 데 뉘기, 설사하는 놈 파두주기, 소하는 이 고기 주기, 배 앓는 놈 간지르기, 뇌점든 놈 정갱이 훑기.

3) 여인에 대한 심술

여승 보면 겁탈하기, 아 밴 계집 배통 차기, 물 인 계집 입 맞추기, 수절과부 겁탈하기, 신중 보면 겁탈하기, 빚 받을 데 계집 뺏기, 다 큰 큰애기 무함잡기, 기생 보면은 코 물어뜯기, 다 큰 큰애기 겁탈, 물 이고 가는 부인 귀 잡고 입 맞추기.

4) 어린이에 대한 심술

우는 아이 똥 먹이기, 어린아기 불알 발라 말총으로 호와매기, 어린아이 집어뜯기, 오대독자 불알 까기, 우는 애기는 더 때리기, 우는 애기 발가락 빨리기.

5) 노인에 대한 심술

약한 노인 업지르고 마른 항문 쌩짜하기, 부형연갑 벗질하기, 늙은 영감 덜미치기, 백발 노인 벗하기, 사부 보고 능욕하기, 이웃집 늙은이 잠 곤히 들었을 제 훌떡 벗어진 이마빡 대꼭지로 탁 때리고 먼산 보고 웃음짓기.

6) 혼사나 성생활에 대한 심술

三災 든 데 혼인하기, 혼인발에 바람 넣기, 시앗싸움 符同하기, 다 된 혼사 바람 넣기, 남의 양주 잠자는 데 소리하여 불러내기, 장가

가는 놈 자지 베기, 수작할 때 나발 불기, 혼대사에 싸개 치기, 대렛날에 불놓기.

7) 상제례(喪祭禮)에 대한 심술

남의 선산 투장하기, 초상난 데 노래하기, 초상난 데 춤추기, 緬禮하는 데 뼈 감추기, 상인(喪人) 잡고 춤추기, 새 초분(草墳)에 불지르기, 대소상에 제청 치기, 상여꾼놈 형문 치기, 계골할 때 뼈 감추기, 제주병에 가래침 뱉기, 제주병에 개똥 넣기, 제주병에 오줌 누기, 야장(夜葬)할 때 왜장치기, 남의 제사 닭 울리기.

8) 농작물에 대한 심술

매주 찧는 데 쌩콩 넣기, 목화밭에 똥 누고 목화 따서 밑씻기, 비 오는 날 장독 열기, 미나리깡에 소 몰아넣고, 고초밭에 말 달리기, 수박밭에 용두질, 채소밭에 똥싸기, 가문 논에 물꼬 트고 장마철에 물꼬 막기, 기름병에 물 드러붓기.

그 외에도 생활 주변에서 대상을 골라 심술을 부리는 것들이 다수 있기는 하지만 위에 나누어본 것들처럼 집단화된 것들은 아니다. 유교문화적 신앙이나 사회적 금기에 관련된 총체적 심술들(본명방에 벌목하고, 오귀방에 이사 권코, 잠사각에 집짓기, 삼재 든 데 혼인하고, 동네주산 팔아먹고, 남의 선산 투장하기 등)이 심술타령의 앞부분에 놓인 것은 신재효본의 의도적 배열의 영향을 대부분 창본들이 받아들이고 있지만, 그후에 이어지는 일상생활과 관련된 심술들은 신재효본이든 다른 창본들이든 창본마다 그 순서가 일정하지 않다. 만일 심술의 대상이 위에 분류한 것처럼 유형별로 모여 있었다면 심술타령의 소리맛은 훨씬 줄어들었을 것이다. 그것들이 앞뒤 가리지 않고 뒤섞이어 언제 어느 심술이 나올지 예측불허의 상태인 것이 음악적 단조로움을 피하는 데 훨씬 더 도움이 되었을 것이다.

"활 쏘는 놈 좀팔 치기, 목욕하는 데 진흙 넣기, 장마 때 다리 끊기, 장독에 구멍 뚫기, 우물길에 허방 파기, 술잔 든 놈 멱살잡기, 옹기장사 작대 치기, 모자 위에 돌 던지기, 채단상에 흙 퍼붓기, 꿈에 준 돈 독촉하기, 잠자는 데 눈썹 뽑기, 돈 세는 데 말 묻기, 글 쓰는 데 옆 쑤시기……" 등등 그 대상이 일정하지 않은 불특정 다수를 대상으로 삼는 심술도 적지 않지만 위에 나누어본 것처럼 놀부는 장애인, 노약자, 아녀자, 병자 등 보살핌을 받아야 할 사람들을 심술의 주 대상으로 삼는다. 그것은 일반인들에게 심술을 부리는 것보다 그 심술의 효과가 크다는 것을, 다시 말해서 놀부의 악행이 더 두드러져 보이게 한다는 것을 파악하고 있는 작가군들의 의도적 선택이었을 것이다. 1~5에 해당되는 부류가 아니더라도 놀부의 심술은 사회적 신분이 낮거나 형편이 어려운 사람들을 그 대상으로 삼고 있다. 유교문화적 엄격성이 필수적으로 요구되는 혼례 상례 제례에 대한 심술도 놀부의 악행을 한결 두드러지게 했을 것이다. 농경사회에서 농작물에 대한 심술 또한 마찬가지 효과일 것이다.

불특정 다수에 대한 적개심을 바탕으로 심술을 부리는 원칙에서는 놀부와 도깨비가 일치하지만 놀부는 그 심술의 대상이 보다 제한적이고 집중적이다. "활 쏘는 놈 좀팔 치기, 목욕하는 데 진흙 넣기, 장마 때 다리 끊기, 장독에 구멍 뚫기, 우물길에 허방 파기, 술잔 든 놈 멱살잡기, 옹기장사 작대 치기, 모자 위에 돌 던지기, 채단상에 흙 퍼붓기, 꿈에 준 돈 독촉하기, 잠자는 데 눈썹 뽑기, 돈 세는 데 말 묻기, 글 쓰는 데 옆 쑤시기……" 등등이 비교적 도깨비의 심술과 놀부의 심술과를 구분지을 수 없는 부분이라고 할 수 있다면 장애인 노약자 아녀자 병자 들, 그리고 혼례 상례 제례나 농작물에 대한 놀부의 심술은 도깨비의 그것에 비하여 한결 집중적이다. 그 집중적 심술을 통하여 놀부의 악행이 두드러질수록 그에 대한 청중들의 반응도 보다 집중적인 것이 되어간다.

4. 미움과 비난의 제물

> 날이 새면 行惡질, 밤이 들면 도적질을 평생에 일삼으니 제 어미 붙을 놈이 삼강을 아느냐 오륜을 아느냐, 근기가 돌덩이요, 욕심이 쪽제비라, 네모 난 송곳으로 이마를 부비어도 진물 한 점 아니 나고 대장간 불집게로 불알을 꽉 집어도 눈도 아니 깜작인다

심술타령의 결사에 해당하는 부분이다. 놀부가 실제로 그런 심술을 부렸겠는가라든지 그것들의 실현가능성 여부를 헤아리기 이전에 청중들은 그 심술들을 듣는 것만으로도 일단 놀부를 '천하의 몹쓸 놈'으로 규정하는 소리꾼의 입장에 동화된다. 그 심술들을 듣는 것만으로도 청중들은 일상생활 속에서 억제되어 있는 자신들의 악마적 본성을 확인하면서 동시에 자신들의 그 악마적 본성을 놀부에게 투사시키는 정서적 해방감을 집중적 폭소로 만끽하게 되는 것이다.

놀부에게는 "이놈, 놀부놈, 육실할 놈, 쌔려죽일 놈, 제 어미 붙을 놈" 등등의 '놈'이라는 비칭이 처음부터 끝까지 따라다닌다. 놀부에 대한 이러한 거리낌없는 몰아세우기는 청중들의 거리낌없는 투사를 부추긴다. 낯 붉히며 화를 내도 모자랄 그의 악행에 대하여 청중들이 어이없이 웃음을 터뜨리게 되는 것은 그 거리낌없는 투

사로부터 얻게 되는 해방감 탓이다. 그는 삼강도 오륜도 모르고 돌덩이처럼 굳어서 융통성이 없고 고집스럽다. "네모난 송곳으로 이마를 부비어도 진물 한 점 아니 나고 대장간 불집게로 불알을 꽉 집어도 눈도 아니 깜작"일 만큼 독하고 사납고 잔인하기 때문에 마음놓고 비난하고 미워해도 좋은 인물인 것이다.

　일상적인 인간관계 속에서 누군가를 사랑하고 좋아하는 것은 조심스럽고 어려운 일이다. 누군가를 미워하거나 비난하는 일도 또한 조심스럽고 어려운 일이다. 누군가를 마음놓고 미워하고 비난할 수 있다는 것은 누군가를 마음놓고 사랑하고 좋아하는 것 못지않게 통쾌한 일이다. 미워하는 사람의 비행이나 몰락을 마음놓고 즐기는 것 또한 행복하지는 않을지 몰라도 통쾌한 일임에는 틀림이 없다. 천민부호 놀부는 〈흥부가〉의 청중들에게 그렇게 마음놓고 미워하고 비난할 수 있는 정서적 해방영역을 제공하면서 그의 악행과 몰락을 마음껏 즐기게 하는 제물이다.

　도깨비의 심술을 이용하여 이익을 챙기는 도깨비 민담의 주인공들이나 그 민담의 향유층들 그 누구도 도깨비에게 미안해하거나 양심의 가책을 느끼지 않는다. 도깨비를 불쌍하게 여기는 법도 없다. 도깨비의 초능력을 이용하여 이익을 챙기는 것을 너무나 당연한 인간의 권리인 것처럼 여기면서 도깨비의 불행과 어리석음을 즐긴다. 놀부나 옹고집이나 변학도나 조조나 뺑덕이네 같은 이 땅의 도깨비 후예들의 악행과 몰락을 마음껏 미워하면서 정서적 해방감을 만끽했던 판소리의 청중들도 결코 그들을 불쌍하게 여기지는 않는다. 아무리 처참하게 당하더라도 아무도 불쌍하게 여기지 않는 그들 부정적 인간형들이야말로 정말 불쌍한 피해자요 제물이다.

　양반문화에 대한 열등감과 질투심을 주체하지 못하는, 그 열등의식이 불특정 다수에 대한 적개심으로 또아리를 틀고 있는 무식한 천민부호, 그 적개심 때문에 언제 무슨 심술을 부려서 무슨 일을 저지를지 모르는 아슬아슬한 무뢰한, 엄동설한에 아우 일가를 내쫓고 아우에 대한 질투에 눈이 멀어 제비 다리를 제 무릎에 대고 부러뜨리는, 잔인하고 사납고 우직하고 고집스럽고 욕심 많고 위험하고 어리석은 인물, 마음 착한 아우를 그토록 시달리게 했던 몹쓸 형 놀부는 그러나 잔인하고 사납고 우직한 가해자가 아니고 사실은 〈흥부가〉 등장인물들 중 최대의 피해자다. 그는 아우에 대한 질투에 눈이 멀어 그 고생과 수모를 다 겪으면서도 여섯 통의 박을 끝까지 다 타면서 파멸에 이른다. 사람들에게 속아서 재산을 잃는 도깨비처럼, 박통 속에서 나온 여러 부류의 인간들에게 철저하게 착취를 당하며 놀림감이 되는 불쌍한 인물이다.

힘 있고 돈 많고 우직하고 사나운, 그러나 마침내 사람들의 놀림감이 되고 마는 고대 희랍극의 붙박이 인물 알라존처럼, 갖가지의 초능력을 지니고 있으면서도 인간에 대한 질투에 눈멀어 자기파멸적 심술에서 헤어나지 못하고 인간들에게 철저히 이용이나 당하는 우직한 도깨비처럼, 돈 많고 잔인하고 사납고 심술 많은 놀부 또한 〈흥부가〉 청중들이 마음껏 미워하고 비난하면서 그의 악행과 파멸을 마음껏 즐겨도 좋은 불쌍한 제물이다. 놀부가 불특정 다수의 불행을 즐기기 위하여 무절제한 심술을 부렸던 것처럼 〈흥부가〉의 청중들은 천민부호 놀부의 그 악행과 불행을 두고두고 즐기고 있다.

5. 마무리

신의 권위를 인간 이하의 차원으로까지 끌어내리어 그것을 짓밟으며 즐기던 도깨비 민담의 기본틀이 조선 후기 서사문화에 다양하게 원용되지 않았는가 하는 생각이 이 글의 바탕이 되어 있다. 조선 후기 서사문화에서 옹고집 변학도 조조 놀부 북곽선생 뺑덕어미 등이 도깨비 민담적 끌어내리기를 통하여 변형된 부정적 인간형들이라는 생각을 다지기 위해서 이 글은 놀부를 그 표본으로 삼아 심술타령을 중심으로 도깨비의 심술과 놀부의 심술이 어떻게 서로 닮아 있는지 그 속성들을 살펴보았다.

신의 횡포를 심술로 격하시키어 즐기던 도깨비 민담과, 놀부의 포악함을 심술로 희화화하여 천민자본주의가 활착하는 무렵의 천민부호를 마음껏 짓밟으며 즐기는 〈흥부가〉 사이에는 부인할 수 없는 혈연적 영향력이 내재되어 있다. 그 혈연관계를 정리해보면 다음과 같다.

1. 도깨비의 인간에 대한 근시적 열등감과 질투심이 놀부에게는 양반문화에 대한 열등감과 질투심으로 또아리를 틀고 있다.
2. 도깨비나 놀부의 열등감과 질투심은 불특정 다수에 대한 적개심이 되어 있다.
3. 그 열등감과 질투와 적개심 때문에 도깨비나 놀부에게는 정상적인 가치관이 형성되지 않는다. 그들은 똑같이 포악하고 비정하고 우직하고 그리고 어리석다.
4. 불특정 다수에 대한 적개심이 불특정 다수에 대한 포악하고 비정하고 우직하고 어리석은 심술로 표현된다.
5. 도깨비의 심술이 일반적인 불특정 다수를 대상으로 삼고 있는 데 비하여 놀부의 심술은 보다 제한적이고 집중적이다. 놀부는 우선 장애인 노약자 아녀자 병자 등 보살핌을 받아야 할 사람들

을 심술의 주 대상으로 삼는다. 그것은 일반인들에게 심술을 부리는 것보다 그 심술의 효과가 크다는 것을, 다시 말해서 놀부의 악행이 더 두드러져 보이게 한다는 것을 파악하고 있는 작가군들의 의도적 선택이었을 것이다. 장애인 병자 노약자 아녀자가 아니더라도 놀부의 심술은 사회적 신분이 낮거나 형편이 어려운 사람들을 그 주요 대상으로 삼고 있다. 유교문화적 엄격함이 필수적으로 요구되는 혼례 상례 제례에 대한 심술도 놀부의 악행을 한결 두드러지게 했을 것이다. 농경사회에서 농작물에 대한 심술이 많은 것 또한 마찬가지 효과일 것이다.

6. 사람들은 도깨비나 놀부의 심술 때문에 피해를 입기도 하지만 최종적으로는 그 심술을 이용하거나 그것을 즐긴다.

7. 서사물들의 부정적 인간형들이 거의 그렇듯이 도깨비나 놀부도 아무리 처참하게 이용을 당하고 짓밟히더라도 해당 담론에 참여하는 그 누구도 그들의 파멸을 불쌍해하거나 안타까워하지 않는다. 도깨비 민담의 향유층이나 〈흥부가〉의 청중들은 오히려 그들을 마음놓고 미워해도 좋은 정서적 해방감을 만끽하게 된다.

도깨비와 놀부 사이에 내재되어 있는 이러한 문화적 혈연관계가 우연하게 형성된 것 같지는 않다. 도깨비 민담적 끌어내리기를 바탕삼아서 그런 혈연관계가 형성되지 않았겠는가 여겨진다. 놀부 무렵의 옹고집이나 변학도나 조조나 북곽선생이나 뺑덕어미 들에게도 모습이 조금씩 다르기는 하지만 비슷한 혈연관계가 보이거니와 그들에 관하여는 글을 달리하여 살펴보고자 한다.

뺑덕어미의 역설적 기능

1. 들어가는 말

〈춘향가〉의 변학도, 〈흥부가〉의 놀부, 〈적벽가〉의 조조 등 판소리에 등장하는 전형적 악인들은 해당 작품의 서사구조상 없어서는 안 될 인물들이다. 그들에 비하여, 〈심청가〉의 뺑덕어미는 그들과 같은 전형적 악인 유형이면서도 서사구조상 꼭 필요한 인물이 아닌 것처럼 여겨지기도 한다. 경판 계열의 『심청전』에서처럼 뺑덕어미가 등장하지 않더라도 심봉사는 눈을 뜬다. 〈심청가〉의 형성 과정에서 삽입된 것으로 여겨지는 뺑덕어미는 과연 없어도 그만인 인물인가, 뺑덕어미 화소는 단순히 판소리적 긴장의 이완을 돕는 오락적 기능에 지나지 않는 것일까 하는 소박한 의문에서부터 이 글은 시작한다.

〈심청가〉 중에서 어느 한 대문을 불러야 할 경우 소리꾼들은 뺑덕어미가 등장하는 대문을 선호하는 일이 많은데, 그것은 아마도 뺑덕어미 화소의 오락적 기능, 뺑덕어미와 심봉사가 어우러져 벌이는 탈양반문화적 희화성 때문이기도 할 것이다. 그러나 뺑덕어미 화소의 탈양반문화적 희화성은 단순히 판소리적 긴장의 이완을 돕는 흥밋거리만은 아닌 것 같다. 〈심청가〉에 관심을 가진 이들 중에는 뺑덕어미가 등장하기 이전과 등장한 이후의 심봉사의 행적에 관하여 그의 인격적·문화적 일관성의 결여를 문제삼는 이들이 더러 있다. 실제로 심봉사는 그의 타고난 경망스러움에도 불구하고 양반문화 지향적 보완작업으로 그 행적이나 인격이 다듬어져 있지만, 뺑덕어미가 등장하는 무렵부터의 심봉사는 그런 보완작업이 포기된 적나라한 모습으로 묘사되고 있다는 것이 일반적인 견해인 것 같다. 심봉사의 그러한 인격적 파탄과 탈양반문화적 행적이 뺑덕어미의 희화성과 어울려 심청가의 중요한 매력임을 인정하면서도 심봉사에 대한 인격적 보완작업을 포기한 까닭이 무엇인지에 대해서는 약간의 논의의 여지를 남기고 있다.

이 글은 신재효본 〈심청가〉와 김연수 창본 〈심청가〉의 뺑덕어미에 관한 부분들을 근거로 삼아 뺑덕어미의 탈양반문화적 희화성이 심봉사의 문화적, 인격적 일관성의 결여와 관계되어 어떤 필연성을 지니는가, 그리고 심봉사의 방황·타락과 파탄이 개안 모티프를 축으로 삼은 〈심청가〉의 구조에 어떻게 리얼리티를 확보하고 있는가를 검토함으로써, 뺑덕어미 화소의 표면적 기능과 실질적 기능을 가늠하고자 한다.

2. 탈양반문화 지향의 희화

뺑덕어미는 작품 안에 그 이름이나 성씨가 밝혀져 있지 않다. 그녀는 창본에 따라 그리고 상황에 따라 뺑덕어미 외에도 뺑덕어멈, 뺑덕이네, 덕이네, 뺑파 등으로 불리고 있는데, 인물의 이름이나 성씨가 밝혀지는 것과 밝혀지지 않는 것은 대부분 서사물의 관례상 그 인물에 대한 서사구조상의 비중을 나타내는 기준일 것이다. 그러나 반드시 그렇지는 않다. 〈심청가〉에 등장하는 인물들 중에서 황성 맹인잔치 직전에 심봉사와 인연을 맺는 안씨 맹인의 경우, 황성잔치의 결과에 대한 복선적 기능을 담당하고 있기는 하지만, 그 서사적 비중이 뺑덕어미의 그것에 비하여 훨씬 가볍다. 그럼에도 불구하고 그 성씨가 밝혀진 이유는 아마도 그 서사적 비중보다도 황성 맹인잔치 후 부원군이 될 심봉사의 신분상승을 염두에 둔 배려였을 것이다.

등장인물에 대한 작품 안에서의 호칭은 그 인물의 신분이나 문화를 단적으로 드러내기도 하고, 그 호칭을 사용하는 사람의 의도가 묵시적으로 반영되기도 한다. 〈춘향가〉에 나오는 이몽룡의 경우만 보더라도 부르는 사람의 입장에 따라 그 호칭이 여러 가지다. 서술자의 입장에서는 과거급제를 전후하여 도련님과 어사또님으로 분명히 구분하고 있지만, 춘향·향단·방자 등은 과거급제가 아닌, 이몽룡과 춘향의 동침을 전후하여, 동침 이전에는 도련님, 동침 이후에는 서방님이라는 호칭을 주로 사용한다. 판소리에 등장하는 서민 유형의 인물들에게서는 양반문화를 닮아가려는 노력이 부단히 나타나면서도, 한편으로는 그 양반을 끌어내리려는 집념도 끈질기게 보이고 있는데, 이몽룡에 대한 '서방님'이라는 호칭도 춘향과의 동침의 인연을 상기시키면서 '어사또님'을 끌어내리려는 의도가 부단히 반영된 것으로 보인다.

서술자도 등장인물들도 한결같이 부르고 있는 뺑덕어미라는 호칭은, 함께 야반도주한 황봉사가 아니더라도, 심봉사를 맹인잔치 마당까지 끝까지 따라가서 부원군의 부인이 될 호칭이 아닌, 그런 결말을 애당초 포기한 호칭이다. 뺑덕어미, 혹은 뺑덕이네라는 호칭은 '뺑덕이'라는 아이가 작품에는 나오지 않지만, 한국적 여성 호칭의 관례상 '뺑덕이라는 아이의 어머니'일 것이다. 그것은 곽씨 부인, 안씨 맹인, 장승상댁 부인 등과 같은 양반문화 지향적 호칭이 아니라, '귀덕이네'와 같은 유형의 서민 지향적 호칭이다. 그리고 그 호칭을 통하여 감지할 수 있는 것은 그녀가 처녀가 아닌 30~40대의 서민적 여인네일 것이라는 점, 그리고 심봉사의 슬픔과는 거리가 있는 희화적 인물일 것이라는 점 등이다. '변덕스럽다'의 '변덕'이라는 말이 변형된 것인지, '뺀질거리다' '뺑돌거리다' 같은 말에 어원적 근거를 두고 만들어진 말인지 알 수 없는 일이지만, 그 어감상 '뺑덕어미'라는 호칭은 상당한 악의까지 곁들인 희화성을 지니고 있다.

(아니리)

효   낮이면 강두(江頭)에 나가 울고 밤이 되면 집에 들어 울고 울음으로 세월을 보내는듸 그때 마침 근촌(近村)에 사는 아주 흉악한 홀어미 하나가 있으되 이름은 뺑덕이네요 별호는 뺑파라 얼굴이 고금(古今) 일색일지 만고박색일는지 몰라도 꼭 이렇게 생겼던 것이었다.

(자진머리)

효   생긴 모양을 볼작시면 말총 같은 머리털은 하늘을 가리키고 됫

박 이마에 왜눈썹과 우먹눈 주먹코요 메주볼 송곳턱에 입은 크고 입
술 두터 큰 궤문을 열어논 듯 써래 이 드문드문 서는 늘어진 짚신짝이
요 두 어깨는 떡 벌어져 치를 거꾸로 세워논 듯 손질 생긴 뿔을 보면
솥뚜껑을 엎어논 듯 허리는 집동 같고 배는 패문 북통 같고 엉뎅이는
부자집에 떡 치는 암반 같고 속옷을 입었기로 다른 곳은 못 보아도 입
을 보면은 짐작이요 수통다리 흑각(黑角)발톱 발 맵시는 어찌 됐던 신
발은 침척(針尺)으로 자 가웃이 넉넉해야 겨우 신게 되는구나.

(아니리)

효 심봉사 좋아라고 달려들어 질끈 안더니

심 아이고 내 꿀단지야 말소리만 들어도 이렇게 어여쁠 제 말허는
입 모습과 태도를 보았으면 안 미칠 놈 뉘 있겠느냐

효 아조 깜박 대혹허여 저 허는 대로 내버려두었더니 뺑덕이네 이
몹쓸 년은 심봉사 그 불쌍헌 전곡(錢穀) 심청이가 마지막 죽으러 갈
때 앞 못 보신 부친 노래(老來)에 굶지 말고 벗지 말라고 끼쳐주고 간
그 불쌍헌 전곡(錢穀)을 꼭 먹성질로 조저대는듸 뺑덕이네 행동거지
와 먹성 속은 김연수 말과 조곰도 틀림이 없든 것이었다.

(자진머리)

효 밤이면은 마을 돌고 낮이면은 낮잠 자기 쌀 퍼주고 떡 사 먹기
벼 퍼주고 엿 사 먹고 의복 잡혀 술 먹기와 빈 담뱃대 손에 들고 오고
가는 행인(行人)들게 담배 달라 힐란허기 멱살 잡고 어린양에 젊은 중
놈 유인(誘引)허기 동인(洞人) 걸어 욕설(辱說)허고 초(樵)군들과 싸
움허기 여자 보면 내외허고 남자 보면은 쌩긋 웃고 코 큰 총각 술 사
주기 제사때에 메 올려도 담뱃대는 뺄 수 없고 몸 볼 적에 찼던 서답
조왕 앞에 끌려놓기 밥 푸다가 이 홈쳐서 밥주걱에다 꾹 죽이기 잠자
면서 이 갈기와 배 끌고 발목 떨고 한밤중에 울음 울고 이불 속에서

방귀뀌기 삐죽허면 빼죽허고 빼쭉허면 삐쭉허고 힐끗허면 헬끗허고 헬끗허면 힐끗허고 술 퍼먹고 활딱 벗고 정자(亭子) 밑에서 낮잠 자기 남의 내외(內外) 잠자는듸 가만가만 찾아가서 봉창문(封窓門)에다 입을 대고 불이야 왼갖 악증(惡症) 다 겸하여 이 전곡(錢穀)을 모두 다 빨아먹은 연후에는 이삼일 먹을 양식만 남겨두고 도망(逃亡)을 헐 작정으로 오뉴월 가마귀 곤수박 파먹듯 밤낮없이 파먹는듸……(김연수 창본)

놀부가 처음부터 천하의 몹쓸 놈이듯이 뺑덕어미도 처음부터 '아주 흉악한 홀어미'로 등장한다. 그녀는 작품에 등장하자마자 그 호칭에 곁들인 악의에 걸맞게 노골적인 욕부터 얻어먹는다. 창본에 따라 약간씩 다르기는 하지만 그녀에게는 '뺑덕이네라 하는 년' '이년의 버릇' '뺑덕이네라 하는 계집' '이 계집의 행실' '천하의 몹쓸 년' 등에서 보이는 것처럼 '년'이나 '계집' 같은 비칭이 거리낌없이 적용되는 것이다. 놀부 심술을 닮은 그녀의 행실과 〈장화홍련전〉의 계모나 괴똥어미를 닮은 그녀의 외모는 그녀에게 거침없이 적용되는 비칭들과 더불어 그녀를 전형적 추녀, 전형적 악녀로 자리매김한다. 그녀의 외모나 행실에 대한 상투적 과장은 "꼭 이렇게 생겼던 것이었다"라든지 "이 소리꾼의 말과 틀림이 없는 것이었다"와 같은 희화적 확인 작업까지 곁들여, 그 상투성을 보완하는 체하면서 한층 더 웃음을 자아내게 만든다. 놀부와 뺑덕어미에 대한 이러한 거리낌없는 몰아세우기는 개방적인 투사일 것이다.

놀부의 심술처럼 다양하지는 않지만 뺑덕어미의 행실도 예사로운 행실은 아니다. 놀부와 짝을 이룰 만한 뺑덕어미의 행실은 이를 듣는 이들의 웃음을 유발한다. 대부분의 사람들에게는 억제된 악마성이 있다고 하거니와, 거침없이 개방되어 있는 놀부나 뺑덕어미의 심술과 악행은 그 거리낌없는 투사에 의하여 억제된 악마성의 해방감을 자극하도록 되어 있다. 낯붉히며 화를 내거나 분노해야 할 그들의 행실을 들으면서 청중들이 웃음을 터뜨리는 것은 억제하고 감추어야 마땅한 것들이 거침없이 드러나버리는 그 어이없는 해방감 탓이다.

조왕 앞에 서답이나 끌러놓고, 밥 푸다가 이 훔쳐서 밥주걱에 꾹 눌러 죽이는 등의, 외모보다도 더 추악한 그녀의 행실, 쌀 퍼주고 떡 사 먹고, 벼 퍼주고 엿 사 먹고, 의복 잡혀 술 사 먹는 무절제한 먹성, 동인 걸어 욕설하고, 초군들과 싸움하고, 밤이면 마을 돌고, 낮이면 낮잠 자는 비공동체적 무분별, 여자 보면 내외하고, 남자 보면 쌩긋 웃고, 동네 머슴이나, 지나가는 중이나, 코 큰 총각을 골라 유혹하는 무절제하고 무분별한 그녀의 쾌락 지향적 색정과 삐쭉빼쭉 힐끗헬끗하는 변덕 등은 혐오와 분노의 대상이라면 몰라도 사실 웃음을 터뜨릴 대상은 아니다.

그녀의 무절제와 무분별과 변덕과 쾌락적 색정들은, 딸 팔아먹은 가책과 슬픔으로 곤죽이 되어 있는 심봉사에게는 설상가상으로 겪어내지 않으면 안 되는 또다른 가시밭길이다. 그럼에도 불구하고 〈심청가〉의 청중들은 심봉사가 겪어야 할 그 가시밭길을 한바탕 웃음으로 받아들인다. 놀부의 요란한 심술을 웃음으로 받아들인 이들에게는 놀부가 엄동설한에 아우를 내쫓거나, 제비를 잡으러 다니거나, 제비 다리를 무릎에 대고 부러뜨리는 것쯤은 놀부에게는 오히려 있음직한 악행으로 여긴다. 마찬가지로 뺑덕어미의 악행을 웃음으로 받아들인 이들에게는 심봉사가 뺑덕어미를 만나 겪어야 하는 가시밭길도 이미 예약된 고난이고, 예정된 파멸일 것이다. 심봉사의 그 예정된 파멸을 청중들은 안타깝고 비통하게 여기는 것이 아니라 오히려 웃음으로 맞이하는 셈이다.

그것은 탈양반문화적 개방성이 주는 아슬아슬한 해방감을 만끽하는 행위이면서 심봉사의 파멸에 대한 기대감마저 유발시키는 것인지도 모른다. 아무리 안타깝고 비통한 심봉사의 파멸일지라도 그것이 탈양반문화적 파멸이라면 오히려 갈 데까지 가보고 싶은, 그것이 탈양반문화적이기만 하다면 슬픔과 절망의 극한까지라도 가보고 싶은 욕구가 그 웃음과 더불어 촉발되는 것일지도 모른다. 그 웃음 속에는 어쩌면 개안(開眼)이라는 희대의 감격을 맞이하기 위해서는 거기에 걸맞는 고난이 필요하다는 서사 관행을 막연히 인정하고 있는 것인지도 모르겠다.

뺑덕어미의 서민적·추녀적·악녀적 희화성은 심봉사의 슬픔을 메꾸는 표면적 처방이 되어준다. 슬픔이나 절망에 대한 양반 지향적 처방이 아니라, 그것이 서민적 지향인 점에 우선 주목해볼 필요가 있다. 암행어사라는 고급 관리의 체면을 유지하기 위해서 춘향을 집으로 보내고 밤에 은밀히 찾아가 만단정회를 푸는 〈남창춘향가〉의 짜임에서는 어사 상봉의 기쁨과 감동이 제대로 맺어지지 않는다. 그 어사 상봉의 기쁨과 감동이 동헌에서 함께 춤판을 벌이는 서민 지향의 끌어내리기를 통해서 완성되는 것처럼, 희로애락에 대한 이러한 탈양반문화적 접근은 판소리적 컨벤션이 아니었던가 싶다. 심봉사의 슬픔과 뺑덕어미의 서민적·악녀적 희화성과의 만남도 개안의 감동에 대비한 탈양반문화적 접근일 것이다.

3. 뺑덕어미와 심봉사의 만남

이때의 심봉사는 심청을 잃은 후의 모진 목숨 죽지 않고 僅僅扶持 지낼적의 도화동 사람들이 심청 효성 감동하여 曹娥의 옛일같이 江頭의 碑를 세우고 出天한 그 효행을 낱낱이 새겼으니 비문을 귀경하면 사람마다 落淚한다. 蔡中郎이 없었으니 絶妙 孝詞 뉘가 쓸꼬. 晋朝羊公 간 연후의 墮淚碑가 또 생겼다. 동중 사람덜이 맡긴 錢穀 殖利하여 의식을 이어주니 심봉사 세간살이 요족히 되었구나. 자고로 色界上의 英雄 烈士 없었거든 심봉사가 견디것나. 동네 과부 있난 집을 공연히 찾아다녀 선웃음 풋장담을 무한히 하난구나. "허 퍼, 돈이라 하난 것을 땅에 묻지 못할러고. 맹인 혼자 사난 집의 돈 두기가 미안키에 후원의 땅을 파고 돈 천이나 묻었더니, 이번의 구녁 뚫고 가만히 만져보니 꿰미난 썩어지고 삼노의 돈이 붙어 한 덩이를 만져보면 천연한 말좆이제. 쌀 묵으니께 우습더고. 버러지가 집을 지어 한 되씩이 엉기었제. 올 漁場이 어찌 된고. 갯가 사람 빚 준 돈이 그렁저렁 千餘兩, 고기를 잘 잡아야 收稅가 탈 없을듸. 원원이 좋은 약은 童參 웃수 없을너구. 공교히 젊었을 제 두 뿌리 먹었더니 지금도 초저녁에 그것이 일어나면 물동우꾼 당기도록 그저 뻣뻣하였거든." (신재효본)

효   그때의 심봉사는 출천대효(出天大孝) 딸만 잃고 모진 목숨 죽지도 못하고 근근부지(僅僅扶持)로 지낼 적에 봄이 가고 여름이 되니 녹음방초(綠陰芳草) 시절(時節)이로고나. 산천은 적적헌듸 물소리만 처량허네. 딸과 같이 노던 처녀들은 종종 와서 인사를 허니 딸 생각이 더욱 간절허구나. 심봉사 마음이 산란하여 지팡막대를 검처잡고 망사대(望思臺)를 찾어가서 비석을 안고 울음 운다.

심　아가 청(晴)아 인간의 부모을 잘못 만나 생죽엄을 당(當)하였구
나. 아비 나를 생각커든 어서 나를 다려가거라. 눈 뜨기도 나는 싫고
세상 살기도 귀찮허다.

효　타루비(墮淚碑) 앞에 꺼꾸러져서 치둥굴 내리둥굴 머리도 직근
가삼 쾅쾅 두 발을 굴러 망지소조(罔知所措)로 울음을 운다. (김연수
창본)

위 인용문들은 각각 뺑덕어미가 작품 안에서 거명되기 직전의
상황들이다. 뺑덕어미를 만나기 직전의 심봉사의 슬픔과 절망을
사실적으로 강조한 김연수 창본이 여타의 〈심청가〉 창본들과 비슷
한 짜임임에 비하여, 신재효본 〈심청가〉는 심봉사의 그 슬픔과 절
망을 "모진 목숨 죽지도 않고 근근부지로 지낼 적의(……)귀경허
면 사람마다 눈물난다" "채중랑이 없었으니 절묘 효사 뉘가 쓸꼬,
진조양공 간 연후의 타루비가 또 생겼다"와 같이 다소 관념적으로
서술하면서, 그 슬픔이나 절망보다도 심봉사의 살림살이가 넉넉해
진 점을 더 강조하고 있다. 심봉사의 절망은 아직은 극한적인 것이
아니라는 태도다.

심봉사의 슬픔이나 절망에 대한 신재효본의 이러한 서술태도는
다음에 이어질 "동네 과부 있난 집을 공연히 찾아다녀 선웃음 풋장
담을 무한히 하는" 심봉사의 행동과 긴밀히 호응되어 있을 뿐만 아
니라, 나아가서는 이 대목에 다른 〈심청가〉 창본들에서 보이는 심
봉사의 극한적 절망을 유보해두려는 의도가 분명히 보인다. "눈 뜨
기도 나는 싫고 세상 살기도 귀찮허다"는 심봉사가 곧바로 뺑덕어
미와 밀월을 즐기는 현행 〈심청가〉들의 짜임이 대단히 억지스러운
점에 비하여, 심봉사의 극한적 절망을 유보해두고자 하는 신재효

본의 태도에는 서사적 무리가 없다. 심청이가 죽은 후 넉넉해진 심봉사의 살림살이, 그것은 실제로 심봉사의 절망이 아직 완벽하지 않다는 것을 인정해야 하는 현실적 조건이고, 그러므로 개안이라는 희대의 감동을 맞이하기 위해서 심봉사가 더 참담한 절망에 도달해야 한다고 여기는 것이 신재효본 〈심청가〉의 기본입장인 것 같다.

심봉사의 극한적 절망을 유보해두고자 하는 신재효본 〈심청가〉는, 뺑덕어미 화소가 판소리적 긴장의 이완을 위한 단순한 오락적 기능으로 삽입된 것이 아니고 심봉사를 더욱 더 참담하게 절망의 극한으로 몰아세우는, 그리하여 개안의 감동을 보다 극적으로 강화하는 기능으로 보완되었을 것이라는 이 글의 논지를 적극적으로 돕고 있다.

주지하는 바 신재효는 중세적 양반문화 지향적인 판소리 사설 개작과 더불어 그의 판소리사적 역기능이 학계에서 빈번하게 논의되고 있는 인물이다. 그러나 〈심청가〉의 경우 그 어느 〈심청가〉보다 신재효본은 탈양반문화 지향에 적극적이다.

뺑덕어미가 등장하기 이전의 〈심청가〉는 창본마다 양반문화 지향적 보완작업이 이루어져 있고, 거기에 걸맞게 심봉사에 대해서도 인격적 땜질이 가해져왔다. '누대잠영지족'으로 시작된 그러한 보완작업은 곽씨 부인 화소, 곽씨 부인 장례 화소, 장승상댁 부인 화소 등등에서 눈에 띄게 나타나고, 공양미 삼백 석 시주 약속을 심봉사가 아닌 심청이가 하게 함으로써 심봉사의 경망함을 감싸기도 하고, 용궁이나 황성의 전아한 분위기를 통하여 양반문화적 압도감을 장악하기도 한다.

판소리 사설에 가해져온 그 양반 지향적 보완작업은 첨예한 계급갈등을 근거로 전개되는 〈춘향가〉의 경우 '좌상에 대한 눈치'의 결과물이라고 할 수 있을 것이다. 그러나 〈심청가〉에서의 그 보완 작업은 '좌상의 눈치'를 살필 필연성이 그에 비하여 희박하다. 그 것은 아마도 양반문화 지향의 19세기적 타성의 결과물이거나, 아 니면 양반문화가 평민화되어가는 과정에서 판소리 청중들의 양반 문화 선호 취향에 부응하기 위한 배려였을 가능성이 더 높다. 다시 말해서 〈심청가〉의 경우 〈춘향가〉에서처럼 그렇게 양반 지향적 보 완을 일관되게 수행할 사회적·현실적 필연성이 없다는 것이다. 〈춘향가〉에서는 계급 문제와 관계된 봉건사회에서의 천민의 신분 상승이 핵심적 갈등이지만, 〈심청가〉의 경우 심봉사 부녀가 황후 나 부마로 신분 상승이 되는 것은 부가된 가치일 뿐, 철저하게 종 교적 개안 모티프에 초점이 형성되어 있기 때문이다. '누대잠영지 족'이었다는 출신에 대한 언급이나, 곽씨 부인에 대한 그리고 곽씨 부인 장례 화소나 장승상댁 부인 화소 등에 개입된 양반 문화적 보 완은 사실상 필연적이라기보다는 앞서 말한 문화적 타성과 그 배 려였을 가능성이 높다.

　신재효본 〈심청가〉도 양반문화적 보완이 행해지고는 있지만, 여 타의 현행 〈심청가〉 창본들에 비하여 몇 가지 중요한 차이점을 보 인다. 다른 창본의 심봉사들은 뺑덕어미를 만난 이후부터 인격적, 문화적 파탄이 시작된다. 그러나 인용된 글에서 보이는 것처럼 신 재효본의 심봉사는 뺑덕어미를 만나기 전부터 탈양반문화 지향의 필연성을 자각하고 있었다. "동네 과부 있난 집을 공연히 찾아다 니"며 재산과 정력을 과시하고 다니는 것도 그렇거니와, 땅에 묻은 엽전꿰미가 녹이 슬어 "말좆" 같더라는 둥, 젊어서 동삼 두 뿌리 먹 었더니 "지금도 초저녁의 그것이 일어나면 물동우꾼 당기도록 그 저 뻣뻣허"다는 둥의 말솜씨들은 신재효본의 심봉사가 탈양반문화

46

지향에 적극적임을 드러낸다. "조년에 안맹한" 신재효본 심봉사의 그러한 변신은 사실상 갑작스러운 변신이 아니다.

　대부분의 〈심청가〉 창본들은 심봉사가 스무 살에 눈이 먼 것으로 이야기를 시작한다. 그것은 누대잠영지족의 후예로서 『사서삼경』 등을 두루 읽어 양반문화를 습득할 기회가 충분히 주어진 나이이다. 그럼에도 불구하고 〈심청가〉의 서사구조는 심봉사의 그런 학력을 꼭 필요로 하는 짜임이 아니다. 『사서삼경』 등을 두루 읽은 그의 학력은 고작 곽씨 부인 장례 화소에서나 약간 비칠 뿐이다. 이십에 안맹한 심봉사의 학력은 서사구조상 꼭 필요한 것은 아닌, 사치스러운 보완인 셈이다. 거기에 비하면 신재효본 〈심청가〉는 조년에 안맹한 것으로 되어 있다. 따라서 그의 학력은 고작 언문을 이해하는, 그것도 받침을 모르는 상태로 이해하는 정도다. 눈이 먼 시기를 일곱, 여덟 살 어름으로 짐작할 만한 수준인 것이다.

　심봉사의 학력이 문제가 되는 것은 뺑덕어미를 만난 이후의 심봉사의 행적에 관한 문제 때문이다. 뺑덕어미를 만난 이후의 심봉사의 행적은 누가 보더라도 이십에 안맹하여 『사서삼경』 등을 두루 읽은 사람의 행적이 아니다. 어떤 가혹한 절망 끝에 미치거나 성격 파탄이 오는 일은 더러 있다. 심봉사의 경우도 약간 억지를 부린다면 그런 쪽으로 설명할 수도 있을 것이다. 유영대는 뺑덕어미를 만난 후의 심봉사의 행적을 "개차반적"이라고도 했는데, 심봉사의 그 개차반적 행적은 사실 그렇게 단순한 개차반은 아니라 할지라도, 심봉사의 딸 팔아먹은 가책과 절망이 그를 그렇게 "개차반적"으로 변모시켰다고 단언할 수 있는 상황이 아니다. 세기말적 절망감과 댄디즘과 마약에 찌든 보들레르가 반흑반백(半黑半白)의 창녀 뒤발(Jeanne Duval)에게 애정을 구걸하면서 명예와 예술과 건강과 가산을 탕진하다가 죽은 것처럼, 우리의 심봉사도 딸 팔아먹은 가책과 절망에 겨워 뺑덕어미를 상대로 모든 것을 탕진하고자 했던가. 적어도 그건 아닌 것 같다. 뺑덕어미나 뒤발이 추녀나 악녀인 점, 그 성적 탐닉 등은 서로 비슷하다 할지라도, 심봉사는 보들레르처럼 의도적으로 악덕을 추구한 것은 아니었다. 의도적으로 가산을 탕진한 것도 아니었다. 딸 팔아먹은 가책과 절망으로 인한 갑작스러운 인격적 파탄이라는 논리가 가능하려면 적어도 뺑덕어미에 대한 심봉사의 선택이 어떤 절망적 의도에서 이루어진 것이라야 한다. 뺑덕어미가 자원했든, 심봉사가 자원했든, 마을 사람들이 중매를 했든 그들의 만남과 선택은 그런 절망적 의도와 관계된 만남이나 선택이 아니었다.

　이십에 안맹하여 『사서삼경』 등을 두루 읽은 여타의 현행 심청가 창본들에 비하여, 조년에 안맹하여 학력이라고는 받침 없는 언문을 이해하는 정도인 신재효본의 심봉사에게는 뺑덕어미와의 만남이나 그에 따른 행적들이 비교적 자연스럽다. 뺑덕어미를 만나기 직전의 가책이나 절망도 그다지 극한적인 것이 아니어서, "동네 과부 있난 집을 공연히 찾아다녀 선웃음 풋장담을 무한히 하"고 다니는 심봉사가 별로 갑작스럽지도 않다. 심청이를 낳은 직후 곽씨 부인이 아들인지 딸인지를 물을 때도, "손에 아무 걸림새 없이 미끈허고 지내간 것이 아매도 마누라와 같은 사람을 낳았나보오"(김연수 창본), "아마도 아달 반대되는 것을 낳았나보오"(심정순 창본) 등으로 대답하는 다른 창본과는 달리, 신재효본에서는 "묵은 조개가 햇조개를 낳았나보오"라고 대답하고 있거니와, 심봉사의 "선웃음 풋장담"도 그 해학적 경망스러움의 연장선상에서 이해됨직한 사항이다. 심봉사는 그 태생이 누대잠영지족이었는지는 몰라도,

그가 살아온 현실은 탈양반적 하층민의 생애였음을 부인할 수 없다. 그는 딸 팔아먹은 가책과 절망 때문에 절망적으로 뺑덕어미를 선택하게 된 것이 아니다. 뺑덕어미와 심봉사와의 만남은 심봉사의 그 가책과 절망을 극복하기 위한 심봉사 나름대로의 절실한 선택이었다.

다른 〈심청가〉에서라면 몰라도 적어도 신재효본 〈심청가〉에서는 심봉사의 인격적·문화적 일관성의 결여는 별로 문제될 사항이 아니다. 심봉사의 선웃음 풋장담들이나, 방아 찧는 여인들과의 노골적이고 음탕한 대화들이나, 뺑덕어미와의 관능적 사랑놀음 등등은 조년에 안맹하여 배운 게 별로 없이 살아온 신재효본의 심봉사에게는 몸에 젖은 서민적 체취의 또다른 표현일 뿐이다. 흔히 논의되는 심봉사의 인격적·문화적 일관성의 결여는 앞서 지적한 것처럼, 〈심청가〉의 서사구조에 거의 도움이 되지 않는 양반문화적 보완작업이 과잉되어 가져온 결과물일 뿐이다. 신재효본 〈심청가〉에 그 보완작업이 최소화되어 있는 점도 그런 면에서 다시 한번 눈여겨 둘 필요가 있다.

4. 그들의 밀월과 이별

(가)

효 ……심봉사는 뺑덕이네에게 딱 탁정이 돼가지고 서른 마음도 간 데 없고 딸 생각도 다 잊어버리고 웃음으로 세월을 보내는듸 하로는 심봉사가 농(弄) 청하여 하는 말이

심 여보소 뺑파

뺑 예

심 내가 오입쟁이 속을 대강 짐작은 허는듸 일색 계집 솔축(率蓄)
허기란 만날 안고 잠만 자는 것보담 재미있는 장난질이 더 좋은 법이
니 우리 짝타령이나 한번 허여볼까

뺑 아이가 짝타령을 어떻게 한데요

심 내가 헐 테니 듣고 자네도 한마디 허여보게

(……)

효 심봉사 좋아라고 달려들어 질끈 안더니

심 아이고 내 꿀단지야 말소리만 들어도 이렇게 어여쁠 제 말허는
입모습과 태도를 보았으면 안 미칠 놈 뉘 있겠느냐(김연수 창본)

심봉사는 아무런 줄 모르고 뺑파한테 빠져서 나무칼로 귀를 베어가
도 모르게 되었겄다.(정권진 창본)

(나)

효 ……왼갖 악증 다 겸하여 이 전곡을 모두 다 빨아먹은 연후에
는 이삼일 먹을 양식만 남겨두고 도망을 헐 작정으로 오뉴월 가마귀
곤수박 파먹듯 밤낮없이 파먹는듸

심 아―여 뺑덕이네, 여 뺑파

뺑 예

심 내가 이 근방에서 실없이 소문 없는 졸부자(卒富者) 말을 듣는
터인듸 궤(机) 속에 엽전 한 푼이 없으니 이게 어찌된 일이여

뺑 아이고 영감도 아 영감 드린다고 술 사오고 고기 사오고 떡 사
오고 담배 사온 것이 다 그 돈이지 무슨 돈이요

효 심봉사 기가 막혀

심 흥 그만두소 그만두고 재 넘어 김동지댁(金同知宅)에 맡긴 돈

백 냥 찾아오소 가용이나 쓰게

뺑 그 돈 벌써 찾아다가 꽃실에 집에 해장값 주고 김순장댁(金巡將宅)에 돈 일백오십 냥 찾아다가 불똥이 할미집에 떡국 값 주고 이진사댁에 돈 삼백 냥 찾아다가 복성값 주고 능금 값 주고 앵도 값 주고 자두 값 주고 살구 값 주고 머—

효 심봉사 어이없어

심 잘 먹었다

(……)

뺑 아이고 영감 어쩐 일인지 저 지난달부터 몸구실을 딱 걸르더니 밥맛은 도무지 없고 신 것만 꼭 구미에 당겨 살구 좀 사 먹은 것이 먹기사 얼마나 먹었다요 살구씨 일곱 섬

효 물색 모른 심봉사

심 아니 여보게 저 지난달보텀이면 그러면 거 태기 있을라나베 남녀간에 무엇이거나 쉬 눈먼 딸자식이라도 하나 낳기만 허게 그러나 그게 아들이 될지 모르지마는 살구씨가 일곱 섬이라니 신 것을 그렇게 많이 처먹고 그놈의 자식 낳드라도 신둥머려져서 쓸까 몰라

(다)

효 그때의 뺑파년은 그새의 뒷집 머슴을 후려다 무슨 이야기 진진허여 문을 선뜻 못 여는듸 그때의 심봉사는 문 앞에 바싹 들어서며

심 여보소 뺑파 살구값 들어가네 문 여소

효 뺑덕이네 이 몹쓸 년은 뒷집 머슴 먹일라고 씨암닭 잡어 솥에 안쳐 불 피우고 자미나게 속삭이다가 심봉사 오는 바람에 닭도 못 먹인 채 뒷문으로 내보내고 부엌으로 돌아나오면서 제 일을 눈치챌까 됩데 심봉사를 타질으는듸

(라)

효　주막에 들어 잠잘 적에 뺑덕이네 몹쓸 년은 아까 수인사(修人事)허든 봉사 중에 제일 젊은 황봉사를 벌써 꾹 찔러 약조허여 주막 딴 방에 두었다가 심봉사 잠든 연후에 둘이 손을 마주 잡고 밤중에 도망(逃亡)을 허였구나 (……)

심　아이고 이 일을 어쩔그나 허허 뺑덕이네가 갔네그려 에이 천하 의리 없고 사정없는 요년아 당초에 네가 바릴 테면 있던 데서나 마다 하지 수백 리 타향에 와서 날 버리고 제가 무엇이 잘 되겠느냐 요년아 에이 천하 몹쓸 년아 뺑덕어멈아 잘 가거라 앞 못 보는 이 병신(病身)이 황성천리 먼먼 길을 막지소양(莫之所向) 어이 갈그나 아이고 아이고 내 신세야 순인군(舜人君)은 성인이시라 눈에 동자(瞳子)가 너이시고 부처님은 무슨 도술(道術)로 눈이 천(千)이나 되시는듸 나는 어이 무슨 죄가 지중허여 눈 하나도 못 보는 거나 몹쓸 놈의 팔자로구나

(마)

심　허허 이제는 죽었구나 정녕 나는 꼭 죽었네 옷을 훨씬 벗었으니 굶어서도 죽을 테요 불꽃 같은 이 더위에 데어서도 나는 죽겠구나 네 이 좀도적놈들아 내 옷 가져오너라 쓰고 먹고 입고 남은 재물도 많을 텐듸 눈 어둔 내 것을 가져가니 그게 차마 헐 일이냐 네 이놈들아 봉사 것 도적질허면 열두 대 줄봉사 난단다 내 옷 가져오너라

효　죽어도 양반이라 체면을 아는 고로 한 손으로 앞을 가리고

심　내 앞에 부인네 지내거든 다 돌아서서 가시오 내 다 벗었소 아이고 아이고 내 신세야 천지 인간 병신 중의 날 같은 이가 뉘 있으리 일월이 밝았어도 동서(東西) 분별을 내 못 허니 살아 있는 내 팔자야

모진 목숨 죽지도 못하고 내가 이 지경이 왠 일이냐(김연수 창본)

좀 장황하기는 하지만 심봉사와 뺑덕어미의 밀월 대목, 뺑덕어미의 먹성질로 심봉사의 남은 재산을 탕진하는 대목, 뺑덕어미가 뒷집 머슴과 통간하는 대목, 뺑덕어미가 황봉사와 달아나는 대목, 그리고 마침내 심봉사가 알몸이 되는 대목을 차례로 인용해보았다.

뺑덕어미가 서둘렀든, 심봉사가 서둘렀든, 마을 사람들이 중매를 섰든 어찌 됐든 그들은 만났다. 마을 사람들이 중매를 서서 그들이 만나는 짜임은 〈심청가〉가 지니고 있는 서사적 결함 중의 한 예일 것이다. 눈 없는 심봉사야 모른다 치더라도, 심봉사에게 원수 진 사람이 아니고서는 천하에 몹쓸 년으로 널리 알려진 추녀를 불쌍한 심봉사에게 중매 설 사람이 누가 있겠는가. 마을 사람들이 중매를 서는 짜임은 아마도 결혼 절차상의 격식을 갖추어야지 싶은 어설픈 양반문화적 보완인 것 같다.

만나는 과정이야 어찌 되었든, "나무칼로 귀를 도려내도 모를" 지경으로 심봉사는 뺑덕어미의 "동포할 제 잔재주와 혀 자른 말소리에 그만 딱 탁정이 되어버렸"다. "동포할 제 잔재주와 혀 자른 말소리"의 대가로 뺑덕어미는 심봉사의 재산을 바닥낸다. 세상이 다 알고 있는 뺑덕어미의 추한 외모와 악행을 눈먼 심봉사는 모른다. 그는 눈이 멀었을 뿐만 아니라 귀까지 막힌, 다시 말해서 완전히 이웃과 단절된 상황 속에서 "서른 마음도 간 데 없고 딸 생각도 다 잊어버리고" 밀월을 즐긴다.

뺑덕어미를 만나기 이전의 심봉사는 마을 사람들과 긴밀한 관계를 유지하고 있었다. 곽씨 부인의 근면함과 그 부덕 때문에, 그리고 심봉사의 처지에 대한 마을 사람들의 동정심 때문에 태어나자

마자 어머니를 잃은 심청은 귀덕이네 등의 동냥젖으로 자라날 수 있었고, 심봉사 부녀의 행복한(?) 걸인생활이 유지될 수 있었다. 심청이 팔려갈 무렵은 말할 것도 없고 팔려간 뒤에도 슬픔에 빠진 심봉사를 위하여 "동중 사람덜이 맡긴 전곡(錢穀) 식리(殖利)하여" 심봉사의 의식을 이어주었다. 그러나 뺑덕어미를 만나는 순간부터 심봉사는 그 소중한 이웃을 잃는다. 뺑덕어미와의 성적 탐닉의 대가로 이웃마저 잃어버리고 심봉사는 고립무원의 처지에 놓이게 된 것이다. 그들의 밀월은 이미 예정되어 있는 파탄의 수순일 따름이다.

심봉사는 태생적 양반의 지위를 잃고, 눈을 잃고, '현철하신 곽씨 부인'도 잃고, 딸을 잃고, 이웃을 잃는다. 그러나 그에게는 아직도 잃어야 할 것들이 더 남아 있다. 마을 사람들이 식리하여 준 전곡이 아직 남아 있고, 가부장적 자존심이 남아 있고, 사회적 체면이 남아 있고, 그리고 나무칼로 귀를 도려내도 모를 뺑덕어미가 남아 있다. 심봉사는 남은 재산을 먹성질로만 조져대는 뺑덕어미를 통하여 그 불쌍한 전곡을 잃게 되고, 뒷집 머슴과 통간하는 뺑덕어미를 통하여 놀림감이 되는 우수꽝스러운 가장이 되고, 그리고 황성 가는 머나먼 길에 뺑덕어미로부터 치욕적인 버림을 당한 뒤 입었던 옷마저 도둑에게 잃고 알몸이 되고 만다.

냇가에서 옷을 도둑맞은 심봉사의 늙은 알몸, 그것은 지금껏 모든 것을 잃어버리고 이제는 더이상 잃어버릴 것이 없는 심봉사의 완벽한 절망을, 뺑덕어미마저 잃어버리고 이제 심봉사에게 남아 있는 것이라고는 다 늙은 알몸뿐이라는 사실을 회화적으로 상징하고 있는 것에 다름아니다. 심봉사가 그 눈과 더불어 지위와 딸과 아내와 재산과 이웃과 가장의 자존심과 사회적 체면 등등 그 모든 잃어버린 것들을 회복하는 것이 심청가의 기본 골격일진대, 그것들을 남김없이 다 잃어버린 다음에라야 지금껏 잃어버린 것들을 회복할 수 있다는 것이, 다시 말해서 그 모든 잃어버린 것들을 회복하기 위해서는 가진 것들을 다 잃어버리고 완벽한 절망에 놓여야 한다는 것이 뺑덕어미 화소를 인정하고 있는 〈심청가〉 작가군들의 무언의 합의일 것이다.

심봉사에게 그나마 남아 있는 것들을 깡그리 잃어버리게 작용하는 인물이 뺑덕어미임은 두말할 나위도 없다. 〈춘향가〉 중에는 변학도 같은 사람이 아니었다면 춘향이가 어찌 열녀가 될 수 있었겠느냐면서 월매나 춘향이가 이몽룡에게 변학도를 용서해주자고 제안하는 창본도 있지만, 그래서 변학도가 용서를 받기도 하지만, 뺑덕어미는 그런 관용의 대상이 되지도 못하면서 변학도와 비슷한 역설적 역할을 수행한다. 변학도가 춘향을 열녀로 만드는 데 가장 크게 기여한 인물이라는 논리가, 그것이 꼭 용서라는 한국적 서사 관행을 위하여 급조된 억지소리만은 아니다. 춘향을 열녀로 만드는 것이 변학도에게 부여된 〈춘향가〉의 서사구조임은 누구도 부인할 수 없는 사실이다. 뺑덕어미도 또한 마찬가지로 그녀의 서민적·추녀적·악녀적 희화성을 통하여 심봉사로 하여금 그나마 남아 있는 모든 것을 잃어버리게 함으로써 알몸의 완벽한 절망을 안겨준, 그리하여 심봉사에게 모든 것을 되찾게 해준 불행한 공로자다.

5. 마무리

지금까지 이 글은 〈심청가〉의 형성과정에서 삽입된 것으로 여겨지는 뺑덕어미 화소가 개안 모티프를 축으로 삼은 〈심청가〉의 서사구조에 어떤 기능으로 참여하고 있는가를 살펴보았다.

빵덕어미 화소의 삽입 보완은 〈심청가〉에 진행되어온 그 동안의 양반문화 지향적 보완으로 인한 어색한 화장을 지우고 〈심청가〉의 맨살을 드러나게 한다. 빵덕어미라는 호칭의 서민성과 그녀의 외모나 행실로 인한 추녀적·악녀적 희화성은 그녀가 등장하기 이전의 〈심청가〉에 작용되어왔던 양반문화 지향적 보완을 무력하게 만들고, 탈양반문화 지향적으로 〈심청가〉의 서사적 물줄기를 돌려놓는 것이다. 그녀의 서민성과 희화성은 〈심청가〉에 작용된 그 보완작업이 개안 모티프를 축으로 삼는 〈심청가〉의 서사구조에 사실상 얼마나 무거운 짐이 되어 왔던가를, 그 보완작업이 얼마나 값비싼 문화적 사치였던가를 분명히 깨닫게 한다. 그녀의 서민성과 희화성은 또 판소리의 감동이 탈양반문화 지향적 끌어내리기를 통해서 완성된다는 사실을 거듭 확인하게도 한다.

〈심청가〉의 중요한 문제점 중의 하나로 여겨지고 있는 심봉사의 인격적·문화적 일관성의 결여는 개안 모티프와는 무관한 그 양반문화지향의 보완작업으로 야기된 혼란인 것 같다. 대부분 〈심청가〉의 심봉사들은 "이십에 안맹하여" 한문문화를 넉넉히 습득한 입장에서 이야기가 시작되지만, 신재효본의 심봉사는 "조년에 안맹하여" 한문문화를 습득할 기회가 없었기 때문에 양반문화적 보완이 최소화되어 있고, 그 혼란도 따라서 최소화되어 있다. 신재효본의 심봉사가 다른 창본의 심봉사들에 비하여 탈양반문화 지향에 더 적극적인 이유도 바로 그 점에 있다.

다른 〈심청가〉들에서는 빵덕어미를 만나기 직전의 심봉사의 슬픔과 가책과 절망이 직접적, 극한적으로 표현되어 있음에 비하여, 신재효본 〈심청가〉는 그 슬픔과 가책과 절망이 간접적 태도로 유보되어 있다. 신재효본 〈심청가〉는 개안이라는 희대의 감동을 맞이하기 위해서 심봉사가 더욱 더 참담한 절망에 도달해야 한다고 여기는 것 같다. 신재효본 〈심청가〉의 이러한 입장은 뺑덕어미 화소가 판소리적 긴장의 이완을 위한 단순한 오락적 기능으로 삽입된 것이 아니고, 심봉사를 더욱 더 참담하게 절망의 극한으로 몰아세우는, 그리하여 개안의 감동을 극적으로 강화하는 기능으로 보완되었을 것이라는 이 글의 논지를 적극적으로 돕고 있다.

눈과 더불어 양반의 지위도 잃어버린 심봉사, 현철한 아내도 효성스런 딸도 잃어버린 심봉사로 하여금 뺑덕어미는 그 추녀적·악녀적 희화성을 통하여 그나마 남아 있는 심봉사의 재산과 이웃과 체면과 자존심을 다 잃어버리게 만들어놓고, 자신도 심봉사의 곁을 떠난다. 도둑에게 옷마저 잃어버린 심봉사는 비로소 더이상 잃어버릴 것이 없는 알몸으로 남는다.

새벽이 오기 직전에 잠시 세상이 더 캄캄해진다는 말이 있다. 어려서 눈을 잃고 늙도록 어둠 속에서 살았던 심봉사는, 뺑덕어미 때문에 그가 지금까지 겪어온 어떤 어둠보다도 더 캄캄한 어둠을 만난 것이다. 더이상 잃어버릴 것이 없는 완벽한 절망, 뺑덕어미가 심봉사에게 안겨준 그 완벽한 어둠이야말로 개안을 맞이하기 위한 가장 확실한 감동의 산실이었던 셈이다.

천민자본의 횡포와 가난타령

1. 흥부의 가난과 다른 판소리에서의 가난

가난은 오랜 인류사 속에서 신과 인간의 갈등 못지않게 인간에게 주어진 지난한 숙제다. 옛날의 고려장이나 최근의 보릿고개 같은 것을 구태여 상기하지 않더라도 그것은 우리나라의 오랜 역사를 두고 심각한 사회적 문제 아닌 때가 거의 없었던 것 같다. 홍익인간이니 인내천이니 만민평등의 사상과 종교 같은 것들도 필시 그 가난과 더불어 움텄을 것이다.

〈흥부가〉 속에도 '가난구제는 나랏님도 못한다'는 말이 있다. 그 말은 우리가 겪어야 하는 가난의 외적 원인을 숙명적인 것으로 받아들이면서 가난을 겪는 당사자들의 개인적 필연성, 개인적인 우둔함 게으름 낭비벽 등등에 근거를 두고자 할 때 흔히 쓰는 말이다. 물론 이 세상에는 나랏님조차도 어찌해볼 도리가 없는, 그런 개인적 원인에 근거한 가난도 적지 않을 것이다. 그러나 우리나라가 역사적으로 겪어온 집단적 가난의 참상들은 대부분 봉건사회의 구조적 착취에 근거하거나, 봉건사회의 틈을 비집고 그 말기에 대두된 천민자본주의가 배금지상주의를 바탕삼아 그나마 유지되던 사회질서나 인륜들을 깡그리 짓밟아버리는 데에 보다 근본적인 원인이 있었을 것이다. 그것은 무소불위의 나랏님으로도 아닌게 아니라 어찌해볼 도리가 없는 역사적 필연이었을지도 모른다.

봉건사회의 말기적 증상들이 걷잡을 수 없을 지경으로 도처에서 불거지던 조선후기사회, 그 틈을 비집고 활착하는 천민자본의 횡포 속에서 배양된 판소리문화는 주제적 측면에서 유교적 지배이념에 수렴되기도 하고 신재효식 첨삭과 굴절을 감수하면서도, 오늘날에 이르기까지 그 바탕을 형성한 평민적 정서를 끈질기게 유지하고 있다. 〈춘향가〉의 봉건적 계급질서에 대한 도전이나 〈적벽가〉 〈수궁가〉의 암주에 대한 비난과 기롱, 그리고 〈가루지기타령〉 〈흥부가〉 〈심청가〉처럼 황폐화하는 사회적 현상들에 대한 쓰라린 동조와 고발과 경계 등은 봉건적 검열을 적지 않게 겪었으면서도 오늘날에 이르도록 여전히 판소리문화의 눈으로 기능하고 있다.

판소리 여섯 마당 중에 천민적 자본의 횡포에 의해서 황폐화하는 사회를 고발하면서 가난에 관한 문제를 가장 심각한 소재로 다루고 있는 것은 〈흥부가〉다. 심봉사 부녀나 변강쇠 내외가 겪는 가난도 물론 예사 가난은 아니다. 공양미 삼백 석과 목숨을 맞바꾸기는 하지만 심청의 그것은 어디까지나 효심에 근거한 선택일 뿐 필연적인, 절박한 가난은 아니다. 변강쇠 내외의 경우에도 유랑민의 정처 없는 삶이 바탕을 이루고는 있지만, 성적 탐닉과 그 주변에서 발생하는 죽음과 치상의 회화화에 초점이 형성되어 있을 뿐 가난에 대한 적극적 문제제기는 없다. 심봉사 부녀나 변강쇠 내외가 비록 가난한 사람들이기는 하지만 그들의 가난은 흥부네처럼 의식주의 문제, 그중에서도 특히 먹거리의 문제에 철저하게 매달리려 있는 절박한 것은 아니었다.

흥부든 심봉사든 변강쇠든 그들이 모두 땅 한 평 가꾸지 못하고 지내는 가난한 사람들이기는 하다. 그러나 시력을 잃은 심봉사의 경우는 기본적으로 노동력이 없기 때문에, 그리고 돈푼이나 있을 때에는 사랑놀음으로 가산을 탕진하기 때문에 그의 가난은 개인적인 가난일 수도 있다. 비정하고 막돼먹은 세상에 되는 대로 자신을 내맡기는 성적 탐닉이나 게으름이나 싸움질이나 노름질 때문에 변강쇠의 가난도 역시 개인적인 것일지도 모른다. 황폐화하는 사회 현상에 그들이 어떻게든 동조하고 있기 때문에 가난의 원인이 그들 자신에게 내재되어 있는 것처럼 여겨질 수도 있을 것이다. 아니, 사회적 황폐화에 동조하고 있는 작품구조상 그들이 겪는 가난의 문제가 작품의 전면에 클로즈업되지 못했을지도 모르겠다. 그러나 흥부의 가난은 애당초 그들의 가난과 다르다. 흥부는 사회적 황폐화에 그들처럼 동조하지도 않았고 흥부 내외가 누구보다도 착한 사람들이라는 것말고는 가난하게 살아야 할 개인적인 이유가 전혀 없다. 자식들이 많은 것을 흥부가 겪는 가난의 원인처럼 여기기도 하지만 그것은 흥부의 가난에 서사적 합리성을 제공하는 빌미로서의 성격이 짙다. 그들 내외는 착하고 화목하고 부지런하고 성실하다. 그들의 가난은 다른 판소리의 가난과는 달리 거의 외적인 상황에 의해서 결정된다.

견해에 따라 다소 차이가 있기는 하지만 〈흥부가〉는 크게 두 부분으로 구성되어 있다. 흥부 박까지의 권선(勸善)을 전반부로, 놀부 박부터를 징악(懲惡)의 후반부로 살필 수도 있을 것이다. 그러나 '사실적 가난의 기록'과 그 '신이(神異)적 해결'이라는 서사태도에 중점을 두어, 도승(道僧)의 출현 이전을 전반부로, 도승의 출현 이후 신이적 해결을 후반부로 삼는 것이 관행인 것 같다. 〈흥부가〉 중 가난타령은 창본에 따라 도승 출현을 전후하여 불리고 있는데, 이는 흥부 내외가 겪는 가난의 극점에 그의 가난을 총체적으로 표현하고자 하기 때문일 것이다.

이 글은 흥부네 가난의 극점에 맞어져 그의 가난을 총체적으로 표현하고자 하는, 그리고 〈흥부가〉 서사구조의 분수령 구실을 하고자 하는 가난타령을 통하여 어느 자리에 놓인 가난타령이 어떻게 제구실을 수행하는가를, 그리고 흥부 내외의 가난과 그 배경이 되어 있는 다른 부분창들과의 관계를 점검하고, 흥부 내외의 가난에 대하여 작가군들이 어떤 합의를 형성하고 있는가, 어떤 이견이 섞여 있는가를 헤아리면서 그들이 겪은 가난의 배경과 그 사회적 의미를 규정해보고자 한다.

2. 가난타령의 사회적 배경
— 심술타령과 가난타령의 관계

흥부가의 초압을 장식하고 있는 심술타령은 억눌리어 있는 인간의 악마적 속성을 거침없이 자극한다. 심술타령은 판소리적 과장과 흥겨운 자진머리 가락에 실리어 흥부가 청중들의 정서적 해방을 가속적으로 촉구한다. 처음부터 '천하의 몹쓸 놈'으로 규정된 놀부의 천하의 몹쓸 짓들이 폭발적 웃음을 자아내게 만든다. 양반인 체하지만 뭐로 보나 양반이 아닌 놀부, 부자이면서 끔찍한 구두쇠인 놀부, 욕심에 눈이 어두워 보통 사람 이하의 지능으로 한세상을 살아가는 놀부, 온갖 비인간적 악행을 서슴지 않는 놀부, 그는 도깨비설화의 욕심 많은 혹부리영감이기도 하고 도깨비 그 자체의 변형이기도 한 한국형 알라존이다. 도깨비설화의 향유층들이 도깨비를 짓밟으면서 위로를 받았던 것처럼 흥부가의 청중들도 그렇게 놀부의 심술을 즐겼던 것이다.

　물불을 안 가리는 악행, 무슨 짓을 더 저지를지 모르는 놀부의 저돌적 태도는 거침없는 자진머리 가락과 더불어 아슬아슬하기까지 하다. 인간의 사회적 윤리적 존재가치를 한꺼번에 무너뜨려 황폐화시키는 놀부의 악마적 에너지에는 과연 수위가 없었던가. 놀부의 심술들은 그 심술의 대상이 대개 장애인이나 어린아나 노인이나 아녀자나 행려자 같은 상대적 약자들이다. 부자나 관리나 양반을 놀부가 심술의 표적으로 삼았더라면 그는 상당히 진보적 인물로 평가되었을지도 모른다. 그러나 놀부는 서민들, 그중에서도 만만한 상대적 약자들을 심술의 대상으로 삼고 있다는 점에서 비열하고 얄미운 도깨비의 이미지를 벗을 수 없다. 양반인 체하는 구두쇠, 천민부호인 놀부는 서민들의 생활질서와 윤리개념을 황폐화시키는 비열한 악마적 기능으로, 그리고 청중들로 하여금 마음껏 욕하고 미워하고 짓밟으면서도 즐길 수 있는 제물로서의 기능으로 작품의 서두를 장식한다.

　심술타령이 〈흥부가〉에서 담당하고 있는 또하나의 기능은 앞으로 전개될 놀부의 기상천외의 패륜들에 대한 복선의 구실을 하는 점이다. 엄동설한에 아우 일가를 내쫓는 사건, 도움을 구하러 온 아우에게 딴 낯을 짓다가 몽둥이 찜질을 해서 내쫓는 사건, 제사음식 대신 접시마다 음식값에 해당하는 엽전을 올려놓고, 그 엽전 한

넢이 없어졌다는 핑계로 마침내는 신주를 들고 장터로 나돌며 신주에게 장터의 음식들을 구경시키는 사건, 제수씨에게 권주가를 청하는 사건, 구렁이 흉내를 내며 둥지에서 꺼낸 제비새끼의 다리를 무릎에 대고 부러뜨리는 사건 등등의 하고 많은 놀부의 패륜들이 〈흥부가〉의 작중인물들에게는 어처구니없는 뜻밖의 사건일지 모르지만 심술타령을 즐긴 청중들에게는 그것들은 이미 뜻밖의 사건이 아니다. 심술타령을 통하여 놀부의 패륜의 패턴에 익숙해진 청중들은 오히려 더 기상천외한 놀부의 패륜을, 그를 마음껏 미워하고 욕하며 웃을 수 있는 기회가 오기를 오히려 감질나게 기다린다.

심술타령의 이러한 서사적 기능들은 놀부로 상징되는 봉건사회 말기의 천민자본주의의 활착과 그에 따른 사회적 윤리적 황폐화를 종합적으로 상기시킴으로써 가난타령의 원초적 배경을 형성한다. 가난타령은 사회적 윤리적 황폐화를 상기시키는 심술타령을 배경 삼아 가난의 정점에서 맺어져 흥부네의 가난을 종합적으로 점검하게 하는 것이다.

3. 가난타령의 자리매김과 내용분석

1) 가난타령의 자리매김

(진양조)
가난이야 가난이야 원수년의 가난이야
복이라 허는 것을 어찌 하면 잘 타는고
북두칠성께서 복마련을 하시는가
생년 생월 생일 생시 사주팔자로 태어나야

乘金相水 穴土印木 묘쓰기에 매였는가
耳目口鼻 五岳으로 생기기에 매였는가
積善之家 必有餘慶 마음씨에 달렸는가
어찌하면 잘 사는지 생각사록 한스럽다.
이 세상 난 연후에 불의행사 한 일 없고
밤낮으로 쉬지 않고 품팔아 벌어도 삼순구식 할 수 없고
일년 사절 폐의파복 아내는 浮黃나고
자식들은 餓死地境 이 일을 장차 어찌 하나(박헌봉 창본)

가난타령은 창본에 따라 흥부 가난타령도 있고 흥부 처의 가난
타령도 있는데 흥부 처가 부르는 가난타령이 대부분이다. 흥부 가
난타령과 흥부 처의 가난타령이 작품 안에 따로따로 있는 창본도
있다. 그러나 흥부나 흥부 처 중에서 누가 가난타령을 부르는가,
누가 먼저 자결을 시도하고 누가 말리는가 하는 것들은 이 글의 논
의과정에서는 별로 문제삼을 것이 못 된다. 그것이 흥부의 것이든
흥부 처의 것이든 어찌 보면 〈흥부가〉의 전반부는 거의 다 가난타
령이라고 볼 수도 있지만, 여러 명창들의 더늠으로 널리 알려진 부
분창으로서의 이 가난타령은 〈흥부가〉의 서사구조 안에서 어느 대
목에 설정되어 어떤 구실을 하고 있는가 하는 점이 이 단원의 주된
관심사다.

다음은 가난타령의 자리매김을 위하여, 먼저 가난타령과 관계되
는 가난타령 전후의 화소들을 창본별로 비교해본 내용이다. 11종
의 창본이 수록되어 있는『흥부가전집』(김진영 외 4인 엮음, 박이정
출판사)을 그 비교대상으로 삼았다.

1. 신재효 : 놀부집 구걸, 품팔이타령, 가난타령, 도승 출현
2. 심정순 : 놀부집 구걸, 품팔이타령, 매품팔이,(도승 출현 없음) 제비 출현, 추석 전의 가난, 가난타령(축소형 박타령 앞부분)
3. 정광수 : 매품팔이, 놀부집 구걸, 가난타령(홍부처), 도승 출현, 추석 전의 가난, 가난타령(변형, 홍부), 박타령
4. 박동진 : 놀부집 구걸, 품팔이타령, 매품팔이, 가난타령(홍부처), 도승 출현, 추석 전의 가난, 가난타령(변형, 홍부), 박타령
5. 박헌봉 : 매품팔이, 놀부집 구걸, 품팔이타령, 가난타령(홍부), 도승 출현
6. 이선유 : 놀부집 구걸, 품팔이타령, 매품팔이, 도승 출현, 추석 전의 가난, 박타령(가난타령이 없고 박 타던 중 홍부처가 죽었다가 회생함)
7. 김연수 : 품팔이타령, 매품팔이, 놀부집 구걸, 도승 출현, 추석 전의 가난, 가난타령, 송편타령, 박타령
8. 박녹주·박송희 : 매품팔이, 놀부집 구걸, 도승 출현, 추석 전의 가난, 가난타령, 박타령
9. 김소희 : 매품팔이, 놀부집 구걸, 품팔이타령, 가난타령(홍부), 도승 출현, 추석 전의 가난, 가난타령(변형, 홍부처), 박타령
10. 강도근·박봉술 : 매품팔이, 놀부집 구걸, 도승 출현, 추석 전의 가난, 가난타령, 박타령
11. 박봉술 : 위(10)와 같음

가난타령이 홍부 내외가 겪은 가난의 극점에서 맺어져 홍부네의 가난을 총체적으로 조감하고 그 의미를 부여한다는 관점에서 그것이 어느 화소 직전에 놓여 있는가를 먼저 눈여겨둘 필요가 있다.

도승 출현 직전에 놓인 것이 5종(신재효, 정광수, 박동진, 박헌봉, 김소희), 흥부박 타기 직전에 놓인 것이 5종(심정순, 김연수, 박녹주·박송희, 강도근·박봉술, 박봉술)이다. 그중 심정순 창본의 경우는 가난타령이 축소되어 있고, 이선유 창본에는 가난타령이 없고 흥부 박타기 직전의 톱질 중에 흥부처가 잠깐 죽었다가 이웃에서 얻어 온 밥을 먹고 회생하는 장면으로 가난타령을 대신한다. 정광수, 박동진, 김소희 창본에는 가난타령의 변형이 박타령 앞에 다시 나온다.

가난타령의 놓인 자리를 이처럼 가늠해보는 이유는 동편 서편의 갈래에 관한 관심 때문이 아니다. 동·서편을 가리지 않고 신재효의 영향을 비교적 많이 받은 것으로 알려져 있는 흥부가는 가난타령의 경우 어느 정도 동·서편의 구분이 가시화되기도 하지만, 동편소리든 서편소리든 가난타령은 흥부네 가난의 극점에 맺어져 〈흥부가〉 서사구조상의 분수령 구실을 하고자 한다. 도승 출현 직전의 서편적 설정은 가난의 사실적 기록과 신이한 해결이라는 서사구조에 비중을 둔 것 같고, 동편적 경향은 서사구조보다는 흥부네가 겪는 가난의 막바지에 가난을 최종적으로 마무리함으로써 보다 극적 효과를 기대한 것이 아니었나 여겨진다.

가난타령이 어느 화소 앞에서 작품의 분수령 구실을 하고자 하는가에 대한 관심 못지않게 어느 화소 다음에 놓이는가를 살피는 것도 가난타령의 자리매김에 도움이 될 것이다. 가난타령의 자리매김을 위한 이러한 관심은 〈흥부가〉의 소리꾼들이나 창본을 정리한 이들의 작품에 대한 태도와 그 세계관을 어느 정도 가늠하게 하기 때문이다.

가난타령이 어느 화소 다음에 놓이는가를 살피는 데 있어서, 박타령 앞에 놓인 동편적 구성은 검토의 대상이 아니다. 그것들은 흥부네가 겪는 가난의 참상을 보다 극적으로 드러내기 위하여 한결같이 추석 전날의 풍요로부터 소외된 흥부네의 가난의 참상을 앞세우고 그 직후에 가난타령을 부르도록 판이 짜여 있다. 문제가 되는 것은 도승 출현 직전에 가난타령이 놓인 서편적 경우다. 그것들은 가난타령 앞에 놓인 화소의 배열이 일정하지 않은데, 놀부집 구걸, 매품팔이, 품팔이타령 등의 화소가 서로 앞뒤가 엇갈리기도 하고, 매품팔이나 품팔이타령을 아예 빼먹었거나 마지못해 슬쩍 끼워넣은 것 같은 태도를 보이고도 있다. 그들 서편적 창본의 경우, 가난타령이 소리꾼이나 창본 정리자의 의도에 따라서 임의로 이용당하고 있는 것 같은, 그래서 가난타령이 제구실을 못 하고 있는 것 같은 아쉬움이 남는다. 정광수, 박동진, 김소희 창본이 저마다 가난타령의 변형을 동편적 가난타령 자리에 재배치하고 있는 것도 그러한 서편적 가난타령의 취약점을 보완하기 위해서인 것 같다.

심정순 창본, 박동진 창본, 이선유 창본에서는 매품팔이가 놀부집 구걸 다음에 놓여 있는데, 그 순서에 관해서도 유념해둘 필요가 있다. 그것은 두 화소 중 뒤에 놓인 화소에 더 비중을 두고 있는 창자의 태도를 헤아리게 하기 때문이다. 놀부집 구걸이 뒤에 오는 것은 형제우애를 짓밟는 놀부적 패륜을 강조하기 위한 짜임이고, 매품팔이가 뒤에 오는 것은 사회적 부패구조의 만연을 강조하기 위한 노력일 것이다. 어느 것이 더 바람직한 짜임인가를 헤아릴 계제는 아니지만, 매품팔이 화소가 뒤에 놓이는 경우, 그것은 앞에 놓였던 놀부적 패륜에 대한 미움과 분노와 절망감이 사회적 의미로 확대되는 짜임임을 부정할 수 없을 것이다. 그 점과 관계하여 첨언하자면 흥부의 매품팔이 실패는 흥부적 가난의 정점에 대한 예비적 사건이 되기도 하고 사회적 부패구조에 대한 골계적 고발이기도 하지만 한편으로는 황폐해진 세상에 어쩔 수 없이 동조하려고 덤볐던 흥부적 도덕성의 위기를 아슬아슬하게 보호해주는 기능을 지니고도 있다.

2) 가난타령이 〈흥부가〉에만 나오는 이유

가난타령은 가난을 '원수녀르' 것으로 규정하면서 시작한다.

　　가난이야 가난이야 원수년의 가난이야

대부분의 〈흥부가〉 창본들에는 '원수녀르'가 '원수년의'로 표기되어 있다. 강도근, 박봉술 창본에만 '원수녀러'로 되어 있는데, '녀러(녀르)'는 '년(여성비칭불완전명사)＋의(소유격조사)'가 활음형으로 변형된 비칭강세 접미사일 것이다. 그려르 것, 저녀르 자식, 이녀르 세상, 그녀르 버릇 등등 '녀르'의 일반적 쓰임새가 '년의'의 어원적 영향을 한참 벗어나 있다.

가난타령은 대개 흥부 처가 부른다. 대부분의 창본이 '녀러, 녀르'를 '년의'로 표기한 것은 아마도 흥부 처가 가난타령을 부르는 것을 근거삼아 유추된 오류일 것이다. 그러나 흥부 처 아닌 흥부가 부르는 박헌봉본의 이 가난타령도 이 부분을 '웬수놈의'라 하지 않고 '원수년의'라고 표기하고 있다. 실제로 소리꾼들은 거의 '녀르'나 '녀러'로 부르지마는 표기과정에서 표기자의 과잉 개입으로 이런 오류가 정착되었거나, 소리꾼들의 사설을 바로잡으려는 의식이 과잉된 결과일 것이다. 박동진창본이나 김소희창본에는 흥부 처의 가난타령일지라도 '원수놈의'로 표기되어 있다. 여성비칭이나 남성비칭의 굴레를 벗기어 '놈'을 공통비칭으로 본 것이다. '년'이든 '놈'이든 '녀르'든 모두 비칭으로 쓰인 것이 눈여겨볼 만한 일이다.

'가난이야'의 '이야'는 '이여'와 같은 호격이지만 '이여'가 존칭호격임에 비하여 '이야'는 비칭호격이다. 가난이 '웬수녀르' 것이기에 '이여' 아닌 '이야'로 써서 가난에 대한 원망과 비난을 함께 섞으려 하는 것이다.

돈타령이나 범피중류나 상두가나 새타령 등등 판소리의 삽입가요나 부분창들은 필요에 따라서 비슷한 정황일 경우 이 작품 저 작품으로 넘나든다. 그것은 판소리적 관행이다. 변강쇠나 심봉사나 흥부가 다 같이 땅 한 평 못 가꾸는 가난한 사람들인데도 불구하고 가난타령은 그러나 유독 〈흥부가〉에만 나온다. 그것은 변강쇠나 심봉사의 가난에 비하여 흥부의 가난이 떳떳하기 때문이다. 그는 변강쇠처럼 게으르지도 노름을 좋아하지도 않는다. 심봉사처럼 시력을 잃었거나 여색에 빠지지도 않는다. 그는 가족을 위하여 이 세상의 온갖 험한 일들을 마다하지 않는다. 그러나 흥부 내외가 죽도록 품을 팔아도 삼순구식조차 못 하도록 만드는 당시의 착취구조는 너무나 완강하다. 가난타령은 황폐화된 당시의 사회구조에 동참하지 아니하고 그 속에서 오로지 착하고 부지런하게 살았던 사람만의 몫이다. 비록 가난하게 살았다고는 하지만 변강쇠나 심봉사가 만일에 가난타령을 부른다면 그들은 '가난이야'가 아닌 '가난이여'로 불러야 했을 것이다. 왜냐하면 그들은 황폐화된 사회구조에 스스로 동참하는 삶을 살았기 때문이다. 그들은 가난을 탄식할 수는 있어도 비난하거나 원망할 입장이 못 되는 것이다. 이 가난타령이 〈가루지기타령〉이나 〈심청가〉로 넘나들지 못하는 이유가 바로 거기에 있다.

3) 신재효의 흥부 흠집 내기

신재효본 〈남창춘향가〉 중 〈십장가〉에는 '십벌지목 믿지 마오, 썹은 아니 줄 터이오' 라는 춘향의 육담적 발악이 나온다. 춘향의 열녀적 절행을 극적으로 강화하는 〈십장가〉에서 춘향으로 하여금 육담을 내뱉게 하는 창본은 신재효본말고는 어디에도 없다. 졸고 「〈십장가〉와 육담의 허실」에서 변학도의 비행과 춘향의 열녀적 이미지를 양비론적으로 희석시키는 신재효의 음험한 재치와 그 안간힘이 언급된 바 있거니와, 실제로 신재효의 〈남창춘향가〉에는 〈십장가〉에서처럼 춘향의 열녀적 이미지를 결정적으로 피해가거나 훼손시키는 개작부분이 많다.

오리정 이별 후 암행어사 출도에 이르기까지 춘향과 이도령의 이별기간이 창본에 따라 각각 차이를 보이는데, 그중 가장 긴 것이 김연수 창본의 8년이고 가장 짧은 것이 신재효본의 3개월이다. 이별기간이 길면 길수록 춘향의 열녀적 정절이 돋보이는 것은 당연한 일이다. 그 기간을 가장 짧게 잡은 신재효는 결말부분에서도 춘향이 정렬부인이나 충렬부인이 되는 다른 창본들과는 달리, 그냥 서울로 올라가서 아들 딸 낳고 오복겸비하여 잘살았다는 식으로 처리하고 만다. 춘향이 옥중의 꿈에, 황릉묘에 가서 신화적 열녀인 순임금의 이비(二妃)를 만나 열녀로 상찬받는 장면조차 천장전으로 가서 옥황상제를 만나는 장면으로 바꿔치기를 해놓고 좌상의 눈치를 살피던 신재효. 〈남창춘향가〉에서 보이는 신재효의 이러저러한 춘향의 열녀 이미지 기피나 훼손행위는 물론 봉건적 신분질서의 온존을 위한, 아니 양반좌상의 눈치를 살펴야 했던 그 나름의 안간힘이었을 것이다.

춘향의 열녀 이미지를 어떻게든 기피하고 훼손시키던 신재효는 박타령에서도 서사적 합리성을 훼손하면서까지 흥부의 도덕성에 기어이 흠집을 만든다.

……흥보 신세 개구다시 못 하고서 빈 손으로 쫓겨나니 광대한 이 천지에 무가객이 되었구나. 불쌍한 흥보댁이 부자의 며느리로 먼 길 걸어보았겠나. 어린 자식 업고 안고 울며불며 따라갈 제 아무리 시장 하나 밥 줄 사람 뉘 있으며 밤이 점점 깊어간들 잠잘 집이 어디 있나. 저물도록 뺏뻣 굶고 풀밭에서 자고 나니 죽을밖에 수가 없어 염치 차 차 없어가네. 이곳저곳 빌어먹어 한두 달이 지내가니 발바닥이 단단 하여 부르틀 법 아예 없고 낯가죽이 두터워져 부끄러움 하나 없네. 일 년 이 년 넘어가니 빌어먹을 수가 터져 흥보는 읍내 나가면 客숨에나 射亭에나 座起를 높이 하고 外村을 가랴하면 물방앗집이든지 당산정 자 밑에든지 私處를 정하고서 어린것을 옆에 놓고 긴 담뱃대 붙여 물 고 솟솔을 매든지 또가리를 절든지 냇가 방죽 가까우면 낚시질 앉아 할 제, 흥보의 마누라는 어린아해 등에 붙여 새끼로 꽉 동이고 바가지 에 밥을 빌고 호박잎에 건지 얻어 허위허위 찾아오면 염치없는 흥보 소견 가장 티 하느라고 가속이 더디 왔다. 짚었던 지팽이로 매질도 하 여보고, 입에 맞는 반찬 없다. 앉았던 물방앗집 불도 놓아보려 하고 별시를 매양 부려, 하루는……

마치 흥부의 가난이 흥부 개인에게 원인이 있기라도 한 것처럼 흥부의 착하고 부지런하고 정직하고 성실한 이미지를 판소리적 골 계로 위장하여 훼손시키고 있다. 당시 민중들의 희망의 표적이던 판소리 주인공들의 도덕성을 어이없이 훼손시키는 이러한 신재효적 상투성은 그 동안 최진원, 김흥규, 임형택, 정병헌 등의 논의를 통하여 그 모습이 어느 정도 밝혀져 있기는 하지만 아직도 더 밝혀야 할 부분들이 적지 않다. 박타령에서 보이는 신재효의 '흥부 흠집 내기'도 물론 더 심도 있는 논의를 필요로 하는 부분이다.

황폐해지는 세상과 더불어 덧없이 황폐해진 흥부의 모습을 각인시켜서 이렇듯 흥부 흠집 내기를 주저하지 않았던 신재효의 의도는 어디에 있었던가.

복이라 허는 것을 어찌 하면 잘 타는고
북두칠성께서 복마련을 하시는가
삼신제왕님이 점지를 하시는가
생년 생월 생일 생시 사주팔자로 태어나야
乘金相水 穴土印木 묘쓰기에 매였는가
耳目口鼻 五岳으로 생기기에 매였는가
積善之家 必有餘慶 마음씨에 달렸는가

이 부분의 사설 중 '생년 생월 생일 생시 사주팔자로 태어나야'라는 구절은 김소희 창본과 박헌봉본에만 있는데 그 어미 처리가 언뜻 구속형어미로 보이고 따라서 그 다음에 올 말이 생략된 것처럼 여겨질 수도 있을 것이다. '생년 생월 생일 생시 사주팔자로 태어나야 잘 살더란 말이냐'라는 내용이 음악적 처리를 위하여 축약된 형태일지도 모르겠다. 아니면 '야'가 구속형어미 아닌 전라도 방언의 의문형어미로 쓰이어, '……태어나야 하느냐'의 뜻일지도 모르겠다. 실제로 그 부분의 창을 들어보아도 잘 구분되지 않는다.

아마 후자 쪽이 아닌가 싶다. 이 부분의 어미처리가 다 의문형인데 하필 '태어나야' 하나만 구속형일 필요가 있겠는가. 신재효본에는 이 구절이 '……팔자에 매였는가'로 표기되어 있는데, '매였는가'라는 말이 한꺼번에 너무 많이 쓰이는 단조로움을 피하기 위하여 창자들이 전라도 방언을 구사하여 '……는가'보다도 부정의 의도가 보다 더 강조되는 다른 꼴의 의문형으로 변형시킨 것 같다.

  가난에 대한 원망과 비난에 뒤이어 이 사연들은 가난타령의 구조상 그 원망과 비난을 이어가는 부분이다. 이 사연들은 언뜻 보기에는 복을 타고나지 못한 것에 대한 탄식처럼 여겨지기도 한다. 그러나 복을 타고나는 방법들을 열거한 형식이 같거나 비슷하다고 해서 그것들을 모두 같은 의문형으로 보아서는 안 된다. '북두칠성님, 삼신제왕님, 사주팔자, 음택풍수, 관상' 등등과 맨 뒤에 나오는 '마음씨'와의 차이를 먼저 눈여겨둘 필요가 있다. '마음씨' 앞에 열거된 사항들이 결정론적, 운명론적 세계관에 의한 것이라면 '마음씨'는 유일하게 가변적, 인위적인 사항이다. 그것은 복을 타고나지 못한 운명이나 팔자에 대한 탄식이 아니라 '마음씨'에 의해서 복을 받기도 하고 못 받기도 한다는 흥부가의 표면적 주제에 대한 암시적 기능을 하고 있는 셈이다. 다시 말하면 앞서 열거된 운명론적 세계관에 대한 완곡한 부정일지도 모른다. '마음씨'에 대한 이러한 집착은 그것이 황폐해진 세상을 견디고 이겨낼 수 있는 유일한 방법이라는 것을 쓰라리게 확인하는 에너지일지, 아니면 '마음씨'에 의하여 잘살고 못 사는 것이 매여 있다는 사실 자체에 대한 절망적 회의일지 속단할 일은 아니다. 그 두 가지 의미를 겹으로 표현함으로써 흥부네의 가난의 참상이 흥부가의 표면적 주제로 직결되는 통로를 확보하는 것만은 확실하다.

신재효가 흥부 흠집 내기를 서둘렀던 의도에 접근하기 전에 먼저 흥부시절의 우리나라에는 흥부 같은 가난을 겪는 사람들이 대단히 많았다는 사실을 염두에 둘 필요가 있다. 흥부가 겪는 가난의 참상이 더러 판소리적으로 과장되기도 하고 골계적으로 표현되어 있다고 해서 그것을 판소리적 관습으로 접어둘 내용만은 아니다. 보릿고개를 못 넘기어 굶어죽는 사람이 부지기수였던 불과 사오십년 전의 한반도의 상황을 참작한다면 흥부 시절의 집단적 가난의 참상을 충분히 짐작할 수 있을 것이다. 그것은 과장만도 골계만도 아닌 흥부 시절에 일반화되어 있던 현실이었을 것이다. 현실의 참상을 판소리적으로 회화화함으로써 그 쓰라림을 견디던 참담한 슬기가 그 과장과 골계 속에 스며 있다.

마음 착한 것과 자식이 많다는 것말고는 가난하게 살 이유가 없는 흥부의 가난에 대하여 당시의 청중들은 당연히 동정과 분노를 느꼈을 것이다. 자식 많은 것이 흥부네 가난의 진짜 이유가 아니고 판소리적 골계를 위한 과장이라는 것을 판소리의 청중들은 익히 알고 있다. 그 분노의 화살이 꽂히는 자리가 놀부라는 것을, 놀부로 상징되는 천민자본주의가 활착된 황폐한 사회라는 것을, 부패와 착취와 패륜과 배금지상주의가 눈덩이처럼 불어나고 있는 봉건말기의 지배체제를 향하여 화살이 날아온다는 것을 신재효는 재빨리 간파했던 것이다. 인용된 부분에서 보이는 것처럼 그는 판소리적 골계로 위장된 흥부 흠집 내기를 서둘렀다. 양반좌상과 그 지배 이데올로기에 빌붙어 신재효는 흥부나 춘향이로 상징되는 서민들의 쓰라린 꿈을 더 쓰라리게 짓밟고 있었던 것이다.

그는 흥부 흠집 내기에 그치지 않고 흥부의 미래까지도 거침없이 짓밟고 있는 것 같다. 흥부 자식들에 대한 신재효의 다음과 같은 묘사는 골계적이라기에는 나무나 잔인하고 절망적이다.

……세상에 난 연후에 실오라기 하나라도 몸에 걸쳐본 적이 없고, 한 번도 문턱 밖에 발 디디어본 일 없고, 다른 사람 얼굴 보아 소리 들어본 일 없고, 그저 앉아 큰 것이라. 때 묻은 여윈 낯이 터럭이 거칠거칠 동지섣달 강아지가 아궁이에 자고 난 듯, 덕석 쓴 채 세고 보면 빳빳 마른 몸둥이가 대강이 엮었는 듯, 못 먹고 앉아 크니 원 무르되어, 큰 놈들은 스무 살씩 작은 놈은 열칠팔 세, 남의 자식 같거드면 농사하네 나무하네 한창들 벌련마는, 원 늦되어서 부르는 게 어마 아바, 음식 이름 아는 것이 밥뿐이로구나. 다른 음식 알자 한들 세상에 난 연후에 먹기는 고사하고 보거나 듯거나 하였어야 하지, 밥 갖다줄 때가 조금 지나면 뭇놈이 각청으로 어메 밥 어메 밥 하는 소리, 비 오는 제 방죽 개구리소리도 같고 석양천의 매미소리 같다. 언제라도 밥들고 들어가도록 어메 밥 어메 밥 하는구나.(신재효본)

위 인용문은 흥부네 스물다섯이나 되는 자식들의 참상을 골계적으로 표현한 부분의 후반부다. 흥부 자식들의 숫자는 창본에 따라 아홉 명에서 서른이 넘도록 다양하다. '사십이 다 못 된' 흥부 아내가 그 많은 자식을 낳을 수가 없다는 것을, 그것이 흥부네 가난의 억지 구실이라는 것을 모를 사람은 없다. 다 알면서도 판소리의 청중들은 그것을 골계로 받아들인다. 입힐 옷이 없어서 구멍 뚫린 덕석에 머리들만 내놓게 하고 변솟길 같은 데도 함께 다니도록 하는 그런 참상도 청중들은 골계로 받아들인다. 그러나 인용문 중 "못 먹고 앉아 크니 원 무르되어, 큰 놈들은 스무 살씩 작은 놈들 열칠팔 세, 남의 자식 같거드면 농사하네 나무하네 한창들 벌련마는,

원 늦되어서 부르는 게 어마 아바, 음식 이름 아는 것이 밥뿐이로 구나” 같은 참상은 이미 골계가 아니다. ‘스무 살씩, 열칠팔 세’ 되 도록 ‘원 무르되’고 ‘원 늦되어’ 사람 구실을 못 하는 흥부 자식들 에 대한 이러한 묘사는 골계의 허울을 쓰고 흥부의 미래를 미리 짓 밟아버리는 섬뜩한 악의가 숨어 있다. 나중에 흥부가 부자가 되더 라도 자식들이 그 지경이면 그게 다 무슨 의미가 있겠는가.

가난하게 사는 사람들은 그들이 가난하게 살아야 할 이유를 스 스로 지니고 있어야 신재효는 맘이 놓이기라도 했던 것일까. 가난 한 사람들이 황폐한 세상에 동화되어 함께 황폐해져야 그에게 미 래가 보장되기라도 했던가. 그 참담한 가난 속에서도 황폐한 세상 에 동화되지 않고 착하고 정직하고 올곧게 살아가는 흥부가 신재 효에게는 상찬할 인물이었다기보다는 차라리 두려운 존재였던 것 만 같다. 부패한 사람이 가장 두려워하는 대상은 부패구조에 끝내 동참하지 않는 순결하고 정직한 사람이다. 착하고 올곧게 살아보 았자 미래가 없는 세상이라는 것을 비정하게 각인시키는 신재효의 의도가 시대를 건너 섬뜩하게 다가온다.

신재효의 반민중적 상투적 흠집 내기는 물론 성공하지 못했다. 그가 당대의 가객들을 손안에 넣고 주무락펴락하면서 음험한 재치 를 동원하여 흠집 내기를 서둘렀지만 춘향은 여전히 만고열녀로, 흥부는 여전히 황폐해진 세상을 순결하고 올곧게 견딘 착한 가장 으로 남아 있다. 판소리 다섯 마당 중에서 신재효의 영향을 가장 많이 받은 것이 〈흥부가〉라고 하지만 오늘날 전해오는 수많은 〈흥 부가〉의 어디에도 신재효처럼 그렇게 흥부일가의 미래를 미리 짓 밟는 창본은 없다. 어린것들이나 스무 살씩 먹은 것들이나 오도가 도 못한 채 덕석 아래 우글우글 모여 앉아 ‘어메 밥 어메 밥’이라는 말밖에 모른다는 신재효의 그 비정상적 홍부의 자식들은, 창본에 따라 줄줄이 음식타령을 늘어놓기도 하고, 장가 좀 보내달라고 억지를 쓰기도 하고, 박동진 창본이나 김연수 창본처럼 떡타령이나 송편타령의 주인공 노릇을 하기도 하면서 오히려 정상적 성장과정을 드러내는 역할을 보여주고 있다.

4) 품팔이타령과 가난타령

> 어찌 하면 잘 사는지 생각사록 한스럽다.
> 이 세상 난 연후에 불의행사 한 일 없고
> 밤낮으로 쉬지 않고 품팔아 벌어도
> 삼순구식 할 수 없고
> 일년 사절 폐의파복 아내는 浮黃나고
> 자식들은 餓死地境 이 일을 장차 어찌 하나

　가난타령의 앞부분에서 잘살고 못 사는 까닭을 이모저모로 따져 보아도 그것이 홍부네의 가난에는 아무런 도움을 주지 않는다는 절망적 인식으로 홍부의 진양조 가난타령은 일단 마감된다. '아내는 부황 나고 자식들은 아사지경'이 되어 있는 절망적 현실만 고스란히 남아 있을 뿐이다. 진양조의 이 가난타령은 내외가 서로 다투어 목을 매어 죽으려다가 서로 '울고 말리고 말리고 우는' 중머리의 비장한 정황으로 이어진다.
　'이 세상에 난 연후에 불의행사 한 일 없'이 착하게만 살았는데도, 내외가 '밤낮으로 쉬지 않고 품팔아 벌'었는데도 한 달에 아홉 끼도 제대로 먹을 수 없도록 '밥'에만 매달려 살아야 하는 홍부내외의 한(恨) 앞에서 청중들은 동정과 미움과 분노와 절망감을 동시에 감당해야 한다. 그것은 착하고 올곧게만 살아온 흥부 내외에 대한 동정이고, 이러한 정황의 직접적 원인 제공자인 놀부에 대한 미움이고, 착취와 부패가 만연된 세상에 대한 분노이며 절망이다. 흥부 내외는 한에 겨워 퍼버리고 앉아 울고 있을지라도 흥부 내외의 그 한 앞에서 청중들은 동정과 미움과 분노와 절망으로 범벅이 되어 이를 악물고 울도록 되어 있다. 〈흥부가〉의 창본들이 모두 매품팔이 화소에 비중을 두어 정교하게 확대되어 있음에 비하여 신재효본만은 유독 각종 품팔이 중의 하나로 매품팔이 화소를 단 한 줄로 처리해버리고 말았는데 그것 또한 흥부 흠집 내기와 관계되어 청중들의 그 미움과 절망과 분노를 놀부의 선에서 묶어두려는 신재효식 안간힘이었을 것이다.

심술타령이 가난타령의 밑그림이라면 품팔이타령은 더 밀접하게 가난타령을 가시화하는 구체적 동인(動因)이다. 흥부 내외가 잘 살기 위해서가 아니라 어떻게든 연명을 하기 위해서 '밤낮으로 쉬지 않고 품팔아 버'는 모습으로 엮어진 품팔이타령은 대개 놀부집 구걸 다음에 이어지는데 김연수 창본에는 놀부집 구걸이나 매품팔이 화소의 앞에 놓여 있다. 온갖 품팔이 끝에 마지막 방법으로 매품도 팔아보려 하고 놀부집에 구걸도 다녀오는 김연수본의 짜임은 흥부의 성실성을 보완하기 위한 배려일 것이다. 놀부집 구걸이나 매품팔이에 실패한 연후에야 품팔이에 나서는 것은 아닌게 아니라 흥부의 성실성에 금이 가는 짜임임에 분명하다. 그런 이유 때문에 정광수의 창본이나 동편적 창본들에는 품팔이타령이 빠진 듯싶다.

4. 마무리

1) 가난에 대한 판소리적 접근을 다루면서 이 글은 먼저 〈흥부가〉의 가난과 다른 판소리에서의 가난이 성격상 어떻게 다른가를 살피고 그것을 근거로 논지를 전개해왔다. 흥부네나 심봉사네나 변강쇠네가 다 같이 가난한 사람들이지만 심봉사나 변강쇠는 그들이 가난하게 살아야 할 개인적 이유를 지닌 사람들이었음에 비하여 흥부네에게는 가난해야 할 개인적 이유가 없었다. 흥부네는 누구보다도 부지런하고 착하고 올곧게 살았다. 변강쇠나 심봉사처럼 황폐해진 사회구조에 동조하지도 않았다. 흥부네의 가난의 원인은 흥부의 개인적 필연성이 아니고 완벽하게 외적인 상황에 의한 것이었다. 그러한 상황의 구체성들은 "가난타령이 〈흥부가〉에만 나오는 이유"에서 내용분석과 더불어 상론(詳論)되었다.

2) 심술타령이 왜 가난타령의 사회적 배경이 되어 있는가를 살펴보았는데, 놀부의 패륜적 심술타령은 복합적 기능을 담당하고 있었다. 놀부는 우리 민담의 도깨비를 원형으로 삼아 변형된 인물형이다. 신의 권위에 짓눌려 살던 우리의 선인들이 신도 인간도 짐승도 아닌 도깨비라는 존재를 설정하여 신의 속성을 지니고도 있는 도깨비를 어리석은 인간의 차원으로, 짐승의 차원으로 끌어내리어 짓밟으며 즐겼던 것처럼, 놀부의 무분별한 패륜을 즐기면서 그를 미워하고 짓밟았던 〈흥부가〉의 청중들에게 놀부의 심술은 그를 마음껏 짓밟으며 즐기게 하는 기능으로 〈흥부가〉의 초압에 놓여 있다. 그리고 놀부로 상징되는 봉건주의 말기의 천민자본주의의 활착과 그로 인한 황폐한 현실을 상기시키는 점에서 심술타령은 가난타령의 사회적 배경이 되어 있었다.

3) 앞서 여러 차례 강조했던 것처럼 〈흥부가〉 중의 가난타령은 흥부네 가난의 극점에 맺어져서 서사구조의 분수령 구실을 하고자 한다. 그럼에도 불구하고 소리꾼이나 창본정리자들은 작품해석의 차이, 세계관의 차이로 인하여 그 놓인 자리가 일정하지 않은 결과를 보이고 있다. 가난타령의 자리매김을 위하여 이 글은 먼저 11종의 흥부가 창본을 대상으로 그 선후관계와 그 필연성을 살펴보았다.

가난타령의 놓인 자리가 박타령 화소의 앞에 놓인 동편적 짜임은 흥부네가 겪은 가난의 정점, 가난의 막바지에 놓여 실제적으로 빈부를 가르는 분수령의 구실을 하고자 했고, 도승 출현 직전에 놓인 서편적 짜임은 '사실의 기록'과 '신이한 해결'이라는 이원적 서사태도에 비중을 두고 있었다. 후자가 서사적 합리성을 추구한 것이라면 전자는 서사적 합리성 이전의 실제상황에 충실하고자 했던 것으로 파악되었다.

실제상황에 충실하고자 했던 동편적 짜임은 가난타령이 놓인 자리가 흔들림이 없음에 비해서 서사적 합리성에 비중을 둔 서편적 짜임은 도승 출현의 화소 직전에 가난타령이 놓이는 것은 일관되어 있지만 그 가난타령의 앞에 놓이는 화소들의 순서에 일관성이 없었다. 그것은 흥부네가 겪는 가난의 참상이 청중들에게 미칠 영향을 고려하여 소리꾼마다 의도가 다르게 표현된 것이었다. 가난타령을 통하여 흥부가 청중들이 감당해야 했던 흥부에 대한 동정과 놀부에 대한 미움, 그리고 부패구조가 만연된 황폐한 사회 현실에 대한 분노와 절망을 어떻게든 축소해보려는 의도와 어떻게든 효과적으로 드러내고자 하는 의도들이 이 가난타령에 맞물려 화소의 배열에 일관성을 잃어버린 것으로 파악되었다. 그들 서편적 창본의 경우, 가난타령이 창자나 창본 정리자의 의도에 따라서 임의로 이용당하고 있는 것 같은, 그래서 가난타령이 제구실을 못 하고 있는 것 같은 아쉬움이 남는다. 정광수·박동진·김소희 창본이 저마다 가난타령의 변형을 동편적 가난타령 자리에 재배치하고 있는 것도 그러한 서편적 가난타령의 취약점을 보완하기 위해서인 것 같다.

4) 〈남창춘향가〉에서 춘향의 열녀 이미지를 어떻게든 훼손하려 했던 신재효가 〈흥부가〉에서는 또 어떻게 흥부 흠집 내기에 매달렸던가를 밝혀보았다. 신재효는 흥부에게 걸인생활에 이골이 나서 게으르고 염치도 없는 타락한 인물의 이미지를 들씌워 그를 흠집 내려 했다. 흥부가 황폐해진 사회구조에 그처럼 동화된 인간형일 경우 흥부네의 가난에 대한 사회적 부담이 줄어들기 때문이다. 그것은 봉건사회 말기의 부패구조와 천민자본주의의 활착으로 인한 사회적 황폐화가 흥부로 인하여 드러나는 것을 어떻게든 피해보려는 신재효적 안간힘으로 파악되었다.

5) 가난타령과 품팔이타령과의 관계를 통하여 이 글은 당시 사회적 착취구조를 가늠하여 보았다. 그리고 청중들의 미움과 분노가 사회적으로 확산되는 것을 막기 위하여 매품팔이 화소를 축소해버린 신재효의 의도를 곁들여 밝혀보았다.

지금까지 이 글은 〈흥부가〉 중 진양조 가난타령을 주대상으로 삼아 〈흥부가〉 작가군들이 〈흥부가〉의 가난에 관한 문제에 대하여 어떤 합의에 도달했는가, 그리고 어떤 이견들이 혼재되어 있는가를 살펴보았다. 천민적 자본의 횡포에 시달리던 흥부 시절의 가난과 오늘날의 현실을 조감하면서 가난에 대한 흥부적 순결성이 아직도 끈질긴 생명력을 유지하고 있는 까닭을 곰곰 되새겨본다.

암주(暗主)에 대한 미움의 한국적 형상화

— 원조(寃鳥)타령을 중심으로

1. 원조타령과 민요 새타령

판소리 〈적벽가〉를 부르는 소리꾼들은 누구나 원조타령 대목에 이르러 "이것이 〈적벽가〉 새타령이 되얏던가 부드라, 한번 불러보는디" 하면서 새 분위기로 소리를 이어나가곤 한다. 소리꾼마다 그 대목에 이르러 〈적벽가〉 새타령임을 강조하는 이유는 아마도 민요 새타령을 의식하고 그것과의 구분을 해두자는 뜻도 있는 것 같고, 한편으로는 역대 수많은 명창들의 공력으로 다듬어진 판소리 예술의 정수, 그 빛나는 더늠에 대한 소리꾼으로서의 긍지를 스스로 다독거리는 자부심이 곁들이지 않았나 싶기도 하다. 이 글은 원조타령에 임하는 소리꾼들의 그러한 두 가지 태도를 근거로 원조타령이 지니는 서사적 기능과 그 판소리적 성취도 등을 살피고자 한다.

원조타령을 부를 때마다 그것이 〈적벽가〉 새타령임을 강조하는 이유는 박유전, 이날치를 거쳐 이창운, 전도성, 김창룡, 이동백에 이르기까지 당대의 소리판을 주름잡던 명창들이 오랜 기간에 걸쳐 이 땅의 청중들에게 새타령의 성가를 그만큼 확보해놓았기 때문일 것이다. 그런데 그들 명창들의 더늠으로 알려져 있는 새타령이 〈적벽가〉 새타령인지 민요 새타령인지에 대하여서는 약간의 의문이 남는다.

『조선창극사』에 의하면

1) 氏의 창법은 門徒 이날치에게 많이 전하였거니와 특히 새타령의 법제를 繼傳하였다 한다.(박유전 편)

2) 氏의 새타령은 전무후무할 만큼 당시 독보였었다. 법국새 쑥국새의 소리를 하면 실물의 새가 소리를 따라 날너들어온 일이 간혹 있었다고 전하는 말이 있다.(이날치 편)

3) 이창운은 이날치, 김정근, 정창업의 후배이고 백점택과 동배이다. 당시에 있어서 적벽가를 출중하게 잘하였다 한다. 씨의 長技 중에서 〈적벽가〉 중 兎鳥타령도 유명한데, 박유전, 이날치의 새타령 이후 드물게 보던 것이었다 한다.(이창운 편)

4) 〈심청가〉 〈적벽가〉에 長하고 새타령은 이날치 이후에는 當代 獨步라고 한다.(이동백 편)

등으로 새타령과 명창들과의 관계가 기술되어 있는데, 이는 이날치의 새타령이 민요 새타령인 것으로 널리 알려져 있지만 그것이 원조타령일 가능성도 또한 배제할 수 없게 한다.

4)의 이동백의 새타령은 민요 새타령임이 분명하다. 『조선창극사』에도 이동백편 말미에 그의 더늠으로 민요 새타령이 첨기되어

있을 뿐만 아니라 이동백이 무대에 서면 청중들은 의례 새타령을 기대했고 이동백은 또 그러한 소리판의 요구에 부응하여 판소리 도중 해당 판소리의 적당한 대목에서 그 민요 새타령을 불렀다는 일화들이 판소리 가단에 전해오고 있다. 그리고 이날치 이후에 당대 독보라는 기술로 보아 이날치의 새타령도 민요 새타령이었던 것임을 추정하게도 한다.

위 인용된 글에서 문제가 되는 것은 1)에서의 특히 새타령의 법제를 (이날치에게) 계전(繼傳)하였다는 기록인 바, 그 법제라는 것이 일개 민요의 경우에도 해당되었겠는가 하는 점이다. 원조타령은 신재효의 그것과 오늘날 전창되는 것 사이에 사설의 짜임에 있어서 적지 않은 차이가 있거니와, 법제라는 용어의 일반적 개념으로 미루어 보건대, 박유전이 이날치에게 계전하였다는 그 새타령이 혹시 오늘날 전창되는 원조타령은 아닐 것인가 하는 가능성도 완전히 배제하기는 어려울 것 같다. 3)의 적벽가 중 원조타령도 유명한데 박유전 이날치의 새타령 이후 드물게 보던 것이었다라는 기록도 원조타령과 민요 새타령의 구분을 흐려놓기는 마찬가지다.

아마도 그들 새타령의 명창들은 민요 새타령이든 〈적벽가〉의 원조타령이든 화려한 성악적 기교가 총동원되는 새타령에 특장을 지니고 있었을 것이다. 민요 새타령에 특장이 있다는 그 찬란한 성음의 명창들은 〈적벽가〉 새타령에서도 물론 남다른 감동을 자아냈을 것임은 또한 자명한 일이다.

민요 새타령과 원조타령은 서로 다른 노래이면서도 그처럼 번번이 구분을 해야할 만큼 닮은 데가 많다. 수많은 새들을 소재로 삼아 그것들을 하나하나 열거하는 형식, 새소리와 새의 몸짓을 흉내내는 우리말의 다양한 의성, 의태어들의 구사를 통하여 소리맛을 돋우고 있는 점, 그리고 각각의 새소리나 새의 몸짓에 부여된 의미 망들이 청중들의 문화적, 정서적 동화를 쉽사리 촉발시키는 점 등이 둘 다 비슷하기 때문에 번번이 그런 구분이 필요하기도 했을 것이다. 그러나 그와는 반대로 두 노래가 서로 다르다는 이유 때문에 그것들의 구분은 강조될 필요가 있기도 했을 것이다. 원조타령은 그것이 비록 민요 새타령을 연상시키는 짜임이기는 하지만, 민요 새타령 같은 단순 나열이 아닌, 그 독창적 상황설정과 예술성의 심화라는 측면에 비중을 두어 소리꾼으로서의 자부심을 드러내고 싶기도 했을 것이다.

이 글은 원조타령이 〈적벽가〉의 그 중국적 체취를 새소리나 새의 몸짓들을 통하여 어떻게 한국적 정조로 용해시키고 있는가, 그리고 중국고대사의 조조라는 암주에 대한 민중적 미움이 어떻게 이 땅의 역사를 그늘지게 한 암주들에게 전이되고 있는가를 사설을 중심으로 분석함으로써, 이 노래에 임하는 소리꾼들의 자부심의 근본적 원인에 접근하고자 한다.

2. 원조타령의 자리매김

판소리 〈적벽가〉는 이원적 구조로 짜여 있다. 원조타령 이전의 적벽화전이 그 한 정점이고, 원조타령 이후 조조의 패주로에서 관우가 조조를 용서하여 놓아주는 또 다른 정점에서 마무리된다. 도원결의, 박망파전투 등의 화소가 관우, 장비, 조자룡의 작품 후반부에서의 역할을 예비한 도입이라면, 삼고초려, 주유／노숙과의 관계, 군사설움, 동남풍 등의 화소들은 적벽화전에 초점을 맞추어 설정된 것들이다.

적벽화전은 백만대군을 거느리고 거들먹거리던 조조의 참담한 패전을 실감하게 하는 현실적 승리감과 그 통쾌함으로 직조된 정점이고, 관우가 조조를 놓아주는 마무리는 용서라는 서사적 관행을 통하여 패전한 조조를 오히려 더 처참하게 짓밟음으로써 암주 조조에 대하여 인간적 도덕적 승리감을 만끽하게 하는 정점을 형성하고 있다. 조조의 백만군사가 자진머리로 혹은 휘모리로 함부로 죽고, 조조가 입었던 갑옷을 벗어던지고 수염을 쥐어뜯으며 말을 거꾸로 타고 도망가는 황급한 상황 속에, 골계와 통쾌함과 비장함이 환상적으로 얼크러져 있는 적벽화전에 뒤이어, 진계면의 원조타령이 차분한 중머리로 소릿길을 가다듬는다. 원조타령은 이처럼 적벽가의 제2의 정점을 향하는 새 출발의 자리에 놓여 있다.

조조 패주로의 시작부분에 놓인 현행 원조타령과는 달리 신재효, 박헌봉본 〈적벽가〉에서는 조조 패주로의 시작 부분이 아니라 패주로의 거의 마지막 부분, 오림산 계곡에서 조자룡에게 당하고, 화병에게 놀림감이 되면서 군사점고를 통하여 온갖 수모를 다 당하고, 호로곡에서 장비에게 당한 다음, 그러니까 관운장에게 치욕적인 용서를 받게 되는 장면에 거의 이르러서야 원조타령이 놓여 있다. "지금 전승되고 있는 〈적벽가〉에는 박유전과 정재근과 정응민을 차례로 거쳐 정권진에 이른 정응민제, 송흥록과 송광록과 송우룡과 유성준을 차례로 거쳐 박봉술 송순섭에 이른 송만갑제, 정춘풍과 박기홍과 조학진을 차례로 거쳐 박동진에 이른 조학진제가 있다. 이밖에도 김채만과 박동실을 거쳐 한승호에 이른 박동실제가 전승된다고 하나, 요즈음에 와서 한마당이 모두 불린 적이 없어 그 특징을 알 수 없다"(『판소리 다섯마당』, 한국브리태니커, 1982년, 190쪽)라고 현행 〈적벽가〉의 전승계보를 요약했는데, 정응민제, 송만갑제, 조학진

제 등 현재 전승되고 있는 〈적벽가〉들은 모두 원조타령이 적벽화전 직후에 놓여 있다. 현행 원조타령이 조조가 패주로에서 겪어야 할 온갖 수모에 대한 예시적 기능을 하고 있다면, 신재효, 박헌봉본의 원조타령은 조조가 관우로부터 결정적 수모를 받기 직전에 조조가 그 동안 겪었던 수모를 총체적으로 종합해주는 구실을 하고 있다. 예시적 기능으로서의 원조타령과 종합적 기능으로서의 원조타령 중 어느 것이 서사구조상 더 효과적인 짜임인가 하는 문제는 이 글의 관심사가 아니다. 여기서는 다만 원조타령의 놓인 자리가 바뀌었음에도 불구하고 바뀌기 이전의 서사적 자취가 현행 원조타령에 그대로 남아 있는 문제점을 지적해두고자 한다.

현행 원조타령 중 그 놓였던 자리가 바뀐 자취를 그대로 드러내고 있는 부분은 다음과 같다.

1) 여산군량이 쇠진하야 촌구노략이 한때로구나.
2) 초평대로를 마다하고 심산궁곡에 골기약 까욱······
3) 웃난 끝에 겁낸 장졸, 갈수록이 얄망궂다.

현행 원조타령중에 나오는 1) 2) 3)은 원조타령이 그 동안 자리바꿈을 해왔던 자취를 드러내고 있는 구절들이다. 3)의 경우, 조조가 오림에서 첫번째 웃고 난 뒤에 조자룡에게, 호로곡에서 두번째 웃고 난 뒤에 장비에게 각각 호되게 당하고 나서 새타령이 나오는 신재효 박헌봉본에서는 하나도 문제될 것이 없지만, 조조가 웃기 전에 자리잡은 현행 원조타령에서는 웃난 끝에 겁낸 장졸이라는 구절이 등장할 단계가 아니다. 2)의 경우도 조조가 호로곡에서 장비에게 쫓긴 뒤 갈림길에 이르러 꾀를 부린답시고 초평대로를 마다하고 제갈량의 계략에 넘어가 화룡도 험한 길로 도망가는 과정에 대한 야유다. 1)의 경우도 마찬가지다. 조조가 오림에서 패한 뒤에 호로곡으로 가는 도중에 촌구노략이 화병과의 수작중에 화제가 되었던 것이다.

1) 2) 3)은 원조타령이 애초에는 신재효본에서와 마찬가지로 조조가 당했던 수모를 종합적으로 수렴하는 자리에 놓여 사설 내용이 다듬어지고, 그 뒤에 다시 누군가에 의해서 다듬어진 사설과 가락이 그대로 자리바꿈되지 않았는가 싶다. 사설 내용과 소리가락을 가다듬은 사람이 누구인지, 자리바꿈을 해놓은 사람이 누구인지 아직은 알 길이 없고, 추적할 수 있는 자취가 송만갑 어름에서 사라지지만, 사설 내용의 그러한 불합리성에도 불구하고 현행 원조타령은 음악적 긴장감을 사설과 일치시킨 면에서, 그리고 구절마다 〈적벽가〉의 서사적 자취가 새소리를 통하여 한국적 정조로 수렴되고 있다는 점에서 신재효본의 그것보다 훨씬 잘 짜여진 부분 창임에는 의심의 여지가 없다.

3. 원조타령의 성악적 특성

앞에서 잠깐 언급했던 것처럼 신재효본 원조타령과 현행 원조타령과는 그 내용이나 형식이 사뭇 다르다. 등장하는 새들도 신재효본에는 봉황새 비취새 자고새 앵무새 오작 꾀꼬리 비둘기 따오기 두견이 쑥국새 비쭉새 감정새 등 열두 가지 새들이 차례로 등장하고, 현행 원조타령에는 귀촉도 흉년새 비쭉새 꾀꼬리 까마귀 쑥국새 호반새 바람막이새 종달새 따오기 게오리 할미새 때쩌구리(딱따구리) 등 열세 종류의 새들이 차례로 등장한다. 그중 까마귀 쑥국새 꾀꼬리 따오기 두견이 비쭉새 등 겹치는 새들도 그 사설 내용이 사뭇 다름은 물론이다. 사설 내용에 관해서는 다음 장에서 분석하려 하거니와 여기서는 그 사설의 형식적 차이에 주목하면서 현행 새타령의 성악적 특성에 대하여 살펴볼까 한다. 물론 신재효본의 경우에는 사설만 있고 그 음악적 형태를 파악하기가 어렵기 때문에 사설의 문면을 근거로 그 형식을 서로 대비해보고 음악성을 유추하려는 것이다.

처량한 울음소래, 九天에 사무치니, 엄동설한 이 시절에, 새가 분명 없을 터나 赤壁 烏林 葫蘆谷에 원통히 죽은 군사, 원조가 되어 나서 조조의 허다한 죄목, 조롱하여 꾸짖는다.

碧梧棲老 鳳凰枝, 저 鳳凰이 꾸짖는다.

편체문장 이내 몸이 德빛 보고 내려오다, 남훈전 簫韶 풍류, 날아내려 춤을 추고 기산 아침날에 날아가서 울었더니, 네 같은 역적놈이, 천하를 탁란키로, 세상에 못 나가고 이 산중에 숨었노라.

월상 翡翠 무소식, 저 비취가 꾸짖는다.

문무 주공 성인덕화 天無列風 淫雨키로, 교지남의 월상씨가, 貢 바치러 가올 적에, 이 몸이 날아가서, 좋은 상서 되었더니 너 같은 난신적자, 인군을 구박하여 천시 재변 種種하니, 이 산중에 숨었노라.

비상 월왕대, 저 자고가 조롱한다.

여보소 조맹덕아 불의지사 저리하고, 자네 부귀 오랠손가, 동작대 봄바람에 이교녀는 간 데 없고, 낙수한천 슬픈 바람, 내가 올라 춤을 추세. 산양 자웅시재로다. 껄껄 웃는 저 장끼, 내의 뜻이 耿介하고 오색 문채 고운 고로, 우리 임금 袞衣 繡裳, 내의 형용 그려내니, 너 입은 홍포 위에, 이내 몸 그릴 생각, 생심도 먹지 마라.

隴山 鸚鵡 能言語, 저 鸚鵡가 말을 한다.

적벽강 패군들아, 네의 고향 어나 곳고, 객사전장 하다하고, 일봉서를 써서 주면, 너의 집 도장 안에 날아가서 내 전하마.

御史府中 오아啼, 저 烏鵲이 조롱한다.

여보소 조승상아, 내 소래를 잊었는가. 명월성희 깊은 밤에 繞樹匣 높이 떠서 싸우면 망하리라, 내 아니 일렀는가. 내 소래 안 믿다가, 저 꼴이 웬 꼴인가.

上有黃鳥 深樹鳴 저 꾀꼬리 노래한다.

객사전장 저 장졸아. 너희 고향 잊었나냐. 너희 아내 너 지다려, 네 얼골 보려하고, 紗窓前 조우다가, 내 노래 한 소래에, 꾸던 꿈 깨었다고, 날 원망을 하더구나. 꾀꼴롱 꾀꼴롱 꾀꼴롱

유작유소 유구거지, 저 비둘기 조롱한다.

여보소 조승상아, 사백 년 한나라이, 까치집이 아니어든, 공연히 뺏으려고, 내 재조를 하려 하니, 아무런들 될 것이냐. 꾸우륵 꾸우륵 꾸우륵.

落霞與孤 鶩齊飛, 저 따오기 조롱한다.

여보소 조승상아, 간신행세 부끄러워, 黃蓋의 호통소래, 그리도 무섭던가, 紅抱조차 벗었으니, 나 입은 것 빌려줄까. 따옥 따옥 따옥

却向靑山 問杜鵑 저 두견이 슬피 운다.

사양백골 저 원혼아, 天陰雨濕 깊은 밤에, 고국산천 바라보며, 유유히 우난 소래, 나와 함께 不如歸라. 歸蜀道 歸蜀道 歸蜀道

저 쑥꾹새 조롱한다.

욕심 많은 조승상아, 萬鐘錄 좋은 靑粱, 무엇이 부족하여, 불의지사하려다가, 기갈이 자심한가. 이 산중 적막하여, 먹을 것 없었으니, 쑥국이나 먹고 가소. 이리 가며 쑥국, 저리 가며 쑥국.

저 비둘새 조롱한다.

통일천하 너를 주랴. 아나 옛다 비쭉. 이교녀를 너를 주랴. 아나 옛다 비쭉. 挾天子 號令 諸候, 逆적놈이 네 아니냐. 아나 옛다 비쭉. 조살국모 族滅忠臣 네 죄목을 뉘 모르리. 아나 옛다 비쭉.

저 감정새 조롱한다.

여보소 曹丞相아, 자네 형용 못 보거든, 나를 보고 짐작하소. 볼수록 유복하제.

대가리 까딱까딱, 꽁지는 까불까불, 이리 팔팔 저리 팔팔. 飛去飛來 뭇 새들이, 온 가지로 조롱하니, 조조 제 역 무색하여, 한 말 대답 못하고서, 먼 산만 바라볼 제

(『강한영·신재효 판소리사설 여섯마당집』, 407~410쪽)

신재효가 정리한 판소리 사설이 후대의 가객들에 의해서 상당부분 외면당하고 있는 중에 특히 〈적벽가〉는 가장 심하게 외면당하고 있는 것 같다. 아마도 그 서술양식에 있어서 판소리적 응축보다는 보다 소설적으로 늘어져 있고 중국고사에 대한 의존도가 한문투와 함께 지나치게 높아서 그런 점들이 소리꾼들이나 청중들에게 부담스럽지 않았겠는가 싶다. 이 원조타령에도 그런 부담스로운 점들이 맨살로 드러나 있거니와 특히 각 새들이 차례로 나와서 꾸짖고 조롱하는 내용들 대부분이 중국고사의 의존도가 높고 새소리의 청각적 특성을 서사내용과 일치시키려는 노력보다는 새에 관한 관념적 시각적 표현에 더 치중하고 있다. 그리고 여러 가지 사항이 한꺼번에 나열될 때, 그 나열이 가져오기 쉬운 단조로움과 지루함을 극복하기 위한 음악적 배려가 눈에 띄지 않는다. 판소리에서 그런 경우 항용 사용되는 완자걸이나 잉애걸이 부침새가 어떻게 활용되

었는지, 신재효본 새타령이 사설만으로 접할 때 느껴지는 그러한 부담감을 어떻게 음악적으로 극복하려 했는지에 대해서는 알 길이 없거니와, 저 ○○새가 꾸짖는다(조롱한다)라는 형태가 열두 번이나 반복되는 이러한 서술태도로 미루어 보건대, 신재효는 단조로운 나열의 지루함을 음악적으로 극복하려는 노력보다는 아마도 일목요연한 서술에 더 비중을 두고 있었던 것 같다.

현행 원조타령은 사설면에서나 그 음악적 처리면에서 신재효본의 그러한 부담을 성공적으로 극복하고 있다.

(중머리)
산천은 험준하고 수목은 총잡한데
만학에 눈 쌓이고 천봉에 바람칠 제
화초목실 바이없어 앵무원앙이 끊어 있다
새가 어이 울랴마는
적벽의 객사원귀 고향 생각 원조되야
조승상을 원망하야 나무나무 가지 위에
지지 지적위 우더니라

도탄에 쌓인 군사 고향 이별이 몇 해런고
귀촉도 귀촉도, 불여귀라 슬피 우는 저 촉혼조

여산군량 쇠진하야 촌구노략이 한때로다
소탱 소탱 저 흉년새.

백만 군사 자랑터니 금일 패군 어인 일고

입삐쭉. 입삐쭉, 저 삐죽새.

자칭 영웅 간 데 없고 백계도생 괴로하다
꾀꼬리 수리루리루 저 꾀꼬리.

초평대로 마다하고 심산 총림에
골기약 까욱 가르르, 울고 가는 저 가마귀.

가련타 주린 장졸 냉병인들 아니 들랴
병에 좋다 쑥국 쑥쑥국, 저 쑥국새.

장요는 활만 들고 살이 없다 걱정 마라
살 간다 수루루루 저 호반새.

반공에 둥실 높이 떴다 동남풍을 내 막아주마
너울 너울 저 바람맥이

철망에 벗어났다 화병아 우지마라,
노고지리 노고지리 저 종달새.

황개호통 겁을 내어 벗은 홍포 나 입었다
따옥 따옥이 저 따옥이.

화룡도가 불원이라 복병풍파 밀어온다.
어서 가자 저 해오리

웃난 끝에는 접난 장수 갈수록 얄망궂다,
복병을 보고서 도망을 하여라.
이리 가며 팽당그르르르 저리 가며 행동 행동
사설 많은 저 할미새.

적벽화전 패군지장 순금갑옷 어디다 두고
살도 맞고 창에도 찔려 기한에 골몰되야
내 다리를 부러워 말고 상처 득피를 도와주랴
속 텡 빈 고목을 안고 뾰족한 저 긴부리로
오르며 꿉벅 때그르르르 내리며 꿉뻑 때그르르르
저 때쩌구리

처량허구나.
각새소리 조조가 듣더니 탄식헌다.
(정광수, 『전통문화오가사전집』, 문원사, 1986년, 295~296쪽)

이선유 창본이나 정광수 창본에는 애당초 문장부호나 띄어쓰기
가 무시되어 있지만 그렇지 않은 다른 창본들을 보아도 이 현행 원
조타령 대목에는 표기상의 혼란이 많다. 위에 인용한 정광수 창본
의 원조타령은 필자가 편의상 각 새들 단위로 우선 정리해본 것인
데, 정광수 창본 아닌 다른 창본의 경우에도 이 대목의 표기가 혼
란스러운 것은 다 마찬가지다. 특히 쉼표와 마침표의 사용에 있어
서 일관성이 없는 이 대목에 대한 표기상의 혼란의 원인은 첫째로
신재효본에서 보이던 저 ○○새가 ○○한다라는 구절들이 유지해

94

주던 일목요연함이 사라졌기 때문이다. 그러나 그보다도 더 중요
한 원인은 이 대목에 개입되어 있는 성악적 기교 때문일 것이다.
사설내용의 완전한 전달을 위하여 최선을 다하는 것이 소리꾼의
기본 교양이다. 그럼에도 불구하고 이 대목을 부르는 소리꾼들은
거의 다 그 기본 교양보다는 사설내용의 의도적 혼란에 주력한다.
이 대목의 한 부분만 잘라서 그 음악적 특성을 검토해본다.

　　여산군량 쇠진하야 촌구노략이 한때로다
　　소탱 소탱 저 흉년새.
　　백만 군사 자랑터니 금일 패군 어인 일고
　　입삐쭉 입삐쭉 저 삐쭉새.
　　자칭 영웅 간데 없고 백계도생 괴로하다
　　꾀꼬리 수리루리루, 저 꾀꼬리.

　위에서 인용된 형태처럼 '여산군량'에서 '흉년새'까지, '백만
군사'에서 '삐쭉새'까지, 그리고 '자칭영웅'에서 '꾀꼬리'까지가
각각의 의미단락이다. 그러나 소리꾼들은 이 대목에서 그 각각의
의미단락의 구분에 매달리지 않는다. 매달리기보다는 오히려 더
적극적으로 의미단락의 흔들기에 주력한다. 의미단락을 흔드는 데
는 주로 두 가지 방법이 사용되는데, 첫째로는 소리의 고저에 의한
것이고 다음은 소리의 장단에 의한 붙임새다. '한때로구나'의
'나', '어인 일고'의 '고', '괴로하다'의 '다' 같은, 한 의미단락의
가운데마다 음을 살짝 끌어내려 음악적 종지형을 만들고, '흉년새,
삐쭉새'의 '새'나 '꾀꼬리'의 '리' 같은 한 의미단락의 마지막 음
절의 소리를 눈에 띄게 들어올려 음악적 연속형으로 처리함으로써

의미단락이 흔들리는 것이다.

다음은 소리의 장단에 의한 붙임새를 고저의 변화에 덧씌우는 것인데, '흉년새'와 '백만군사', '삐쭉새'와 '자칭 영웅'의 사이가 '한때로다'와 '소텡소텡' 그리고 '어인 일고'와 '입삐쭉'의 사이 보다 눈에 띄게 짧다. 마치 의미단락의 중간부분을 길게 밀어붙여서 종지형처럼, 그리고 의미단락의 마지막 부분을 연속형처럼 짧게 당겨서 결정적으로 의미단락을 흔들어놓는다. 현행 원조타령의 이러한 이중적 장치 때문에 각 창본들의 이 대목에 대한 표기상의 혼란은 어쩌면 당연한 결과일지도 모른다.

이 대목에 대한 그 성악적 특성이 임방울의 〈적벽가〉에서 특히 두드러지거니와, 그것은 사설내용상의 앞뒤 구분을 의도적으로 섞어서 흔들어놓는, 그렇다고 잉애걸이도 완자걸이도 아닌, 판소리의 다양한 성악적 기교들 중에서 그 예를 찾아보기 어려운 특이한 창법이다. 일목요연한 질서를 흔들어놓는 이러한 연환적(連環的) 붙임새는 대체로 단조로운 나열의 지루함을 극복하여 음악적 긴장감을 이끌어내기도 하겠지만 그보다도 여러 새들이 지저귀는 소리가 뒤섞이는 현장감에 보다 사실적으로 접근하기 위해서 소리꾼들이 오랜 공력으로 다듬어온 결과물일 것이다. 이 대목을 부르는 소리꾼마다 〈적벽가〉 새타령임을 특별히 강조하는 이유는 민요 새타령과의 구분을 위해서라기보다도 이러한 판소리예술의 성공적 결과물에 대한 소리꾼으로서의 자부심이 더 강하게 작용되지 않았는가 싶다.

4. 초혼(招魂)의 계곡

> 산천은 험준하고 수목은 총잡한데
> 만학에 눈 쌓이고 천봉에 바람칠 제
> 화초목실 바이없어 앵무원앙이 끊어 있다
> 새가 어이 울랴마는
> 적벽의 객사원귀 고향생각 원조되야
> 조승상을 원망하야 나무나무 가지 위에
> 지지 지적위 우더니라.

새는 하늘 땅 사이를 자유롭게 오가는 영물이다. 새가 지닌 영매적 기능이 동서양의 문화 속에는 일찍부터 보편화되어 있다. 새의 울음소리를 통한 인간과 새의 교감 또한 범세계적 관습이다. 동서양을 불문하고 새가 인간의 분신이나 영혼을 상징하는 문학작품들은 그 수를 헤아리기 어려울 만큼 많을 뿐만 아니라 새의 지저귀는 소리를 통하여 하늘의 뜻을 해석해주는 무당 점쟁이 들의 풍습 또한 범세계적 문화행위다. 우리나라의 경우에도 새의 영매적 기능에 관한 문화행위들이 더러 기록에 남아 있다.

삼국지 위서 동이전 변진조에 보면, 사람이 죽으면 장례를 큰 새의 깃털로 꾸미는데, 이는 죽은 이가 하늘로 날아오르기를 바라는 뜻이라고 하였다. 고대인들은 인간의 고향이 하늘이므로 땅에 내려와 살다가 죽으면 다시 하늘나라로 돌아간다고 생각했던 것 같다. 새는 육신과 영혼을 하늘로 인도하는 안내자를 상징하기도 한다.

(『한국문화상징사전』, 동아출판사, 1992)

새에 관한 이러한 문화적 관습 때문에 적벽화전에서 죽은 군사들이 원조라는 새가 되는 원조타령의 초혼적 기본틀은 우리 판소리의 청중들에게도 전혀 이물감이 없다. 더구나 오림산 계곡의 험준한 산천, 총잡한 수목, 골짜기마다 하얀 눈이 으시시 쌓여 있고 봉우리마다 바람이 사납게 내리치고 있는 엄혹한 공간은 적벽화전에서 죽은 군사들의 초혼례에 모자람이 없는 배경이 되어 있다. 그 중에서도 봉우리마다 사납게 몰아치는 바람은 원통하게 죽은 군사들의 혼을 불러내는 결정적 신의 입김이다. 새가 하늘과 땅 사이를 자유롭게 오가는 영매적 존재인 것처럼 바람 또한 그 하늘과 땅 사이로 원통하게 죽은 혼들을 몰며 휘젓고 다니는 우주적 숨결이다. 바람, 그 천의 얼굴과 만의 몸짓들이 눈 덮인 하얀 봉우리들 위에 하늘의 소리로 내리치면서 원혼들을 불러내는 것이다.

천봉에 치는 이 바람은 또 지금까지 〈적벽가〉를 통하여 희화화의 대상이던 조조의 부도덕과 오만함, 비열함과 잔인함과 옹졸함과 방정맞음 등등의 온갖 악덕들에 대하여 하늘의 소리로 준엄하고 통렬하게 꾸짖는다. 정색을 한 원조타령 도입부의 이 중머리는 지금껏 희화화의 대상이던 암주의 온갖 악덕이 사실은 심각한 역사적 그늘이었음을 침통하게 환기시킨다. 그리하여 "나무나무 끝끝터리 앉어 우는 각새소리"는 암주에 대한 비난과 원망과 조롱과 그 꾸짖음들이 보다 집요하게 전개될 것임을 암시하고 있다. 그것은 또 이 노래가 단순히 중국의 인기 있는 옛이야기 줄거리를 요약하는 것만이 아니라 역사의 그늘을 보다 집요하게 추적하여 한국적으로 되씹고자 하는 작가군들의 의지의 표현이기도 하다.

5. 암주(暗主)에 대한 비난과 원망의 변주

　도탄에 쌓인 군사 고향 이별 몇 해련고,
　　귀촉도, 귀촉도, 불여귀라, 슬피 우는 저 촉혼조

　귀촉도, 불여귀, 초혼조, 촉혼조 외에도 두견새는 다른 이름들이
많다. 이름이 많다는 것은 그만큼 통시적으로 두견새에 얽힌 사연
이 많다는 뜻이다. 두견새는 아닌게 아니라 우리나라 고전시가 속
에서 가장 자주 등장하는 새이기도 하다. 그 피를 토하는 듯한 울
음소리를 근거삼아 형성된 두견새의 이미지가 신재효본의 봉황새
비취새 자고새 등 왕권을 상징하는 새들의 관념성을 밀어내고 이
노래의 맨 앞 자리에 놓인 것은, 현행 원조타령이 민중적 한에 비
중을 두어 짜여진 것임을 어렵지 않게 알아차리게 한다.
　도탄이란 진구렁창에 빠져서 허우적거리는 듯한, 숯불에 타는
듯한 고통을 일컫는다. 그 도탄, 그 학정을 가까스로 견디면서 여
러 해 동안 그처럼 돌아가고 싶었던 고향을 필경 돌아가지 못한 채
죽어간 군사들의 한이 피를 토하는 듯한 두견새의 목소리로 되살
아난다. 두견새의 처절한 목소리는 적벽화전 직전에 있었던 조조
군사들의 설움타령이 단순한 전쟁혐오가 아니라 암주에 대한 비난
과 원망과 꾸짖음이었다는 것은 환기시킨다.

　여산군량 쇠진하야 촌구노략 한때로다,
　소텡, 소텡, 저 흉년새.

이는 조조가 적벽화전에서 패하여 산같이 쌓였던 군량을 다 태워

먹고 오림에서 조자룡을 만나 호되게 당하고 난 뒤, 비적들처럼 시골마을들 노략질로 연명하며 패주하는 상황을 조롱하는 대목이다.

앞서 나왔던 두견새의 이미지가 범동양적인 것이었다면, 이 흉년새는 그 이름부터 한국적 정조를 배경삼고 있다. 소쩍새가 솟쩍 솟쩍 하고 울면 솥이 모자랄 만큼의 풍년이 들 조짐으로, 소텡, 소텡 하고 울면 솥이 텅 비게 될 만큼의 흉년의 조짐으로 여기던 우리네 농경문화적 언어감각이 소쩍새라는 이름을 다시 풍년새와 흉년새로 갈라놓았던 것이다. 두견새의 범동양적 코노테이션을 〈적벽가〉의 서사맥락 안에서 무리 없이 민중적 한의 이미지로 변용시킨 그 솜씨가 이제부터는 새소리를 매개삼아 〈적벽가〉의 중국적 체취를 한국적 정조로 용해시키기 시작한다. 이 땅의 판소리 청중들은 이 원조타령을 통하여 중국적 체취가 한국문화화하는 진기한 체험을 만끽하는 것이다.

　백만 군사 자랑터니 금일 패군 어인 일고
　입비쭉, 입비쭉, 저 비쭉새.

까치들이 우짖는 소리를 알아듣고 하늘의 소식을 사람들에게 해석해주는 민담 속의 무당처럼 실제로 우리 주변에는 아직도 그 비슷한 무당이나 점쟁이들이 세상의 그늘 속에 더러 화제를 남기기도 하는데, 그들 무당이나 점쟁이들은 대개 까치나 참새나 파랑새나 종달새 같은 새들 중 어느 하나를 단골로 삼아 하늘의 여러 가지 비밀을 전해주는 데 비하여 원조타령을 부르는 소리꾼들은 각각의 수많은 소리를 통하여 적벽화전의 조조의 쓰라린 패배를 낱낱이 되새겨주면서 마치 하늘의 소리인 것처럼 오로지 조조를 조롱하고 꾸짖는 일에 매달린다.

　비쭉새가 입을 비쭉거리며 우짖는 것은 백만 군사를 거느리고 천하무적인 양 거들먹거리던 조조의 교만함을 비난하기 위해서다. 그것은 또 조조의 참담한 패배를 조롱하기 위해서다. 소리꾼들은 그 새소리의 리얼리티를 살려내기 위하여 온갖 성악적 역량을 이 대목에 기울인다. 이날치의 새타령을 듣고 새들이 실제로 날아들었다는 판소리사적 신화는 결코 우연의 일치가 아닐 것이다. 이는 상당히 많은 판소리의 귀명창들이 판소리를 판소리라 하지 않고 지금도 고집스럽게 '소리'라고 일컫게 되는 비밀을 어렴풋이 알아차리게 하는 사연이다. 지난한 공력으로 다듬어 마침내 도달하는 천의무봉의 소리, 오랜 세월 동안 목을 깎고 비틀고 달구어 피를 쏟아가며 이루어냈으면서도 오히려 바람소리나 물소리처럼 전혀 꾸밈이 없는 것만 같은 원색적이고 육성적이고 자연스러운 소리, 판소리의 '소리'라는 말은 바로 그러한 천의무봉의 소리에 대한 그리움의 어름에서 형성되었을 것이다. 이 새타령은 그 '소리'에 대한 묵은 그리움의 문을 열어주는 노래다. 새소리를 해석하여 하늘의 비밀을 열어 보이는 영험한 무당에게 사람들이 매료되는 것처럼, 실제의 새소리를 여실히 재현하는 소리꾼들의 그 소리를 통하여 판소리의 청중들은 소리에 대한 묵은 갈증을 적셨던 것이다.

　　자칭 영웅 간 곳 없고 백계도생 괴로하다.
　　꾀꼬리 수리루리루, 저 꾀꼴새.

　이는 제 스스로 영웅이라 일컫고 다니는 조조의 교만함에 대한 비난과, 제 꾀에 제가 넘어가는 조조의 어리석음에 대한 조롱이다.

민요 새타령에서는 '머리 곱게 빗고 물 건너로 가끼요' 라는 춘
정적 사연으로 꾀꼬리 소리를 해석하는 데 비해서 원조타령은 어
느 구절에서도 한눈파는 일 없이 모든 구절들이 오로지 조조에 대
한 비난과 조롱과 원망과 꾸짖음으로 일관하고자 한다. 새소리로
〈적벽가〉의 서사적 자취를 추적하려는 집념이 구절마다 생생하게
살아 있다.

'꾀꼬리 수리루리루' 의 '수리루리루' 라는 꾀꼴새 소리의 여음
은 물론 꾀꼴새의 소리만을 충실히 흉내내는 것이 아니다. 그것은
제 꾀에 제가 넘어가는 조조적 어리석음을 청각적으로 형상화하여
조조를 조롱하려는 여음이다.

인용된 정광수창본은 백계도생 괴로(苦勞)하다로 되어 있는데,
이는 꾀꼬리의 '꾀' 라는 음절과 조조의 '잔꾀'를 연결시키고자 하
는 점에서 '꾀로만 판다' 로 표기된 송판의 언어감각이 적절한 것
같다. 송순섭창본에는 "꾀로만 判斷"이라고 한자로 되어 있는데,
'판다' 가 잘못 표기된 것 같다. '땅을 파다' '구멍을 파다' 처럼 '목
숨을 건진답시고 조조가 저 죽을 구멍만 파는' 의 뜻으로 쓰인 말일
것이다. 정권진 창본에는 "꾀로만 논다"고 되어 있기도 하다.

草卒대로를 마다하고 심산 총림에
골기약 까욱 가르르, 울고 가는 저 가마귀,

가련타 주린 장졸 냉병인들 아니 들랴
병에 좋다 쑥국 쑥쑥국, 저 쑥국새.

장요는 활만 들고 살이 없다 걱정 마라

살 간다 수루루루 저 호반새.

　반공에 둥실 높이 떴다 동남풍을 내 막아주마
　너울 너울 저 바람맥이.

　까마귀와 쑥국새, 호반새와 바람막이의 의성적 의태적 특성들이
활용되는 이 대목의 새소리나 새의 몸짓들도 〈적벽가〉의 서사적 자
취와 긴밀하게 이어진다. 초평대로를 마다하고 제 꾀에 제가 넘어
간 조조가 화룡도로 들어가는 길에 울고 가는 까마귀 소리가 특히
인상적이다. 정권진 창본에는 까마귀 울음소리가 단순히 까욱 까
욱 하는 목숨의 마지막을 암시하는 소리만으로 표기되어 있지만
정광수 창본이나 송판에서는 각각 "가옥, 골기약 까옥" "고리각 까
옥" 등으로 표기하여 '고(그) 길로 가면 죽음이 기다릴 뿐'이라는
사연에 대한 최대한의 의성적 접근을 기도하고 있다.
　패주로에 지친 조조의 장졸들을 동정하는 듯한 쑥국새나 호반새
나 바람막이의 의성적 의태적 형상화는 사실은 동정이 아니라 동
정하는 체함으로써 각각 조조 군사들에 대한 조롱의 강도를 심화
시키는 어법이다. 그것들은 각각 "아나 옜다 쑥국, 아나 옜다 화살,
아나 동남풍을 막아보아라"라는 조롱에 다름아니다.

　철망에 벗어났다 화병아 우지 마라
　노고지리, 노고지리, 저 종달새

　화병(火兵), 요샛말로는 취사병(炊事兵)이다. 조자룡에게 쫓기어
호로곡으로 패주하던 조조는 군사점고를 하면서 화병에게 밥 짓기

를 재촉한다. 점고당하는 조조의 군졸들이 군졸이기를 버리고 어떻게든 한 인격체이고자 하는 의지를 보이면서 조조를 조롱하는 것이 군사점고 대목인데, 거기 등장하는 화병 또한 이미 조조의 군졸이기를 포기해버린 인물이다. 그는 조조가 아무리 화급하게 밥 짓기를 재촉하더라도 여간해서 그 말을 듣지 않고 조조의 화병(火病)만 도지게 하면서 조조를 조롱하는 인물이다.

철망을 새 잡는 그물로 해석하기도 하는데, 그것은 비정하고 혹독한, 비인간적 군대조직을 새 잡는 그물로 비유한 표현인 것 같다. 이는 지긋지긋한 화병 노릇으로부터 벗어나게 된 해방감을 강조한다. 밥 지을 군량도 이미 바닥난 터에 화병에게 무슨 할 일이 있겠는가. 군기(軍紀)조차 무너져 병졸들마다 조조의 면전에서 조조를 아무렇게나 조롱하는 상황이다. 맡은 일을 일일이 수행하지 않아도 되는 화병의 절망적인 자유가 조조를 맘놓고 조롱하게 만들었던 것이다.

노고지리, 노고지리라는 종달새의 우짖는 소리는 실제의 종달새 소리와는 거리가 멀다. 그것은 '노구(爐具, 밥 짓는 솥)를 짊어지고 다닐 것이냐' 라는 뜻의 '노구지리' 가 '노고지리' 로 모음동화된 형태인 것 같다. 종달새는 고천자 규천자 운작(雲雀) 조잘새 종지리새 등 그 이름이 여러 가지인데, 다음과 같은 기록은 종달새가 노고지리로도 불리는 유래를 짐작하게 한다.

조선시대의 東俗금언십경에는 노고지리를 奴鎭負라 적고 그 뜻을 '솥단지를 짊어지고 떠돌이가 될 것이냐' 라고 풀이하였다. 그 이유는 아래와 같다.

옛날 한 농사꾼이 사또의 학정에 견디다 못해 가산을 정리하고 처

자와 함께 선정이 베풀어진다는 다른 고을로 이사하였다. 그러나 그
곳의 사또의 가렴주구는 보다 심해 다시 이사하지 않으면 안 되었다.
그리하여 정처없는 떠돌이가 되었고, 재산이라고는 솥단지 하나만 남
았다. 늙어 죽게 되자 아들에게 한 곳에 정착하여 부지런히 농사를 지
으라고 유언하였다. 그러나 아버지는 마음이 놓이지 않아 죽어서 새
가 되어 초봄이면 아침 일찍 창가에 와 울부짖기를 "너도 노고지리,
노고지리" 하고 경계하였다 한다. (『한국문화상징사전』, 163쪽)

인용한 글의 "너도 노고지리, 노고지리"는 '너도 나처럼 노구를
짊어지고 떠도는 신세가 되면 어쩌려느냐'의 뜻이 줄어진 것이지
만, 이 원조타령에서의 화병의 "노고지리, 노고지리"에는 다시는
노구 따위는 짊어지지 않고 살겠다는 뜻이 축약되어 있다. 위 인용
문으로 미루어 보면 노고지리는 종달새의 의성어가 아닌, 종달새
의 또다른 이름 같은데, 그것이 종달새의 의성어이든 또다른 이름
이든 간에 이 노래의 "노고지리, 노고지리"는 〈적벽가〉의 서사적
자취와 한국문화를 완벽하게 일치시킴으로써 이 땅의 판소리 청중
들을 열광적으로 사로잡게 하는 경탄할 만한 중의적 표현임에는
틀림이 없다.

黃蓋 호통 겁을 내어 벗은 홍포 나 입었다.
따옥 따옥이 저 따옥이.

화룡도가 불원이라 복병풍파 밀어온다.
어서 가자 저 해오리

웃난 끝에는 겁난 장수 갈수록 얄망궂다,
복병을 보고서 도망을 하여라.
이리 가며 팽당그르르르 저리 가며 행동 행동
사설 많은 저 할미새.

　적벽화전에서 "홍포 입은 놈이 조조니라" 하고 외치는 황개의 호통소리에 놀라 조조는 입고 있던 붉은 강포를 벗어던지고 허둥지둥 달아났었다. 그 홍포를 입은 듯한 따오기의 몸빛깔과, 벗어던진 홍포의 그 빛깔을 본따왔다는 듯이 "따옥 따오기" 하는 울음소리로 따오기가 조조의 감추어두고 싶은 비열함을 일부러 드러내어 비웃는다. 행동이 굼뜬 오리처럼, 서두르면 서두를수록 더 기우뚱거리는 걸음걸이의 조조의 패잔병들에게 어서 가자고 재촉하는 능청스로운 조롱도 소리맛을 돋군다. 말로는 어서 가자고 하면서 실제로는 기우뚱거리는 오리의 몸짓처럼 그 부분을 더 느리게 기우뚱거려 이면을 돕는 소리가락도 또한 짚어둘 대목이다. "팽당그르르르, 행동, 행동" 같은 의태어도 할미새의 "얄망궂은" 생태적 특색과, 복병을 만나 어쩔 줄 모르고 허둥거리는 조조의 오합지졸을 하나로 엮어 여실하게 묘사해낸다.
　원조타령에 일관되어 있는 이러한 서술태도, 〈적벽가〉의 서사적 자취를 새소리나 새의 몸짓 들을 통하여 한국적 정조로 용해시키는 이러한 서술태도에 의해서, 중국고대사의 조조라는 암주에 대한 민중적 미움을 이 땅의 모든 암주들에게 덧씌워 전이시키려는 작가군들의 최종적 의도가 효과적으로 응집되고 있다.

　적벽화전 패군지장 순금갑옷 어디다 두고

살도 맞고 창에도 찔려 기한에 汨沒되야
내 단장을 부러워 말고 상처 독피를 도와주랴
속 텡 빈 고목을 안고 뾰족한 저 긴 부리로
오르며 꿉벅 때그르르르르 내리며 꿉뺙 때그르르르
또드락 꿉뺙 지끈 때그르르르
저 때쩌구리

처량허구나. 각새소리
조조가 듣더니 탄식헌다.

 '뾰족한 저 긴 부리'의 '긴 부리'는 창본마다 거의 '징구리'로 표기되어 있는데, 어떤 창본에는 그것이 무슨 새 이름인 것처럼 여겨 징구리 다음에 마침표를 찍기도 한다. 어떤 데서는 또 진 뿌리로도 되어 있다. 이는 긴 부리라는 애초의 말이 구개음화와 자음접변을 거쳐 징구리로 변하면서 애초의 뜻마저 모호해진 현상들이 아닌가 여겨진다. 인용문 중 마지막 구절의 경우에도 '때쩌구리는 처량하구나'로도 쓰이고 '저 때쩌구리. 처량하구나, 각새소리'로도 쓰는 두 가지 표기형태가 보이는데, 아래 글에서 얘기되지만 아마도 후자 쪽이 제대로 된 표기인 것 같다.

 "내 다리를 부러워 말고 상처 득피를 도와주랴"는 "내 다리를 부러 말고 상처 得血 도와주랴"(정권진 창본), "내 단장을 부러 말고 상처 독기를 쫓아주마"(송만갑판), "내 단장을 부러 마라 상처 독기를 좃아주마"(송순섭 창본) 등등 다양하게 표기되어 있는데, 이 글에서는 그들 중 제일 마지막에 정리된 송순섭창본으로 그 부분에 접근하고자 한다.

〈적벽가〉새타령을 마무리하는 마지막 새는 때짜구리(딱다구리)다. 순금갑옷을 잃어버리고 상처투성이의 몸으로 굶주림과 추위에 시달리는 참담한 패장 조조를 순금갑옷을 두른 듯한 외모의 때짜구리가 비아냥댄다. 아니, 비아냥대기만 하는 것이 아니라 뾰족한 긴 부리로 상처투성이의 몸을 쪼아주겠다고 위협까지 한다.

"상처 독기를 내가 좆아주마"는 상처의 독기를 쪼아서 상처를 치료해주겠다는 말이 결코 아니다. 그것은 물에 빠진 미친개는 몽둥이로 다스려야 한다던 루신(魯迅)의 독설을 언뜻 떠오르게 하는, 결코 용서할 수 없는 치열한 미움의 표현이다.

지금껏 여러 새들을 동원해서 그토록 비난하고 조롱하고 원망도 해보고 실컷 꾸짖어도 보았지만, 조조로 상징된 이 땅의 암주들에 대한 백성들의 해묵은 미움은 세월이 아무리 흘러도 삭지 않을 것처럼 응집되어 있고, 때짜구리는 그 응집된 미움의 화신이 되어 새타령의 마지막 역할을 수행하는 것이다. 마치 처형장에서 시퍼런 칼을 휘저으며 미친 듯 춤을 추는 망나니처럼, 뾰족한 긴 부리로 "또르락 꿉뻑 찍꺽 때그르르르" 휘둘러대는 때짜구리의 위협도 가히 신명의 경지다. 상처투성이의 몸으로 굶주림과 추위에 시달리는 패장 조조에 대한 이 치열한 미움의 신명 앞에서 이 땅의 판소리 청중들은 때짜구리가 "또드락 꿉뻑 찍꺽 때그르르르" 하면서 암주를 찍고 때리고 쪼아대는 소리와 함께 부르르 몸을 떨었을 것만 같다. 때짜구리의 그런 신명난 미움을 처량하다고 표기한 창본들은 아무래도 이 노래의 흐름을 잘못 파악하고 있는 것 같다. 그 치열한 미움 앞에서 간담이 서늘해지다가 마침내 처량해진 자신을 깨달아야 하는 참담함은 조조처럼 역사를 왜곡시켜온 이 땅의 암주들의 몫이기 때문이다.

6. 마무리

　지금까지 이 글은 현행 원조타령을 대상으로 삼아 암주 조조에 대한 백성들의 미움이 시공을 건너 어떻게 한국적 정조로 변용되어 한국적 역사감각으로 응집되어 있는가를 살펴 보았다. 그것은 〈적벽가〉를 부르는 소리꾼들이 이 대목에 이를 때마다 〈적벽가〉 새타령임을 특별히 강조하는 본질적 이유에 접근하는 작업이기도 했다.

　먼저 민요 새타령이나 신재효본 〈적벽가〉 새타령과의 대비를 통해서 그 표면적 이유들이 거론되었다. 『조성창극사』에서도 민요 새타령과 원조타령의 구분은 명확하지 않다. 민요 새타령과 원조타령은 소재면에서나 형식면에서 닮은 데가 많기 때문에, 원조타령은 신재효본에 비하여 성악적 기교가 치밀하게 집약된 판소리예술의 정수이기 때문에, 그리고 중국적 체취를 한국적으로 용해시킨 차이점 때문에 원조타령을 부르는 소리꾼들은 그것이 〈적벽가〉의 새타령이라는 것을 특별히 강조했던 것이다.

　현행 원조타령은 애초에 〈적벽가〉의 마지막 부분에 놓이어 조조가 겪었던 수모를 종합하는 구실을 했던 것이 언제부터인가 그 놓인 자리가 바뀌어 조조가 패주로에서 겪어야 할 온갖 수모에 대한 예시적 기능을 수행한다. 원조타령은 〈적벽가〉 안에서 제1의 정점인 적벽화전에 이어서 제2의 정점을 향하는 새 출발의 자리에 놓여 있다. 그럼에도 불구하고 현행 원조타령 속에는 자리가 바뀌기 전의 서사적 자취가 그대로 남아 있다. 현행 원조타령의 자리매김을 위해서 먼저 자리바꿈한 흔적과 그 모순점들을 밝혀보았다.

신재효본의 원조타령은 일목요연한 서술에 비중을 두어 나열의 단조로움을 극복하기 위한 음악적 노력이 보이지 않는다. 사실 내용도 비교적 관념적 시각적 표현에 치중되어 있다. 거기에 비해서 현행 원조타령은 소리의 고저나 장단을 통한 연환적 부침새로 일목요연한 의미단락을 의도적으로 흔들어놓는다. 그것은 일률적 나열의 형식이 가져오기 쉬운 단조로움을 극복하기 위한 배려이기도 하면서 한편으로는 새들이 지저귀는 소리가 뒤섞이는 현장감에 보다 사실적으로 접근하기 위한 음악적 노력의 결과물이다.

원조타령은 또 새소리의 청각적 특성과 서사내용을 일치시키려는, 혹은 새의 몸짓을 청각화하는 데에도 많은 노력을 기울인다. 현행 원조타령의 이러한 성악적 특성은 판소리의 다양한 성악적 기교들 중에서 그 예를 찾아보기 어려운 특이한 창법이다. 원조타령의 이러한 성악적 특성이 창본의 표기체계에 혼란을 가져오는 현상도 지적한 바가 있거니와, 창본의 채록자들도 원조타령의 의미단락을 제대로 파악하지 못할 만큼 원조타령은 성악적 기교가 섬세하게 집약되어 있는 노래다. 원조타령은 예술적 노력을 통해서 천의무봉의 소리에 도달하는, 판소리의 '소리'라는 용어가 형성된 그 예술적 배경을 짐작하게 하는 부분이기도 하다.

범세계문화적 관습인 새의 영매적 기능이 이 원조타령의 내용상의 기본틀을 형성한다. 산천과 눈보라와 바람은 원조타령을 위한 초혼의 공간적 배경이 되어 있다. 신재효본의 봉황새 비취새 등 왕권을 상징하는 관념적 새들을 밀어내고 두견새는 그 피를 쏟는 듯한 민중적 한의 이미지로 원조타령의 길을 열어놓는데, 다음부터 등장하는 새들은 새소리를 매개삼아 〈적벽가〉의 중국적 체취를 한국문화로 용해시키는 일에 주력한다. 관우는 조조를 놓아주지만 원조타령에 등장하는 새들은 결코 역사를 그늘지게 한 암주를 용서하지 않는다. 〈적벽가〉의 서사적 자취와 새들의 울음소리를 일치시켜 일구어내는 원조타령의 역사감각은 중국고대사의 민중적 미움의 표적이던 조조를 시공을 건너 이 땅의 암주들의 이미지로 치환하여 이 땅의 역사적 그늘을 걷어내려 한다. 그것은 원조타령에 이르러 소리꾼들이 〈적벽가〉 새타령임을 특별히 강조하는 판소리적 관행의 진정한 이유일 것이다.

놀부와 『태평천하』의 윤직원

1. 민담의 구두쇠와 놀부

〈흥부가〉중 심술타령의 끝부분에 놀부를 가리켜 "굳기가 돌덩이" 같다고 표현한 부분이 있다. 그것은 "네모난 송곳으로 앞 이마빡을 싹싹 비벼도 진물 한 점 아니 날" 만큼 놀부가 독하고 모진 구두쇠라는 표현의 전제조건이다. '구두쇠'라는 말은 구두 밑창에 박는 쇠인 '징(靴鐵)'을 연상하게 하여 '구두'와 '쇠'의 합성어로 아는 이들이 더러 있는데, 실인즉 '굳다(단단하다)'의 어간 '굳'에 매개모음 '우'와 명사성 접미사 '쇠'가 첨가되어 파생된 고유어라고 한다.

우리 민담에는 단편적으로 그 구두쇠가 가끔 등장하는데 검소하고 절약하는 생활태도를 통하여 구두쇠의 사회적 순기능을 드러내고자 하는 교훈적인 것과 누가 더 구두쇠인가를 경쟁하는 해학담이 주를 이루고 있다. 더러는 천민자본에 대한 미움과 야유의 결과물도 곁들이어 있다.

민담 속에서 단편적으로 출몰하는 그런 구두쇠의 이야기가 보다 집중적으로 대형화된 것이 〈흥부가〉의 놀부 화소다. 민담의 구두쇠들이 나름대로의 합리적인 인색함을 통하여 경쟁적으로 구두쇠적 미학과 철학을 추구하고 있는 데 비하여 놀부의 인색함은 그런 잔재미를 무시해버리고 보다 궤변적이고 폭력적이고 공격적이다. 놀부는 돈 자체가 목적이 아니고 열등감 많은 천민부호의 입장에서 불특정 다수의 세상 사람들에 대하여 맹목적인 적개심을 표현하기 위한 수단으로 구두쇠 노릇을 하고 있는 혐의가 짙다.

신의 권위를 인간이나 짐승의 차원으로 끌어내리어 즐기고, 신의 횡포가 도깨비의 심술로 회화화되어 있는 도깨비 민담처럼, 천민자본가인 놀부도 포악하고 사납고 우직하고 어리석은, 삼강도 오륜도 모르는 짐승과 같은 인물로 끌어내리어 설정되어 있다. 놀부의 심술은 불특정 다수에 대한 무분별한 적개심의 표현이지 단순히 돈이 아까워서 하는 짓들은 아닌 것 같기도 하지만, 민담의 구두쇠 열전에 낄직한 교훈적 미학적 철학적 구두쇠는 아니라 할지라도 놀부라는 인물이 옹고집과 더불어 조선 후기 서사문화의 대표적 구두쇠라는 것은 그러나 누구도 부정할 수는 없다.

우리 서사문화 속에서 도깨비의 조선 후기적 변형인 놀부의 구두쇠 이미지가 한국 근대소설 속에서 어떻게 굴절되어 있는지를 살피는 것이 이 글의 목적이다. 한국 근대소설에서 구두쇠로 꼽히는 인물들은『대하』의 박성권,『삼대』의 조의관,『고향』의 안승학, 그리고『태평천하』의 윤직원 등이다. 이 글은 놀부와『태평천하』의 윤직원을 중심으로 구두쇠적 특성과 삶의 궤적을 비교함으로써,

그들 근대소설 속에 천민자본주의의 상징으로 등장하는 부정적 인간형들과 〈흥부가〉의 놀부가 서로 어떻게 혈연관계를 유지하고 있는가를 살피고자 한다.

2. 놀부의 궤변과 악행의 합리화

〈흥부가〉의 초압에는 놀부의 심술이 장황하게 소개되는데 그 심술들이 놀부의 실제 행동은 물론 아니다. "어린아이 불알 발라 말총으로 호와매기, 오대 독자 불알 까기" 등등 아무리 놀부의 심술일망정 그 실현 가능성이 희박한 것들도 많다. 초압에 제시된 그 심술타령은 놀부의 실제 행동이라기보다는 앞으로 전개될 예측 불허의 놀부의 악행들을 예고하는 구실을 하고 있는 셈이다. 심술타령을 들은 〈흥부가〉의 청중들은 이야기가 진행되는 과정에서 놀부가 무슨 짓을 하더라도 크게 놀라지 않게 되어 있다. 일단 심술타령을 즐긴 청중들은 놀부의 기상천외한 악행을 은근히 기대하면서 이후로 놀부가 무슨 악행을 저지르더라도 그런 짓을 하고도 남을 사람으로 여기게끔 되는 것이다.

도합 150가지가 넘는 놀부의 심술 중에서 경제적 이익을 추구하기 위한 구두쇠적 심술은 "동네 주산 팔아먹기, 남의 선산에 투장하기, 길 가는 과객 양반 재울 듯이 붙들었다 해 다 지면 내어쫓기, 일년 고공 외상사경 농사지어 추수하면 옷을 벗겨 내어쫓기, 외상술값 억지쓰기, 장시간에 억매하기" 등 몇 가지에 불과하다. 심술타령에 동원되는 심술들은 놀부의 구두쇠적 행각을 강조하기 위한 것이라기보다는 놀부의 패륜과 포악함을 앞세워 불특정 다수를 골탕먹이고 그들의 불행을 즐기기 위한 것들이 대부분이다. 그럼에도 불구하고 놀부는 조선 후기 서사물 중 대표적인 구두쇠로 알려져 있다. 그 이유는 작품 안에서 놀부의 실제 행동이 구두쇠적으로 표현되고 있기 때문이다.

심술타령을 예고편 삼아 놀부의 심술이 작품 속에서 행동으로 표현되는 첫 장면은 엄동설한에 흥부네 가족을 갑자기 내쫓는 일이다.

하루는 놀부놈이 흥부를 쫓아낼 양으로 전고 없는 화를 내는데 "에- 내 속이 왜 이리 요란하냐 어? 네 이놈 흥부야." 흥부 깜짝 놀래 공손히 대답하고 딱 꿇어앉았으니 "네 이놈 듣거라, 너와 나와 형제로 되 부모 생전 계실 적에 등분 있이 지낸 것은 너도 응당 잘 알지? 우리 부모 야속하여 나는 집안 장손이라고 선영을 매끼면서 글도 한 자 안 갈치고 소 부리듯 부려먹고 네놈은 직손이라고 특별히 사랑하여 주야로 글만 가르쳐 호의호식하던 일을 내가 지금 생각하면 분하기 짝이 없어 네놈은 부모 때에 세도를 하였으니 나도 이제 내 마음대로 세도 좀 하여보자. 이 집안 살림살이 논 전답 수만 두락 내 손으로 작만하여 네놈 좋은 일 못 하겠어, 그러니 네 계집 자식들이 여태껏 먹은것을 값을 쳐 받을 테나 그는 응당 못 할망정이라도 더 보던 안 하겠다. 그러니 너는 오늘 계집 자식 데리고 떠나가라. 어."

(김진영 외, 『흥부가 전집』, 박이정출판사, 1991, 124쪽. 이하 같은 작품의 인용은 쪽수만 표시함.)

공자와 도척의 관계처럼 놀부에게 있어서 흥부는 아우이기 이전에 양반문화의 상징이다. 인용된 부분만 본다면 양반문화에 대한 무의식적으로 누적된 질투심과 열등감과 적개심, 그것이 바로 놀부적 악행의 밑그림이고 그것이 원인이 되어 엄동설한에 아우를 내쫓는 것으로 이해된다. 그러나 놀부의 그러한 논리는 심술타령에 예시된 놀부의 포악함이나 잔인함이나 억지스러움에 비하여 볼 때 아우를 내쫓기 위하여 동원된 궤변일 가능성이 많다. 놀부의 부모가 놀부에게는 정말로 "글도 한 자 안 갈치고 주야로 일만 시켜 소 부리듯 부려먹"었는지 아니면 아무리 부모가 글을 가르치려 해도 놀부 스스로 글공부를 멀리하여 그런 결과를 빚었는지에 대해서 그 사실 여부를 밝힐 수 있는 일도 아니다. 아무튼 놀부의 말만 곧이곧대로 믿어버릴 수는 없는 노릇이다. 아무래도 놀부는 글공부보다는 그나마 일하는 쪽에 더 적성이 맞았을 거라 여기는 것이 대부분 〈흥부가〉의 청중들이 짐작하고 있는 내용이다. "이 집안 살림살이 논 전답 수만 두락 내 혼자 작만하"였다는 놀부의 말도 부모의 유산을 혼자 차지하려는 옹색한 억지라는 것을 모를 사람은 없다. 정연한 논리로 위장하여 공자를 몰아붙이는 도척처럼 놀부도 그 비슷한 궤변으로 자신의 행동을 합리화하고 있다.

놀부의 논리를 액면 그대로 받아들이는 것과 놀부의 논리가 옹색한 억지라고 여기는 것과는 상당한 차이가 있다. 놀부의 논리를 액면 그대로 받아들일 경우 놀부의 구두쇠적 행각은 질투심과 적개심을 표현하기 위한 수단에 지나지 않는 것이고, 놀부의 논리가 옹색한 억지라고 여길 경우 놀부의 최종목표는 어떻게든 구두쇠 노릇을 하는 것이다.

"네 계집 자식들이 여태껏 먹은 것을 값을 쳐 받을 테나 그는 응당 못 할망정" 더 먹이진 않기 위하여 놀부는 아무도 믿지 않는 억지 논리로 오로지 구두쇠적 목적 달성을 서두르고 있는 것이다. 질투심과 적개심 때문에 포악하고 어리석고 억지스러운 구두쇠로 표현되어 있는 것인지, 구두쇠적 여건을 갖추고 그것을 합리화하기 위하여 질투심이나 적개심이 동원된 것인지는 분명하지 않지만 하여튼 작품 안에서 놀부의 표면적 실제적 행동들은 역대의 구두쇠들 중에서 가장 적극적인 구두쇠임에는 틀림이 없다.

"아이고 작은서방님 그 동안 어데를 가 계시어 소식이 돈절하였소?" "오냐 나는 잘 있었지만 자네도 잘 있고 대관절 큰생원님 그 내외분과 조카들도 다 안녕하신가?" "말씀 마슈 아 글쎄 작은서방님 나가신 뒤에 큰서방님 마음이 점점 악착해져 꿈꾸다가 취해준 돈을 일어나면 문서에다 치부하고, 작년재작년에 제사를 모시는데 접시마다 아 돈을 놓고 지냅니다. 아 그러더니만 철상하고 돈 거둘 때 돈 한 푼이 빈다고 집안 난리가 났었죠. 또 작년에는 그나마 제사를 모시는데 접시마다 글씨를 딱딱 써놓더니 올해는 그것도 고만두고 신주만 치켜들고 장판으로 돌아다니며 구경만 모두 시켰지요." (127쪽)

흥부가 가난의 극에 달하여 놀부네 집에 찾아가서 놀부를 만나기 전에 마당쇠로부터 놀부의 근황을 듣는 장면이다. 초압의 심술타령이 흥부 가솔을 엄동설한에 무작정 내쫓는 포악함과 인색함의 예비적 단계였던 것처럼 이 놀부의 제사 지내는 해괴한 내력도 당장 굶어죽게 생긴 아우를 몽둥이질로 내쫓기 위한 예비적 악행일 것이다. 유교사회에서 부모의 제사를 그런 식으로 지내면서까지 돈에 집착하고 있는 놀부의 공격적인 인색함은 흥부가 겪게 될 봉변을 충분히 짐작하게 하는 것이다.

제사상에 음식 대신 접시마다 음식값에 해당하는 엽전을 올리는 전제(錢祭), 그 엽전 한 닢이 없어졌다는 핑계로 엽전 대신 음식 이

름을 종이에 써서 접시에 올리고 제사를 지내는 문제(文祭), 마침
내는 그 종잇값이 아까워서 신주를 치켜들고 장터를 돌며 신주에
게 장터 음식들을 구경시키는 이동제(移動祭), 이 해괴한 제사들에
대하여 누가 놀부에게 제사를 그처럼 지내는 까닭을 물었더라면
놀부는 놀부대로 현실적 실용성으로 위장하여 자기 행동을 합리화
하는 구두쇠적 궤변을 또 얼마든지 늘어놓았을 것이다. 그런 궤변
들을 근거 삼아서 놀부의 성격형성 배경을 헤아리고자 하는 것은
놀부의 그 궤변을 너무 곧이곧대로 받아들이는 건 아닐까 하는 미
심쩍음이 남는다. 자신의 악행을 합리화하기 위하여 동원되는 놀부
의 궤변들은 그것이 궤변일 뿐 사실 믿을 데가 거의 없는 것들이다.

"오 네가 바로 그 흥보냐? 네 이놈 듣거라 내가 너를 내보낼 제 네놈
이 철이 없기로 고생을 좀 하면은 속을 차릴까 속을 두고 내쫓았은즉
그 즉시로 들어와서 살림 내어달라 했으면 내가 영락없이 살림 짝 빠
개서 내어줬을 것인데 한 번 나간 뒤에 편지 일절 돈절하고 성현동 복
덕촌은 엎어지면 코 달 곳에서 수삼 년을 살면서도 네가 발걸음 하나
안 하더니 네 계집 자식 굶어죽게 되었은즉 이제 와서 형님 윤기를 생
각하는구나. 네 소행을 생각하면 꼭 너를 쳐죽일 것이로되 무지한 세
상 인심 날만 그르다 하겠기로 특별히 용서하는 것이니 그런 법이 없나
니라." 준절히 꾸짖으니 누가 듣더라도 흥부가 잘못 되었지.(129쪽)

놀부가 속을 차리게 하기 위하여 아우 일가를 내쫓은 것도 아니
고 그 아우에게 영락없이 살림을 짝 빠개줄 놀부도 물론 아니다.
성현동 복덕촌이 엎어지면 코 닿을 곳도 물론 아닐 것이다. 이는
구걸하러 온 아우에 대하여 도덕적 우위를 확보하기 위한 놀부의

궁색한 안간힘일 뿐이다. 놀부의 이 꾸지람은 구구절절이 옳은 말이고 또 옳은 말이 되기 위하여 구구절절이 거짓말이 동원된다. 마지막의 "특별히 용서"한다는 말은 더더구나 어처구니없는 거짓말이다. 용서는커녕 곧바로 사나운 몽둥이질이 이어진다는 것을 〈흥부가〉의 청중들은 익히 알고 있다. 금방 드러나버릴 거짓말을 자기 합리화를 위하여 태연히 늘어놓는 것이다.

　놀부의 이러한 궤변을 곧이곧대로 받아들인다면 놀부는 일단 사려 깊고 합리적이고 관대한 맏형의 역할에 모자람이 없는 인물이 될 것이다. 놀부의 궤변을 곧이곧대로 여기어 아우를 내쫓던 무렵의 부모에 대한 원망이나 아우에 대한 시기와 질투를 놀부 성격형성의 밑그림으로 여긴다면 놀부는 그의 유별난 악행에도 불구하고 어느 정도의 동정과 연민을 할애해도 좋을 인물이다. 악행을 합리화하기 위한 놀부의 궤변을 곧이곧대로 받아들이는 것은 정말 아슬아슬한 일이 아닐 수 없다.

　　놀부놈의 거동 봐라 놀부놈 거동 보소. 흥부 치러 나온다. 두 팔을 딸딸 걷고 신발을 돌려신고 싱글벙글 웃으면서 몽둥이 높이 들고 "앗다 이놈 강도놈아 청천백일 밝은 날에 무엇을 달라느냐 잘살기도 네 복이요 못살기도 네 팔잔데 굶고 먹고 내 아느냐 쌀말이나 주자 헌들 뒤지에 들어 있어 다물다물 들었으니 너 주자고 뒤지 헐며 돈푼이나 주자 헌들 철용방의 그림궤에 쾌를 지어넣었으니 너 주자고 궤돈 헐랴 싸레기나 주자 헌들 새끼 깐 병아리 두고 너 주자고 닭 굶기며 찬밥이나 주자 헌들 새끼 암캐 두고 너 주자고 개 굶기며 찌꺼미나 몽근 겨나 양단간에 주자 헌들 저 건너 우리 안에 떼 도야지가 들었으니 너 주자고 돗 굶기랴 돈에서 녹이 나고 곡식이 썩어나도 네놈은 줄 것 없

다 너 이놈 건너왔다가 몽둥이나 지고 가거라."(130쪽)

　　자기 합리화를 위한 놀부의 궤변이 막바지에 이른 대목이다. 대
문을 단단히 걸어잠그고 구걸 온 아우에게 무차별로 몽둥이 세례
를 퍼붓기 직전의 이 궤변은 그나마 유지되던 논리적 정연함을 잃
어버리고 놀부의 구두쇠적 본색이 절망적으로 드러난다. 놀부는
이 직전의 사려 깊고 합리적이고 관대한 맏형이기를 서슴지 않고
포기한다. 거기에 대한 변명도 미련도 없다. 곡식이나 돈은 고사하
고 싸라기나 찬밥이나 찌꺼미나 몽근겨조차도 아우에게는 아깝다.
굶어죽게 생긴, 재물이나 축내려 드는 쓸모없는 아우보다는 키워
서 잡아먹을 수 있는 병아리나 개나 돼지가 놀부에게는 더 소중하
다. 불특정 다수에 대한 천민자본가의 적개심이 자기 재물을 축내
려 드는 흥부를 표적으로 삼아서 맹렬하게 타오르는 것이다.
　　천민자본가의 궤변을 이처럼 점층적으로 꾸미어 놀부로 하여금
구두쇠적 본색을 절망적으로 드러나게 함으로써 〈흥부가〉의 작가
군들은 놀부가 몸에 두르고 있는 불특정 다수에 대한 적개심을 그
에게 효과적으로 되돌려준다. 천민자본에 대한 청중들의 적개심을
흥부가 두들겨맞는 자진머리 가락으로 극대화해 놀부에게 되돌려
주는 것이다.
　　불특정 다수에 대한 천민자본가의 적개심을 표면화하고 그 천민
자본가에게 청중들의 적개심을 되돌려주는 이러한 짜임은 시대를
건너 식민지시대 한국소설에 등장하는 김남천의 『대하』, 이기영의
『고향』, 염상섭의 『삼대』, 채만식의 『태평천하』 등에서도 비슷하게
재현된다.

3. 윤직원의 구두쇠 행각과 그 궤변들

식민지시대 한국소설의 구두쇠들 중에서 민중적 적개심의 집중적 대상이 되는 인물은『태평천하』의 윤직원이다. 다른 구두쇠들,『삼대』의 조의관이나『고향』의 안승학이나『대하』의 박성권 같은 인물들은 그들이 이 세상에 대하여 품고 있는 적개심을 독자들로부터 되돌려받고 있다는 점에서 놀부나 윤직원과 비슷하지 않은 바는 아니지만, 그들은 해당 작품 속에서 놀부나 윤직원 같은 중심 인물은 아니다. 식민지시대 소설 속의 인물들과 놀부와의 혈연은 그 민담적 판소리적 짜임이나 적개심의 집중도에서 윤직원이 훨씬 가깝다.

『태평천하』는 윤직원과 인력거꾼과의 실랑이질로부터 이야기가 시작된다. 윤직원이 명창대회 상등석에 앉아 있으면 사람들이 그를 명창 이동백으로 잘못 알 만큼 그는 풍채가 좋다. (이동백 명창은 당대의 가객들 중 풍채가 좋기로 널리 알려져 있었다.) 그가 진고개 거리에 나서면 본정통 사람들은 그의 외모에 눌리기라도 한 듯 눈을 홉뜨고 입을 벌릴 정도다. 각종 보약들을 많이 먹어서 얼굴은 불콰한 동안이고 수염은 눈같이 흰, 홍안백발의 윤직원, "옷은 안팎으로 윤이 치르르 흐르는 모시 진솔 것이요, 머리에는 탕건 받쳐 죽영 달린 통영갓이 날아갈 듯 올라앉아" 있고, "발에는 크막하니 솜을 한 근씩은 두었음직한 흰 버선에 운두 새까만 마른신을 조그맣게 신고, 바른손에는 은으로 개대가리를 만들어 붙인 화류 개화장이요, 왼손에는 서른 네 살배기 묵직한 합죽선을" 쥔 윤직원, 몸무게 이십팔 관 육백 몸메에 키는 다섯 자 아홉 치의 거구인 그 윤직원을 태우고 가쁜 숨을 몰아 땀을 뻘뻘 흘리며 비탈길을 올라온

인력거꾼에게 그는 지금 인력거 삯을 깎고 있는 중이다. 윤직원과
인력거꾼의 실랑이질을 대화로 추려본다.

    "인력거 쌕이(삯이) 몇 푼이당가?"
    "그저 처분해줍시오."
    "으응, 그리여잉 그럼, 그냥 가소."
    "그럼 내일 오랍쇼니까?"
    "내일? 내일 무엇 허러 올랑가?"
    "저어, 삯 말씀이옵니다. 헤."
    "삯? 아아니 여보소 이 사람, 자네가 아까 날더러 처분대루 허라구
허잔였넝가? 그렇지? 그런디 거 처분대로 허람 말은 맘대루 허람 말
이 아닌가? 그리서 나넌 그렇기 처분대루, 응? 맘대루 말이네! 맘대
루 허라구 허길래, 아 인력거 삯 안 주어두 갱기찮헌 종 알구서, 그냥
가라고 히였지! 거참! 나는 벨 신통헌 인력거꾼두 다아 있다구, 퍽 얌
전허게 부았지, 늙은 사람이 욕본다구, 공으루 인력거 태다 주구 허닝
게 쟁히 기특허다구…… 이 사람아, 사내대장부가 그렇기 그짓말을
식은 죽 먹듯 헌단 말잉가? 일구이언은 이부지자라네, 암만히여도 자
네 어메(어머니)가 행실이 좀 궂었덩개비네!"
    (채만식, 『정통한국문학대계 6』, 11~18쪽. 이하 같은 작품의 인용
은 쪽수만 표시함.)

인력거꾼과의 이런저런 기나긴 실랑이질 끝에 윤직원은 일원 한
장만 달라는 인력거꾼에게 마침내 이십 전을 주마고 한다.

    "건 너무 적습니다요 십 전 한 푼만 더 줍사와요, 그리구 체두 퍽 무

거우시구 허셨으니깐, 헤."

"아아니 이 사람이 인제넌 벨 트집을 다아 잡을라구 허네, 이 사람
아, 그럴 티먼 나넌 이 큰 몸집으로 자네 그 쬐외깐헌 인력거 타니라
구 더 욕을 부았다네, 자동차니 기차니, 몸 무겁다고 돈 더 받넌 디 부
았넝가? 어쩔티어? 이것 받어갈랑가? 안 받어갈랑가? 안 받어간다
면 나 이놈으루 괴기 사다가 야긋야긋 다져서 저녁 반찬이나 히여 먹
을라네."(19쪽)

결국 인력거꾼은 윤직원으로부터 이십오 전을 삯으로 받아가지
고 달아나듯 가버린다. 윤직원은 실랑이질 막판에 더 얹어준 오 전
이 못내 아깝다.

인력거 삯을 깎기 위한 윤직원의 이러한 궤변들은 처음에는 당
사자인 인력거꾼에게조차 농담인지 진담인지 의심을 받을 만큼 해
괴한 짓이지만, 자세히 보면 그것들은 앞서 살핀 바 있는 놀부의
경우처럼 구두쇠적 행각에 필연적으로 수반되는 합리성의 추구에
다름아니다. 윤직원도 구두쇠 노릇을 할 때마다 반드시 그 합리성
으로 위장된 궤변을 일삼는다.

윤직원이 푸접으로 곁에 두고 즐기는 15세 동기(童妓) 춘심이와
함께 명창대회 구경차 부민관에 가는 길에서도, 그리고 그 명창대
회장인 부민관에 가서도 그 구두쇠 노릇과 궤변은 계속 이어진다.
부민관 가는 길에 자동차(택시)를 타고 가자는 춘심의 제안에 윤직
원은 선선히 그러자고 하면서 버스 정거장으로 계속 걸어간다.

　춘심이는 (……) 뾰롱해가지고 쫑알댑니다.
　"빼쓸 가지고 아주 자동차래요!"

"자동차라두 그놈이 여니 자동차보담 더 비싸다 이년아!"

"오전씩인데 비싸요?"

"타는 찻삯 말이간디? 그놈 사올 때 값 말이지."(24쪽)

이렇게 해서 버스 몇 대가 그냥 지나가고 난 뒤에 겨우 멈춘 만원 버스에서 남보다 몸집이 크고 차림이 요란한 윤직원을 태우고 버스걸이 아주 울상이다. 윤직원도 고생이 이만저만이 아니다. 목적지에 거의 이르러 윤직원은 십원짜리 지전으로 버스 요금을 치르고자 한다. 일일이 그 많은 잔돈을 거슬러줄 틈이 없는 버스걸은 "오만상을 찡그리며 구박이 자심"하다. 어디까지 갈 거냐고 묻는 버스걸에게 윤직원은, 속셈으로는 다음 역에서 내릴 거면서 다음 다음 역까지 간다고 대답한다. 버스걸은 다음 역에 내려서 잔돈을 바꾸고 차를 갈아타라고 이르고 윤직원 일행을 그냥 내려준다. 버스걸에게 목적지를 속이며 "무사히" 공차를 탄 윤직원 영감은 춘심이를 앞세우고 부민관까지 천천히 걸어가면서 "좁은 뽀수 타니라구 고생헌 값을 이렇게 도루 찾는 법이"라고 춘심이에게 공차 타는 기술을 깨우쳐준다.

명창대회장에 이르러서도 윤직원의 그 구두쇠 노릇은 줄곧 이어진다.

윤직원 영감은 춘심이더러, 네 형이 출연을 한다면서 무대 뒷문으로 제 형을 찾아들어가 공짜로 구경을 하라고 시키던 것입니다. 그러나 춘심이는, 암만 그렇더라도 저도 윤직원 영감을 따라왔고, 그래서 버젓한 손님이니까 버젓하게 표를 사갖고 들어가야 말이지 누가 치사하게 공구경을 하느냐고 우깁니다. 그래 한참이나 서로 고집을 세우고 양보를 않던 끝에 윤직원 영감은 슬며시 십 전박이 두 푼을 꺼내서 춘심이 손에 쥐어주면서 살살 달랩니다.

"옛다, 이놈으루 군밤이나 사먹구, 귀경(구경)은 공으로 들여달라구 히여, 응? 그렇게 허면 너두 좋구 나두 좋구 허지?"

춘심이는 군밤 값 이십 전에 할 수 없이 매수가 되어 마침내 타협을 하고 먼점 무대 뒤로 해서 들어갔습니다. 윤직원은 넌지시 오십 전을 내고 하등표를 달라고 해서 홍권을 한 장 샀습니다. 그래 가지고는 아래층 맨 앞줄에 가서 처억 앉으니까, 미상불 아무도 아직 들어오지 않았고, 갈 데 없이 첫쨉니다.(25쪽)

열다섯 살의 동기 춘심이는 맹랑하기는 하지만 철딱서니가 없기 때문에 윤직원으로서는 여느 여인네보다 돈이 적게 들고도 가까이 할 수 있는 안성맞춤의 놀이갯감이다. 윤직원은 어떻게든 해서 춘심이에게 남자 구실을 하려고 벼르고 있는 칠십대의 노인이다. 만석꾼 윤직원이 그런 애인의 입장료 오십 전을 아끼는 대목이다. "너두 좋구 나두 좋"은, 철딱서니 없는 춘심이에게는 이십 전이 생기고 윤직원에게는 삼십 전이 굳는 이런 좋은 일을 생각해내어 실행에 옮긴 윤직원은 추악하고 인색한 노인에 대한 독자들의 비난쯤은 전혀 아랑곳하지 않는다. 어쩌면 그 돈보다 몇십 배 몇백 배 값어치의 구두쇠적 희열을 즐겼을지도 모른다.

명창대회 관람석과 관계된 윤직원의 실랑이질은 구두쇠적 억지와 궤변이 한결 돋보이는 대목이다.

"저어 여긴 백권석입니다. 저 위칭으루 가시지요!"
"왜 날더러 그리 가라구 허우?"

"여긴 백권석인데요, 노인은 홍권을 사셨으니깐 저 위칭 홍권석으루 가셔야 합니다."

"아아니, 이건 하등표요! 나넌 돈 오십 전 주구 하등표 이놈 샀어! 자 보시요."

"그러니깐 말입니다. 노인 말씀대루 하면 여긴 상등이거든요. 그런데 노인께선 하등표 사가지고 이 상등에 앉았으니깐, 저 하등석으루 올라가시란 말씀입니다."

"예가 상등이라? 그러구 저 높은 디 이칭이 하등이라?"

"네에."

"아아니, 여보? 그래 그런 법이 어디가 있단 말이요? 높은 디가 하등이구 나찬 디가 상등이라니! 나난 칠십 평생에 그런 말은 첨 듣겠소!"

"그래두 그렇잖습니다. 여기선 예가 상등이구, 저 이칭이 하등입니다. 그러니 정녕이 자리에서 구경을 허시겠거던 돈을 일 원 더 내시구 백권을 사시지요?"

"나넌 그럴 수 없소! 암만 그리두, 나넌 예가 하등인게루, 예서 귀경헐라우!" (27쪽)

윤직원은 이렇게 "기생과 광대들의 일동일정이 바로 앞에서 잘 보이고 노래가 가까이 들리고 그리고 하등이라 값도 헐한" "맨 앞자리 맨 앞줄의 제일 좋은 자리"에서 "구경을 원만히 마치고" 돌아온다.

윤직원의 그런 구두쇠 행각은 가족들에게도 여전하다. 손주며느리가 들고 온 밥상의 하얀 쌀밥을 보면서 만석꾼 윤직원은 손주며느리에게 역정을 낸다.

"그래, 내가 허던 말은 동네 개 짖넌 소리만두 못 여기녕구나? 어째서 보리넌 조깨씩 누아 먹으라닝게 쥑여라구 안 듣구서, 이렇게 허여연 쌀만 쏇어 먹으러 드냐?"

"그 궁상스런 소리, 작작 허시우, 아버니두……"

서울아씨가 듣다 못해 아버니를 핀잔을 주는 것입니다.

"쌀밥 좀 먹기로서니 만석꾼이 집안이 당장 망헐까바서 그리시우? 마침 보리 삶은 게 없어서 그랬대요…… 고만두시구 진지나 잡수시우!"

"아아니, 보리쌀은 삶잖구 그냥 누아두먼 머 제절루 삶어진다더냐? 쌀문 놈이 읍거던 다아 요량을 히여서, 미리미리 조깨씩 삶어두구 끄니때먼 누아 먹어야지! 그게 늬덜이 모다 호강스러서 보리밥이 멕기 싫응게루 핑계대넌 소리여, 공동뫼지를 가부아라, 핑계 없는 무덤이 하나 있데야?"

윤직원 영감은 아까운 듯이 밥을 한 술 떠넣고 씹으면서, 씹으면서 생각하니 더욱 아깝던지, 또다시 뇌까립니다. 자기 자신이 부연 쌀밥만 먹기가 아깝거든, 이 아까운 쌀밥을 온 집안 식구와, 심지어 종년이며 행랑것들까지 다아들 먹을 것이고, 솥글경이와 밥티가 쌀밥인 채로 수챗구멍으로 흘러나갈 일을 생각하면 그야 소중하고 아깝기도 했을 겁니다.

"글씨 (……) 야덜아, 그러구 말이다, 거, 보리밥이 그런 성불러두 그걸 노상 먹느라면, 애기 못 낳던 여인네가 포태를 헌단다! 포태를 헌대여! 응?"(49쪽)

어떻게든 소생을 갖고 싶은 생과부 손주며느리들에게 윤직원은 속보이는 거짓말까지 해가면서 보리밥이 좋다고 우기고 있다. 물론 쌀이 아까워서 믿거나 말거나 해보는 거짓말일 것이다. 『태평천하』 전편에 일관되어 있는 이러한 윤직원의 구두쇠 행각들은 놀부의 경우처럼 억지와 궤변으로 엮어져 있고 독자들은 윤직원의 그 억지와 궤변을 은근히 기대하면서 한편으로는 그를 마음껏 욕하고 즐긴다.

4. 윤직원의 적개심

억지와 궤변과 파렴치한 행각이 생활화되어 있는 윤직원은 그 가족들에 대한 적개심도 유별나다. 윤직원에게는 자기 기분에 어긋나면 아들이든 손자든 증손자든 남자라면 다 "잡어 뽑을 놈"이고, 며느리든 딸이든 손주며느리들이든 애인이든 여자라면 다 "짝 찢을 년"이다. 안팎의 남녀노소에게 일상화되어 있는 윤직원의 이러한 입버릇은 직접적으로는 윤직원의 천민적 신분을 드러내는 구실을 하지만 한편으로는 그에게 형성되어 있는 불특정 다수에 대한 무분별한 적개심을 짐작하게 한다.

윤직원의 적개심은 가족들을 포함하여 그에게 경제적 손실을 입히고자 하는 모든 사람과 제도가 그 대상이다. 놀부의 불특정 다수에 대한 적개심이 흥부에게 집중되어 표현되는 것처럼 윤직원에게 인 박여 고착되어 있는 적개심의 대상은 첫째로 구한말 무렵 횡행하던 화적패다. 그들에 대한 윤직원의 적개심은 사회 기강을 어지럽히는 화적패에 대한 공분 때문이 물론 아니고 그 화적패 때문에 윤직원이 재산을 빼앗겼기 때문이다.

화적패라고 표현되어 있기는 하지만 『태평천하』에 나오는 화적

패는 여느 화적패와는 약간 다른 것 같다. 남의 재물을 주로 밤중에 무리로 들이닥쳐 빼앗아가는 것이나 남정네들을 잡아 묶어놓고 두들겨패는 것 같은 부분은 여느 화적패와 비슷하지만, 부잣집 재물만 빼앗아가는 점, 웬만하면 사람을 죽이지 않으려고 애쓰는 점, 그리고 아녀자들에게는 절대로 폭력을 행사하지 않는 엄한 규율이 시행되고 있는 점 등으로 미루어 그들은 그 무렵 동학혁명에 실패하고 돌아온 농민군의 잔여세력이 아닐까 여겨진다.(낮에는 농사를 짓고 밤에는 농민군이 되어 활동하던 이들을 당시에는 화적패라고도 불렀다고 한다. 다분히 관변적 호칭이었다. 태평천하가 씌어지던 무렵만 해도 '화적패'라는 호칭에 구태여 이런 설명이 필요하지 않았을 것이다.)

윤직원(당시는 윤두꺼비, 필자)의 집에 쳐들어온 화적패의 두목은 윤두꺼비의 아버지 윤용규를 어떻게든 설득하여 윤용규의 고발로 붙들려간 부하 하나를 살려내고자 한다. 관가에 뒷돈을 대어 윤용규로 하여금 그 부하를 살려내도록 하기 위해서다. 그렇게만 해준다면 죄를 묻지 않겠다는 조건이다. 그러나 윤용규는 더이상 돈을 뜯길 수 없다고 악을 쓰며 몸부림친다. 악에 바치어 칼 하나를 주워들고 휘둘러대다가 마침내 그는 화적패의 도끼에 맞아 죽는다.(이 장면에 관한 『태평천하』의 서술태도는 다분히 윤용규 쪽에 잘못이 더 많아서 윤용규가 제풀에 죽은 것이고 화적패에게는 애당초 살해 의도가 없었던 점을 거듭 설명하고 있다.)

알몸뚱이로 달아나 보리밭 고랑에 엎드려 있던 윤두꺼비는 아버지의 시체를 안고 화적패들이 불질러 훨훨 타오르는 노적과 곳간을 바라보면서 울부짖는다.

"오오냐 우리만 빼놓고 어서 망해라!" (40쪽)

"욕심 사나운 수령한테 걸려들어 명색없이 잡혀 갇혀서는 형장을 맞아가며 토색질을 당하던" 윤용규, "화적의 총부리 앞에 목숨을 내걸고 서서 재물을 약탈당하기 부지기수"였던 윤용규, 그 주검을 안고 아들 윤두꺼비는 피에 젖어 울부짖는데, 그 "우리만 빼놓고"의 '우리'라는 말은 나라나 민족이나 고난받는 이웃이 물론 아니다. "이 또한 웅장한 절규이었습니다. 아울러, 위대한 선언이었구요"라고 뒤이어지는 채만식의 비아냥거리는 말투로 미루어 그것은 '우리집'의 준말임이 분명하다. 화적패에 관한 이 사건은 '우리집'만 제외시킨 이 세상의 불특정 다수에 대하여 구두쇠적 적개심이 윤직원에게 인 박이는 확실한 계기가 되었을 것이다.

윤직원으로 하여금 적개심에 들끓게 하는 또하나의 대상은 '양복청년'이다.

벌건 대낮에 쏙 빠진 양복쟁이 둘이 들이덤벼가지고는 그 돈 사천원(논 사려고 준비했던 돈, 필자)을 몽땅 뺏아가던 것입니다. 머, 꿀컥 소리 못 하고 고스란히 내다가 내바쳤지요. 고, 싸늘한 쇠끝에 새까만 구멍이 똑바로 가슴패기를 겨누고서 코앞에다가 들이댄 걸, 그러니 염라대왕이 지켜 선 맥이었지요. 옛날 화적들은, 밤중에나 들어와서 대문이나 짓바수고 하지요. 그 덕에 잘하면 도망이나 할 수 있지요. 헌데 이건, 바로 대낮에 귀한 손님 행차하듯이 어엿이 찾아와서는, 한다는 짓이 그 짓이니, 꼼짝인들 할 수가 있었나요. 그래 사천원을 허망하게 내주고는, 윤두꺼비는 망연자실해서 우두커니 한식경이나 앉았다가, 비로소 방바닥에 떨어진 종잇장으로 눈이 갔습니다. 돈을 받았다는 영수증을 써놓고 갔던 것입니다.

"허! 세상이 개명을 허닝게루, 불한당놈들두 개명을 히여서 영수증 써주구 돈 뺏어간다?"

윤두꺼비는 빼앗긴 돈 사천원이 아까워서 꼬박 이틀 동안, 그리고 세상이 옛날 화적이 횡행하던 그런 시절이나 되고 보면, 그 일을 장차 어찌하나 하는 걱정으로 꼬박 나흘 동안, 도합 엿새를 두고 밥맛과 단잠을 잃었습니다. (41~42쪽)

"기미 경신 바로, 경신년 섣달"에 있었던 일이라고 회고되어 있는 윤직원의 과거담이다. 삼일만세사건 이듬해, 양복을 쏙 빼입고 대낮에 귀한 손님처럼 찾아와서 권총을 들이대고 돈을 빼앗고 영수증을 써주고 가는 청년들, 그들이 "불한당놈들"이 아닌 군자금을 구하러 다니던 독립군이라는 것을 모를 사람은 없다. 당사자인 윤직원도 그걸 물론 모를 리가 없다. 그들의 신분과 목적하는 바를 굳이 밝히지 않은 것은 일제하에 씌어진 글이기 때문이기도 했겠지만 표면상으로는 이 글의 화자가 윤직원의 입장을 빌려서 서술하고 있기 때문이다. (그것은 적어도 소설문법상으로는 필연적인 서술이다. 어두운 시절 글쓰기의 아슬아슬한 수위를 이처럼 넘나드는 작가의 여유가 돋보이는 대목이기도 하다.) 윤직원에게는 그들의 신분이 무엇이든 그들의 뜻하는 바가 무엇이든 그런 것은 하나도 중요하지 않다. 화적패(농민군)나 양복청년(독립지사)이나 윤직원에게는 똑같은 "불한당놈들"일 뿐이다. 그에게는 논 사려던 돈 사천원을 꼼짝 못 하고 허망하게 빼앗겼다는 사실이 오로지 중요하다. 윤직원은 그 일로 꼬박 엿새 동안 밥맛과 단잠을 잃으며 시달린다. 그 이후로 두어 차례 그런 양복청년들이 찾아오기는 했었지만 윤직원은 돈을 한 푼도 빼앗기지 않는다. 집 안에 아예 돈을 두지 않고 살기 때문이다.

윤직원의 적개심이 집중되어 있는 마지막 대상은 사회주의이다. 윤직원은 사회주의를 옛날의 활빈당이나 화적패나 양복청년과 비슷한, 그러면서도 가장 적대적인 것으로 여긴다. 윤직원의 눈에는 활빈당이나 화적패나 양복청년이나 사회주의가 한결같이 모두 "읍 년(없는) 것들이 즈가 못사닝게루 환장 속으루 오기가 나서 그러 는" "불한당놈들"이다. 『태평천하』의 화자 또한 윤직원과는 대립 되는 입장에서 화적패나 양복청년을 음성적으로 두둔해왔다. 그리 고 이 사회주의 화소에 더 세심한 배려를 아끼지 않는다. 채만식 은, 활빈당과 마찬가지로 화적패나 양복청년이나 사회주의가 윤직 원 같은 이들이 추구하는 천민자본주의에 결정적 위해를 가할 수 있고 그럼으로써 사회정의가 실현될 수 있다고 여겼던 것 같다.

윤직원의 손자이며 법학도인 종학은 『태평천하』의 등장인물 중 유일하게 긍정적 인물로 화자의 두둔을 받는다. 종학의 존재가 작 품의 전면에 실제로 등장하지는 않지만 그의 조카나 아내, 그리고 할아버지인 윤직원의 입을 통하여 그는 공부 잘하고 돈 헤프게 안 쓰고 계집질도 모르고 착하고 말 잘 듣는 모범생으로 작품의 배후 에 존재한다. 윤직원은 손자 종학을 경찰서장이 될 재목으로 단단 히 믿으면서 그날이 오기를 벼르고 있지만, 종학의 조카인 경손은 작은아버지가 경찰서장과는 거리가 먼 사람이라고 믿고 있다. 열 다섯 살 소년의 눈에는 경찰서장이 나쁜 일을 하는 사람으로 보였 을 것이다. 작은아버지 종학은 반드시 좋은 일을 할 사람으로 경손 은 믿고 있는 것이다.

현진건의 『적도』에서 작품의 중반부에 암시만 해두었던 김상렬 이라는 독립지사의 존재가 작품이 끝날 무렵에야 전격적으로 나타나는 것처럼 『태평천하』에서도 채만식은 윤직원과 거간꾼 올챙이와의 가벼운 대화 속에 암시적으로 사회주의에 관한 문제를 소박하게 제기해놓고 마지막 장면에 이르러 사회주의를 극적으로 부각시키어 작품을 끝맺는다. 『적도』나 『태평천하』의 이러한 구성방법은 일반적인 소설미학의 문제라기보다는 어두운 시절, 글쓰기의 수위를 작가들이 어떻게 대응하면서 극복해나가는가 하는 문제를 새삼 확인하게 한다. 끝까지 감추고 있다가 검열을 가하기에는 이미 때가 늦어버린 마지막 결정적인 순간에 집중적으로 드러내어 총체성을 확보하는, 그것은 신문연재소설을 쓰는 작가의 유격전술이기도 하다.

천민부호 놀부가 제 손으로 심은 탐욕과 죄악의 씨앗에 열린 박여섯 통을 타면서 파멸에 이르는 것처럼, 가족 구성원들의 양심과 방탕과 무절제와 거짓과 배신들이 뒤엉키어 마침내 파멸에 직면하는 마지막 장면에서 윤직원은 경찰서장감으로 믿었던 손자 종학이가 사회주의 사상범으로 일본 경시청에 피검되었노라는 전보를 읽는다.

"그런 쳐죽일 놈이, 깎아 죽여두 아깝잖을 놈이! 그놈이 경찰서장하라닝게루 생판 사회주의허다가 됩다 경찰서에 잽혀? 오오사 육시를 할 놈이, 그놈이 그게 어디 당헌 것이라구 지가 사회주의를 히여? 부자놈의 자식이 무엇이 대껴서 부랑패에 들어?"

"……오죽이나 좋은 세상이여? 오죽이나……"

"화적패가 있너냐아? 부랑당 같은 수령들이 있더냐……? 재산이 있대야 도적놈의 것이오, 목숨은 파리 목숨 같던 말세넌 다아 지나가고오…… 자아 부아라, 거리거리 순사요 골골마다 공명헌 정사, 오죽이나 좋은 세상이여…… 남은 수십만 명 동병을 히여서 우리 조선놈 보호히여주니, 오죽이나 고마운 세상이여? ……으응? ……제 것 지니고 앉어서 편안허게 살 세상, 이걸 태평천하라구 허는 것이여, 태평천하…… 그런데 이런 태평천하에 태어난 부잣집놈의 자식이 더군다나 왜 지가 땅땅거리구 편안하게 살 것이지, 어찌서 지가 세상 망쳐놀 부랑당패에 참섭을 헌담 말이여, 으응?"

"……착착 깎어 죽일 놈……! 그놈을 내가 펜지히여서, 백년 지녁을 살리라구 헐걸! 백년 지녁 살리라구 헐 테여…… 오냐 그놈을 삼천 석거리는 직분(分財)히여 줄라구 히였더니, 오오냐, 그놈 삼천 석거리를 톡톡 팔어서 경찰서으다가, 사회주의허는 놈 잡어가두는 경찰서다가 주어버릴 걸! 으응, 죽일 놈!" "……이 태평천하에! 이 태평천하에……"(160~161쪽)

전보를 읽고 나서 발악하듯 내뱉는 윤직원의 마지막 말들을 한데 모아보았다. 『태평천하』라는 소설을 통하여 식민지시대의 천민자본주의를 풍자하고자 했던 채만식은 윤직원의 마지막 발악을 통하여 윤직원이 지니고 살던 적개심을 고스란히 그에게 되돌려주면서 그 시대에 횡행하는 천민자본주의가 얼마나 반민족적 반사회적 반인륜적인가를 극명하게 드러내고 있다. 조선조 후기사회 민중들의 적개심의 표적이었던 놀부는 막판에 흥부로부터 용서를 받기도 하지만, 식민지시대를 『태평천하』로 여기던 구두쇠 윤직원은 아직 그 누구한테서도 용서를 받지 못했을 것 같다.

5. 마무리

지금까지 이 글은 우리 민담의 구두쇠와 놀부, 그리고 놀부와 윤직원과의 혈연을 찾아보았다. 우리 민담에 단편적으로 출몰하여 교훈과 해학을 남기던 구두쇠 화소는 조선조 후기사회 천민자본의 활착과 더불어 형성된 흥부가의 놀부 화소를 통하여 보다 집중적이고 대형화된 형태로 나타난다. 민담의 구두쇠 이야기들이 대부분 교훈적이거나 해학에 초점이 형성된 것들이라면 놀부를 통하여 식민지시대로 이어지는 근대의 구두쇠 이야기들은 천민자본주의에 대한 풍자와 그에 대한 적개심이 주를 이루고 있다.

식민지시대 한국소설에 등장하는 구두쇠들 중『대하』의 박성권, 『고향』의 안승학,『삼대』의 조의관 등은 해당 작품의 주인공이 아니지만,『태평천하』의 윤직원은 해당작품의 주인공으로서 구두쇠적 특성이 보다 집중적으로 표현되어 있기 때문에 식민지시대의 구두쇠들을 대표하여 그를 놀부와 비교해보았다.

놀부와 마찬가지로 식민지시대 한국소설 속에 등장하는 구두쇠들은 구두쇠적 기본 자질로 이 세상의 불특정 다수에 대한 적개심을 품고 있으며 구두쇠 행각을 어떻게든 합리화하려는 궤변을 일삼는다. 그리고 놀부의 경우 그가 지니고 있는 세상에 대한 적개심이 흥부에게 집중되어 표현되고, 윤직원의 경우 화적패, 양복청년, 사회주의 등에 그의 적개심이 집중되어 있다.

『대하』의 박성권,『고향』의 안승학,『삼대』의 조의관,『태평천하』의 윤직원 등은 그 양상이 조금씩 다르긴 해도 한결같이 식민지시대의 천민자본을 대표하는 인물들이다. 그들은 모두 놀부처럼 탐욕스럽고 악착스럽고 추악한, 반사회적 반도덕적 구두쇠들이다.

그들은 거짓족보를 만들어 양반이 되려 하고 자녀들을 몰락한 양반가의 자녀들과 혼인시키어 양반적 위상을 최대한 확보하려고 한다. 그들은 한결같이 나라도 이웃도 가족도 당연히 외면하면서 여색과 몸보신과 재산 모으기에 혈안이 되어 있다.

식민지시대 유수한 작가들의 천민자본에 대한 그러한 관심은 그것이 비단 식민지시대에 국한된 문제만은 아닌 것 같다. 놀부는 박 여섯 통을 타면서 망하고, 안승학은 노동자 농민들의 적개심의 표적이 되어 망하고, 윤직원의 경우에도 가족들의 앙심과 타락과 배반이 그를 망친다. 그들 구두쇠들이 자신의 유난한 탐욕 때문에 그처럼 서사질서 속에서는 몰락하는 모습들을 보이고 있지만, 그리고 놀부와 식민지시대 구두쇠들이 지니고 있는 불특정 다수에 대한 적개심은 서사구조를 통하여 부메랑처럼 그들에게 되돌아가지만, 놀부 시대 이후 오늘날에 이르기까지 천민자본가들은 갈수록 든든한 뿌리를 내리고 있는 것이 현실이다. 조선 후기사회에 놀부로 형상화될 무렵부터 식민지시대와 오늘날의 분단시대에 이르기까지 천민자본주의는 풍자의 대상이 되든 적개심의 표적이 되든 전혀 아랑곳하지 않고 무성한 가지를 늘이고 있다. 그렇게 놀부의 후예들이 무성할수록 그들을 풍자하면서 사람들의 간절한 꿈을 추구하는 서사물들 또한 끊이지 않을 것 같다.

〈십장가〉와 육담의 허실

1. 신재효 〈십장가〉의 문제점

판소리에는 가끔 해괴망측한 화소들이 섞여 있다. 그것들은 대개 골계적 외피를 두르고 해당 판소리에 관류하는 비장미를 점진적으로 고양시키는 구실을 감당하는 경우가 많다. 〈심청가〉의 뻥덕어미 삽화들이나 황성 가던 심봉사가 냇가에서 목욕하다가 옷을 몽땅 잃어버리는 일, 놀부 심술이나 가난에 대한 골계적 묘사 등등, 그것들은 이루 헤아리기 어려울 정도로 자주 사용되는 판소리적 서사 관행이다.

그러한 서사관행은 〈춘향가〉에서도 더하면 더했지 결코 뒤지지 않는다. 〈춘향가〉가 여타의 판소리와 다른 점이 있다면 비장미의 점진적 고양보다는 봉건사회의 계급의식을 희화화하는 쪽으로 그 서사관행이 주로 작용하고 있는 점이라고 할 수 있다. 사랑에 눈먼 이도령의 푼수적 행동거지나 방자 월매 이방 등의 짐짓 눙치는 언행들이 그 대표적인 사례들이다. 애정을 강요하는 부도덕한 매질, 그것도 중인환시리에 관가에서 자행되는 〈십장가〉의 매질도 그러한 해괴망측한 사건 중의 하나임에는 틀림이 없다. 그러나 〈십장가〉의 경우, 여타의 다른 것들처럼 비장미의 고양을 위한 골계적인 것이 아니고 비장 그 자체를 극적으로 집약하는 해괴망측이다.

〈십장가〉의 이러한 해괴망측은 변학도라는 고급관리에 대한 서민들의 미움과 분노를 적나라하게 자극하는 화소다. 뺑덕이네나 놀부처럼 〈춘향가〉의 변학도도 민담의 도깨비를 그 원형으로 삼아서 빚어진 인물형으로 필자는 파악하고 있거니와, 뺑덕이네나 놀부가 동심적 도깨비의 속성인 데 반하여 변학도는 물어볼 것도 없이 그 도깨비의 악마적 표상이다. 이도령의 푼수적 행동거지나 방자 월매 이방 등의 눙치는 언행으로 회화화되던 봉건사회의 계급의식이 〈십장가〉에 이르러 천민들의 결정적인 분노와 그 잠재적 도전에 직면하게 된다.

〈춘향가〉 안에서 〈십장가〉는 고급관리의 호색한적 부도덕성을 통하여 천민 춘향의 도덕적 고행을 극적으로 강조하는 요긴한 기능을 맡고 있다. 〈십장가〉가 지니고 있는 〈춘향가〉 안에서의 이런 절대기능은 봉건질서와 판소리의 공존을 도모하는 신재효를 꽤나 난처하게 만들었던 것 같다. 주지하다시피 신재효는 〈춘향가〉에 관류하는 평등사상을 표나게 싫어할 입장도 아니었지만, 그렇다고 이처럼 봉건질서에 날카롭게 도전하는 현장을 그대로 놓아둘 만한 입장도 아니었던 것 같다.

춘향의 곧은 마음 아프단 말 하여서는 열녀가 아니라고 저렇게 독

한 형벌 아프단 말 아니하고 제 심중의 먹은 마음 낱낱이 발명할 제,
〈십장가〉가 길어서는 집장하고 치는 매에 어느 틈에 할 수 있나, 한
구로 몽글리되 안짝은 제 글자요 밖짝은 육담이라.

일채 낱 딱 붙이니

"一貞之心 있사오니 이러하면 변할 테오."

"매우 쳐라." "예이." 딱.

"二夫 아니 섬긴다고 이 거조는 당치 않소."

셋째 낱 딱 붙이니

"三綱이 중하기로 삼가히 본받았소."

넷째 낱을 딱 붙이니

"四肢를 찢더라도 사또의 처분이오"

오채 낱 딱 붙이니

"五臟을 갈라주면 오죽이 좋소리까."

육채 낱 딱 붙이니

"육방 하인 물어보오. 육사하면 될 터인가."

칠채 낱 딱 붙이니

"七事 중의 없는 公事 칠 대로만 쳐보시오."

팔채 낱 딱 붙이니

"八面 不당 못 될 일을 팔짝팔짝 뛰어보오."

구채 낱 딱 붙이니

"九重分憂 관장되어 구즌 짓을 그만 하오."

십채 낱 딱 붙이니

"십벌지목 믿지 마오. 썹은 아니 줄 터이오."

(신재효의 〈남창춘향가〉)

"매우 쳐라." "예이." 딱. 부러진 형장가지는 공중으로 피르르르르르르르르 동틀 밑에가 떨어지고 동틀 우의 춘향이는 아프단 말 도심 싫어 아니허고 고개만 빙빙 두르면서 일짜로 포악을 헌다.

"일짜로 아뢰리다. 일편단심 이 내 마음 일부종사 허라는듸 일개 형장이 웬일이요. 어서 바삐 죽여주오."

"매우 쳐라." "예이." 딱.

"이짜로 아뢰리다. 이부불경 이 내 마음 이군불사 다르리까. 이비 사적 알었거든 두 낭군을 섬기리까. 가망없고 무가내요."

삼짜 낱을 딱 붙여노니,

"삼생가약 맺은 마음 삼종지법을 알었거든 삼월화로 아지 마오. 어서 바삐 죽여주오"

사짜 낱을 딱 붙여노니,

"사대부 사또님이 사기사를 모르시오. 사지를 쫙쫙 찢어 사대문의 걸쳤어도 가망없고 무가내요"

오짜 낱을 딱 붙여노니,

"五馬 오신 사또 오륜을 밝히시오. 오매불망 우리낭군 잊을 가망이 전혀 없소."

육짜 낱을 붙여노니,

"오장육보가 일반인듸 육보으 맺힌 마음 육시를 허여도 무가내요."

칠짜 낱을 딱 붙여노니,

"칠척검 높이 들어 칠대마두으 동강내도 가망없고 안 되지요."

팔짜 낱을 딱 붙여노니,

"八坊不당 안 될 일을 팔짝팔짝 뛰지 마오"

구짜 낱을 딱 붙여노니,

"구중분우 관장이 되어 궂은 짓은 그만 허오. 구곡간장 맺힌 마음

가망없고 무가내요."

십짜 낱을 딱 붙여노니,

"〈십장가〉로 아뢰리다. 십실 적은 골도 충렬이 있삽거든 우리 남원 교방청의 열행이 없사리까. 십생구사 허올진대 십망일장 날만 믿은 우리 모친이 불쌍허오. 이제라도 이 몸이 죽어 혼비중천 높이 떠서 도련님 잠든 창전으 파몽이나 허고지고." (조상현 창본)

다른 창본들의 〈십장가〉는 그 내용이나 분량이 인용된 조상현본의 〈십장가〉와 대체로 비슷하다. 인용된 글에서 보이는 바와 같이 신재효의 〈십장가〉는 먼저 그 길이가 눈에 띄게 짧다. 그리고 춘향이 매 맞으며 발악하는 사설들 속에는 여타의 〈십장가〉에서 전혀 찾아볼 수 없는 노골적인 쌍소리가 섞여 있다. 이 글에서는 먼저 〈십장가〉를 다른 창본들의 그것에 비하여 유난히 짧게 뭉뚱그려야 했던 신재효적 당위의 양면성을 신재효의 다른 개작 부분과 비교 점검하고, 다음으로는 춘향에게 파격적인 쌍소리를 하게 하는 신재효의 숨은 뜻을 가늠해보려고 한다.

2. 〈십장가〉가 짧아진 이유

신재효는 "〈십장가〉가 길어서는, 집장하고 치는 매에 어느 틈에 할 수 있나"라고 그것이 짧아야 하는 이유를 내세우고 있고, 그 점에 관하여 서종문은 다음과 같이 부연한다.

신재효 판소리 사설에서 일어나고 있는 변이과정은 사설과 이면을 일치시키려는 그의 합리적 개작 의도에 따라 진행된 것으로 생각된다. (……) 그는 〈십장가〉가 길어지는 것은 춘향이 매 맞는 정황의 이면에 맞지 않게 서술되는 것이라고 비판하면서 이 부분을 짧게 줄이고 있다. 또 그는 한자(漢字)로 된 어휘로 한 구(句)를 만들고 구어로 된 육담 등으로 다른 한 구를 만들어서 독특한 〈십장가〉를 생성시키고 있다. 더구나 마지막 구절에서 "십벌지목 믿지 마오"와 "씹은 아니 줄 터이오"를 결합하여 매우 이질적인 어감을 교합시키고 있는 점은 신재효가 지향하는 문화의식의 양면성을 극명하게 보여준다 하겠다.

(서종문, 『판소리사설 연구』, 1987, 56~57쪽)

'사설과 이면을 일치시키려는' 신재효의 합리적 개작 의도는 긍정적으로든 부정적으로든 이미 여러 차례 논의되어왔다. 그럼에도 불구하고 서종문의 견해처럼 이 〈십장가〉를 신재효의 합리적 개작 의도에 의하여 성공적인 개작이 이루어진 것으로, 그리고 그의 문재(文才)가 돋보이는 부분으로 파악하는 것이 오늘날 상식처럼 되어 있기도 하다.

사설과 이면을 일치시켜야 한다는 신재효의 그 합리성은 이 글에서도 다시 살펴보고자 하거니와, 그의 판소리사설 개작 개입을 합리화하기 위한 빌미가 아닐까 하는 혐의가 이미 짙다. 이 〈십장가〉만 해도 그것을 아무리 짧게 뭉뚱그려서 다듬는다 할지라도 이면에 맞는 것이 애당초 아니다. 길면 이면에 안 맞고 짧으면 이면에 맞는 그런 것이 아니라 길든 짧든 이면에 안 맞기는 마찬가지인 것이다. 신재효적 표현을 빌리더라도 "집장하고 치는 매에", 발악도 다 못 할 처지에 어느 틈에 숫자놀이 재치 자랑을 할 수 있겠는가. 〈십장가〉는 실로 합리성과는 애당초 거리가 먼, 민중음악적 관행으로 이해해야 할 대목이다.

당대 판소리의 대가였던 신재효가 그걸 모를 리 없다. 잘 알면서도 밝히기 어려운 속사정이 있어서 이면에 맞지 않는다는 허울을 헌 칼 쓰듯 내둘러 가차없이 줄여버린 것 같다. 〈십장가〉가 이처럼 짧아진 속사정을 밝혀보기 위해서는 먼저 그가 〈남창춘향가〉를 통하여 개작을 감행한 대목들이 어떤 공통점을 두르고 있는가를 점검해볼 필요가 있다.

〈남창춘향가〉에는 그가 개작 의사를 밝히지 않은 채로 개작한 부분들도 많지만 유난히 개작 의사를 밝히면서 개작을 감행한 대목도 이 〈십장가〉 이외에 옥중몽 옥중상봉 어사상봉 등 세 대목이 더 있다.

1) "다른 가객 옥중가는 황릉묘를 갔다난듸, 이 사설 짓는 이는 다른 듸를 갔다 하니 좌상 처분 어떨는지."(옥중몽 대목)

2) "다른 가객 몽중가는 옥중의서 어사 보고 산물을 한다난듸, 이 사설 짓는 이는 신행길을 차렸으니, 과상처분 어떨는지."(옥중상봉 대목)

3) "어사또 안 마음의 아무리 귀하기로 내가 너의 낭군이다 정당으로 불러올려 둘이 서서 대면하면 소중하신 봉명행차 그 우세가 어떻겠나."(어사상봉 대목)

4) "〈십장가〉가 길어서는 집장하고 치는 매에 어느 틈에 할 수 있나 한 구로 몽글리되 안짝은 제 글자요 밖짝은 육담이라."(〈십장가〉 대목)

개작 의사를 밝히고 있는 이상의 네 군데 중에서 1)과 2)는 그 자체로는 개작 동기가 드러나지 않는다. 개작 동기를 구태여 밝히지 않더라도 '좌상' 께서 짐작하시지 않겠느냐 하는 태도다. '좌상' 과 신채효와의 이심전심이 이루어지는 현장상황을 짐작하게 한다. 3) 은 "소중하신 봉명행차"의 "우세"스러움을 피하기 위해서라고 그 개작 동기를 당당하게 밝히고 있다. 개작 동기를 드러내든 감추든 간에 그것들 1) 2) 3)은 모두 양반 좌상이나 봉건사회의 고급관리 와 관련되어 그 영향하에서 판소리 사설의 변이가 이루어진 것임 에는 틀림이 없다.

〈십장가〉의 경우는 어떠한가. 얼핏 보기에 그것은 1) 2) 3)과는 그 개작 동기가 다른 것처럼 보인다. '좌상' 의 눈치를 보는 것도 아니고 누구를 표나게 감싸고자 하는 뜻이 드러나는 것도 아니다. 다만 지나치게 길기 때문에 그것을 좀 줄여보자는 것이요, 줄이되 안 짝과 밖짝으로 나누어서 간명하고 재치 있게 정리해보자는 것이다. 그야말로 판소리사설과 이면을 일치시키려는 예술적 노력의 유감없는 발현으로 보인다. 〈십장가〉가 봉건시대 고급관리의 포악 함과 타락상을 첨예하게 드러내 보이는 해괴망측한 사건이 아니었 다면 신채효의 그러한 예술적 감각은 최소한 그 순수성만은 인정 해야 될 가치가 있었을 것이다.

앞에서 말한 대로 〈십장가〉는 그것이 짧아진다고 해서 이면에 맞을 노래가 애당초 아니다. 더구나 판소리의 모든 부분창들은 해당 부분창에 집약된 정서의 확대를 지향하는 것이 상식이다. 예컨대 〈쑥대머리〉는 춘향이의 비장하고 처절한 그리움을 확대한 것이고 〈심술타령〉은 놀부나 뺑덕이네의 심술궂음을 확대한 것이다. 부분 창이 짧아지기를 바라는 판소리의 청중은 거의 없다. 그리고 그걸 모르고 있을 신채효가 아니다. 〈십장가〉의 경우에도 물론 그것이 길면 길수록 청중들은 봉건사회의 모순에 대한 분노와 천민의 억울함을 곱씹으면서 부패하고 타락한 봉건관료를 맘놓고 미워해보는 짜릿한 쾌감을 그만큼 더 누렸을 것이다.

초록은 동색이라는 말이 있다. 가재는 게 편이라는 말도 있다. 비록 세상이 좀 달라져서 소리판에 동참한다 할지라도 좌상과 봉건관리는 팔이 안으로 굽는 신분임을 서로 부정하지 못한다. 〈십장가〉가 너무 길다는 신재효의 트집은, 차라리 그 대목을 없애거나, 없애기가 거북하다면 최소한 짧아지기라도 했으면 좋겠다고 생각하는 사람들, 즉, 봉건사회의 계급질서가 심각한 도전에 직면하는 것을 부담스러워하는 양반 좌상들의 입장에 전적으로 기여한다. 현존하는 〈남창춘향가〉에는 창조의 구분이 남아 있지 않아서 분명하게 짚어 말할 수는 없지만, 일반적으로 진양조의 느린 장단으로 불리우는 이 〈십장가〉를 〈남창춘향가〉에서는 보다 빠른 중머리나 중중머리 장단으로 처리하지는 않았을 것인가 하는 짐작이 허황되지만은 않을 만큼 신재효는 이 〈십장가〉를 허겁지겁 줄여놓고 있다. 합리성을 강조하는 그의 예술감각은 사실은 이처럼 양반 좌상들에게 매달려 눈치를 살피고 있는 사회감각의 허울에 다름아니다.

〈남창춘향가〉에서 개작 의사를 밝힌 대목들의 개작 동기가 1) 2)처럼 묵시적이든 3)처럼 명시적이든 〈십장가〉에서처럼 위장적이든 간에 그것들이 모두 양반 좌상이나 봉건관리와 긴밀하게 관계되어 하나의 끈으로 묶여 있다는 사실과, 봉건질서와 판소리의 공존을 꾀하려는 신재효적 안간힘으로 〈십장가〉의 내용이 짧아졌을 것이라는 이 글의 논지를 확인하기 위하여, 다음 장은 '좌상'과 신재효가 이심전심으로 주고받은 1) 2)의 떳떳하지 못한 개작 동기를 자세히 점검하고 아울러 신재효적 합리성의 허구를 밝히고자 한다.

3. 떳떳하지 못한 개작동기

1) 신재효의 열녀기피현상

천장전에 다녀오는 〈남창춘향가〉의 꿈과 황릉묘에 다녀오는 다른 창본들의 꿈은 그 문장 전개방법이 대단히 비슷하다. 여동(女童)을 만나 그의 인도를 받으면서 대화를 나누는 내용, 춘향을 구원하려는 의지, 앞날의 영화를 암시해주는 점, 춘향의 장독을 풀어주는 것, 노모가 기다리고 있는 상황을 핑계로 꿈에서 깨어나는 장치 등등이 거의 같은 짜임으로 되어 있다. 다른 점이 있다면 〈남창춘향가〉 이외의 〈춘향가〉들이 꿈에 황릉묘에 가서 순(舜)임금의 이비인 아황과 여영을 만나고, 만고에 빛날 열녀적 절행을 상찬받고 있음에 비하여, 〈남창춘향가〉는 꿈에 황릉묘 아닌 천장전에 가서 직녀 성군을 만나 이몽룡과의 전생의 인연을 확인하는 점, 그리고 그러한 꿈 이야기를 꿈 깬 후에 노모와의 대화를 통해서 서술하고 있는 점 등이다.

서종문은 이 부분에 대하여 다음과 같이 말한다.

춘향이 열녀 행위를 했기 때문에 고난을 받았던 점을 들어 황릉묘의 이비가 상찬했다고 되어 있는 다른 이본의 사설이 '이면'에 합당하지 않다고 판단한 신재효가 천장전에서 춘향과 이도령이 죄를 지어서 적하 인간된 까닭으로 고난을 겪게 된다고 개작한 결과를 보인다. 여기서 이면이란 말의 뜻을 살펴볼 필요가 있다. 이면이란 말은 사실성이란 말로 바꿀 수 있다. 판소리 창자들이 '이면에 맞는다' '이면에

맞지 않는다' '이면 찾다가 소리를 못 한다' 등의 말을 하는데, 그 어
원은 분명하지 않으나 표현하고자 하는 내용과 표현(사실과 창을 포
함한 표현체)이 사실성을 획득할 때 '이면에 맞는다' 라는 말을 쓰는
것 같다. 신재효는 이와 같은 이면을 고려하면서 황릉묘의 사설을 천
장전의 사설로 개작한 것으로 생각된다. (서종문, 앞의 책, 55쪽)

이 인용문은 '황릉묘의 사설이 왜 이면에 맞지 않는지, 그리고
천장전의 사설이 왜 이면에 맞는 것인지'에 대하여 짚어두어야 할
논리적 필연을 외면하고 이면이라는 용어의 해설로 그 자리를 메
우고 있다. 서종문뿐만 아니라 그 동안의 〈남창춘향가〉와 관계된
연구들은 그 문제에 대하여 거의 관심을 보이지 않고 있다. 이 대
목에 관해서는 일반적으로 초압 부분의 태몽을 보완하여 서사구조
의 합리성을 추구한 증거로 거론되거나 혹은 김흥규처럼, "영웅소
설적 변화를 꾀하여 판소리적 전승을 수정하고 중세적 가치체계로
되돌리려는 신재효의 어두운 노력"(김흥규, 「신재효 개작 〈춘향가〉
의 판소리사적 위치」, 1978)으로 파악되기도 한다. 〈춘향가〉의 서사
구조에 있어서 초압 부분의 태몽이 반드시 보완을 필요로 하는 것
은 물론 아니다. 그 보완이란 사실 있어도 그만 없어도 그만인 구
조다. 신재효가 황릉묘의 사설이 왜 이면에 맞지 않다고 판단한 것
인지에 대해서는 정작 아무도 언급이 없다.
　춘향의 열녀적 절행에 관해서는 신재효말고는 고금을 통하여 누
구도 이의를 제기하는 일이 없다. 기생 신분에 무슨 되지 못하게
정절을 따지려 드느냐는 변학도의 태도는 야유의 대상이지 결코
동조를 얻어내지는 못한다. 동조를 얻기보다는 오히려 〈춘향가〉의
변모과정을 살펴보면 춘향의 신분을 여러 모로 수정 보완하면서까

지 〈춘향가〉의 작가군과 청중들은 춘향의 그러한 절행을 두둔하여 왔다. 그 춘향의 절행을 상찬하는 황릉묘의 사설이 신재효에 이르러서는 왜 이면에 어긋나는 내용으로 파악되어 떳떳하지 못한 개작 의사를 묵시적으로 표현하면서까지 내용을 바꾸지 않으면 안되었던가.

당대의 유교이념에 누구보다도 충실했다고 알려져 있는 신재효가, 더구나 여타의 판소리사설을 통하여 그 유교적 이념들을 표면적 주제로 부각시키기 위하여 남달리 노력했던 신재효가 하필 이 대목에서만 그 유교적 이념을 외면해야 했던 필연성은, 외면만 하고 넘어갈 문제가 결코 아니다.

신재효가 유교문화적 황릉묘의 사설을 도교 및 불교문화적 천장전의 사설로 개작한 보다 적접적인 동기는 양반 좌상들의 입장을 우선적으로 헤아린 배려였을 것이다. 양반 좌상들이 황릉묘의 사설을 꺼려할 것이라는 신재효의 지레짐작은 사실 그렇게 어긋난 판단이 아니었을 것이다. 〈춘향가〉 청중들의 바람을 소화해내기 위하여 작가군들이 춘향의 신분에 땜질을 거듭했음에도 불구하고, 춘향은 역시 기생적 분위기를 벗어날 수 없는 신분이다. 양반 좌상들은 '기생 신분 주제에 무슨 정절을 따지느냐'는 변학도적 태도에 흔쾌히 동조를 하지는 않는다 하더라도, 유가적 절대가치의 대상인 순임금의 이비에게 상찬을 받으면서 절행을 통하여 자기네들과 같은 반열로 취급받는 춘향의 갑작스러운 신분격상을 신분제도가 엄존하는 당대의 현실에서는 아무래도 받아들이기가 거북했을 것이다. 그들 중에는 또 자기네 몇대조 할머니가 열녀 표창을 받았다는 빛깔만으로 한 세상을 살아가는 열녀의 후손들도 틀림없이 있었을 테고, 그들은 그들 나름대로 그 위대한 몇대조 할머니가 갑작스럽게 춘향 따위와 동격이 되는 것을 가문의 커다란 수치로 여기지 않았겠는가.

그러한 날카롭고 난처한 유교질서적 현실감각에 비하여 천장전의 불교적 도교적 처리는 그런 현실적 부담을 크게 덜어주었을 것이 분명하다. 판소리와 봉건질서와의 공존을 꾀하는 입장에서는 춘향의 열녀적 이미지를 피해가는 쪽이 이면에 맞는 방향으로 파악되었을 것이다.

대부분의 〈춘향가〉들이 결말 부분에서 춘향이 열녀로 표창되거나 정렬부인이 되거나 해서 신분상승이 이루어지고 있음에 비하여 〈남창춘향가〉의 결말에서는 '열녀'라는 말을 전혀 찾아볼 수가 없을 뿐만 아니라, 그러한 유의 신분상승에 관한 언급이 전혀 없다. 다만 "어사또가 부모님 전 춘향 내력 고하신 후 호기 있게 다려가서 아들 낳고 딸을 낳고 오복겸비 백년해로 누가 아니 부뤄하리" 정도로 얼버무린다.

오리정 이별 이후 옥중상봉까지의 기간에 대한 기록이 창본에 따라 다르게 나타나기도 하는데, 박헌봉의 『창악대강』에서는 삼년, 김연수 창본에서는 사또가 여러 번 바뀌면서 팔 년이 지난 것으로 되어 있다. 홍부의 가난을 강조하기 위하여 그 자식들의 숫자가 창본들에 따라 서로 다른 것처럼, 그 기간이 길면 길수록 돋보이게 마련인 춘향의 절행의 강도를 염두해두고 "범인으로서는 견디기 어려운 세월"이라는 추상적 기간이 창본들마다 그 나름대로 합당하게 여겨지는 기간으로 설정되었을 것이다. 신재효의 〈남창춘향가〉에서는 그 기간이 석 달로 되어 있다. 〈남창춘향가〉의 〈십장가〉가 가장 짧은 것처럼 춘향의 절행의 강도를 가늠하는 춘향과 이몽룡의 이별기간도 〈남창춘향가〉가 가장 짧다. 요컨대 〈남창춘향가〉에서의 춘향은 결코 열녀가 아니다. 민중적 염원인 춘향의 신분상승도 이루어지지 않는다. 〈남창춘향가〉에 일관되어 있는 신재효의 이러한 열녀 기피현상은 그것을 우연으로 보아 넘기기에는 너무나 작위적이다.

춘향의 절행에 대한 변학도적 깔아뭉개기와 거의 그 입장을 같이하고 있는 〈남창춘향가〉의 열녀 기피현상은 황룡묘 사설의 개작 동기와 결코 무관하지 않은 고리로 연결되어 있다고 보아야 한다.

2) 서사적 합리성과 감싸주기

다른 가객 몽중가는 옥중의서 어사 보고 산물을 한다는디 이 사설 짓는 이는 신행길을 차렸으니 좌상 처분 어떠할지.

춘향이가 조금 있다 수작을 다시 내여 "서방님 들으셨소. 내일이 본관 생신, 잔치를 배설하여 각읍 수령 모은다니 노모와 한 가지로 내 집에 돌아가서 둘이 덮던 금침 속의 평안히 주무신 후 서방님께 드리려고 일습의복 새로 하여 옥함 속의 넣었으니 저 옷 벗고 그 옷 입고 잔치굿을 보시다가 대상으로 올라가서 모여드신 수령님과 수작을 하였으면 좌상의 모인 관장댁 모를 이 뉘가 있겠소. 천첩 전후내력 일편을 하였으면 사리 밝은 관장님네 본관을 책망하고 천첩 방송할 것이나, 지질한 남원 고을 잠간도 있기 싫의, 당일의 치행하여 서울로 올라갈 제, 맵시 있는 우리 상단 고운 단장 새 의복의 전모 쓰고 치마 매어 농바리 실은 말귀 올려앉혀 앞세우고 그 즉차로 내가 서되 한림교 완자영창 전면의 드린 주렴 고무줄로 뽑은 발대 홍질을 곱게 하여 초록당사 구문 놓고 녹전드림 금자 수복 홍천으로 끝 물리고, 키 크고 맵시 있는 잘 매이는 교군들은 청장옷 벙치 썩워 세 패로 메고, 유옥

교의 노모 태워 내 뒤의 세우옵고 그 뒤의는 서방님이 글안단 유란달 마 갖은 안장 덤뻑 상모, 일등 구종 경마들려 천상 구성 저 맵시의 도 포 입고 풍안 쓰고 사선으로 코 개리고 구정걸음 말발 뗄 제 구붓하고 어깨춤의 호송하여 올라가서 남산 밑 종용처에 깨끗한 삼간초옥 사가 지고 있삽다가 서방님이 급제하여 한림대교 잠간 하고 의주부윤 당상 하면 양국접계 막중 변지 솔내행을 못 할 테니 둘이만 내려가서 밤낮 호강 하여보세.(《남창춘향가》 어사상봉 대목)

춘향과 이몽룡이 옥중에서 서로 만나는 이 대목은 〈남창춘향가〉 이외의 〈춘향가〉에서는 춘향의 유언이 이어진다. 그러나 신재효는 순절을 각오한 춘향의 절망적인 유언을 "옥중의서 어사 보고 산물 을 한다"고 해석하여, 앞날의 부귀영화를 예감한 즐거운 신행길을 부탁하는 내용으로 바꾸었다. 양반 좌상의 입장에서는 이면에 맞 는 적절한 개입이었다고 인정할 만한 필연성이 춘향의 유언 속에 는 실제로 감추어져 있었다. 신재효가 삭제해버린 그 유언의 내용 을 먼저 살펴보자.

서방님을 잠시라도 뵈오니 이제 죽어 한이 없나이다. 내일 사또 생 신잔치 끝에 나를 올려 죽인다니, 서방님은 먼 데 가지 말고 옥문 밖 의 서겼다가 날 올리라 영이 내리거든 칼머리나 들어주오. 나를 죽여 내놓거든 다른 사람 손 대기 전에 삯꾼인 체 달려들어 나를 업고 물러 나오. 우리 둘이 인연 맺던 부용당에 나를 누이고, 서방님 속옷 벗어 입혀주고, 나를 묻어주되 신산 구산 다 버리고 서울로 올라가서 선대 감 제절하에 은근히 묻어주고, 정조 한식 단오 추석 선대감 시제 잡순 후 주과포혜 따로 차려놓고 술 한잔 부어들고 나의 무덤 위에 올라서

서 발 툭툭 세 번 구르고 춘향아 부르시고, 청조는 우거진 디 않았느냐 누웠느냐 내가 와 주는 술이니 퇴치 말고 많이 먹어라. 그 말씀만 하여주오. 그 말밖에 할말이 없소.

(최승희 창본 〈춘향가〉 어사상봉 대목)

'산물하다'라는 말은 '요사피우다, 수다떨다'의 뜻이다. 신재효가 요사스러운 수다로 파악하여 지워버린 이 춘향 유언 부분은 없어도 좋은 수다가 아니라 역대의 〈춘향가〉 작가군들이 실로 정교하게 고안하여 청중들을 매료시킨 대목이다. 감옥 안에서 서로 만나는 이 장면은 얼핏 이몽룡의 거지차림이 춘향이나 월매에게 절망적인 고통을 안겨주고 있는 것처럼 보이지만, 자세히 음미해보면 사실은 그 고통을 이몽룡에게 효과적으로 전이시키고 있는 짜임이다. 순절을 각오한 춘향의 당연한 슬픔, 당연한 절망 앞에서 거지차림의 이몽룡이 꼼짝없이 우스꽝스럽게 당하고 있는 내용인 것이다.(졸고,「춘향유언의 아이러니」,『민족음악학 6집』, 1992 참조)

춘향의 떳떳한 순절의 윤리와, 어사 신분을 발설할 수 없는 이몽룡의 사회윤리가 맞물리면서 춘향의 고통은 이몽룡에게 전이되고, 그리하여 이몽룡이 쩔쩔맬 수밖에 없는 아이러니가 펼쳐지는 것이다. 어사 신분임을 절대로 발설할 수 없는 이몽룡의 사회윤리를 빌미 삼아 춘향의 유언들은 당대의 최고급관리인 암행어사를 평민의 자리로, 혹은 천민의 자리로 끌어내리며 욕심껏 희롱한다.

삯꾼인 체하고 달려드는 암행어사, 형장에 끌려가는 애인의 칼 머리나 들어주어야 하는 어사, 아무 손도 대지 말고 혼자서 죽은 시신을 감장해야 하는 어사, 처음 인연 맺던 그 방 그 침구 속에서 속옷을 벗어주고 시신과 함께 알몸이 되어 하룻밤을 세워야 하는 어사, 춘향 유언의 그 어느 사연도 어사 신분의 이몽룡이 마음 편하게 받아들일 만한 것이라고는 없다. 실현가능성 여부를 떠나서 그런 말을 듣는 것만으로도 그 한마디 한마디가 진땀을 흘리게 하는 내용이다. 그런 일들은 그래도 남몰래 해치울 수도 있는 일이다. 그러나 관장능욕죄로 처형당한 기생 신분의 죄인을 양반가의 선산에 묻는 것은 그야말로 상상조차도 하기 어려운 일이다. 그러나 그 모든 조롱, 듣기조차 진땀 나는 유언들은 이몽룡이 거지 차림을 하고 있는 표면적 상황으로는 지극히 인간적이고 또 당연한 요구사항이라는 사실이 이 대목의 아이러니를 더욱더 효과적으로 조성한다.

비록 거지 차림을 하고는 있을망정 당대의 최고급관리가 그처럼 우스꽝스럽게 진땀을 흘리며 쩔쩔매지 않으면 안 되는 이 대목에 접하면서 초록이 동색인 양반 좌상들의 마음이 편안했을 리가 없다. 그들이 옹호하여 마지않는 봉건질서가 난처한 도전에 직면하고 있다는 것을 부인할 수가 없는 탓이다. 이몽룡과 방자와의 골계스러운 대화들도 사대부적 체면 위주로 점잖게 윤색해야 했던 신재효가 이 대목에서 야기되는 양반 좌상들의 불편함을 모른 체할 수는 없었을 것이다.

순절을 각오하는 춘향의 마지막 소원들을 요사스러운 수다(산물)로 뭉개버리고 신행길 차림으로 바꿔치기를 한 신재효의 개작은 옥중상면하는 이 대목의 서사적 합리성을 사실은 크게 해치고 있다. 옥중 춘향의 비탄과 순절에의 집념이, 이몽룡의 영달을 눈치채고 즐거운 신행길을 부탁하는 대목에 함부로 겹치어 서사체계의 일관성이 유지되지 않는다. 오로지 내세우던 서사적 합리성의 훼손을 각오하면서 양반 좌상들의 체면을 감싸주기 위하여 개작을 감행하는 신재효적 안간힘이 어쩔 수 없이 드러나버리는 대목이기도 하다.

옥중몽이나 옥중상봉을 통하여 점검된 이러한 떳떳하지 못한 개작 동기는 〈십장가〉의 개작 동기와 결코 무관하지 않다. 차이가 있다면 그것이 묵시적이냐 위장적이냐 하는 점뿐이다. 옥중몽의 열녀 기피현상이나 옥중상봉과 어사상봉의 어사 감싸주기는 그것들이 모두 〈십장가〉에서와 마찬가지로 양반 좌상의 체면과 맞물린 봉건적 계급질서의 유지를 위해서만 기여한다. 봉건적 계급질서가 도전받는 대목에서는 예외없이 개작 개입이 작용된다. 그 떳떳하지 못한 공통된 개작 동기가 아주 노골적으로 드러나 있는 대목이 어사상봉이라면, 사력을 다하여 끝까지 위장처리된 대목이 바로 〈십장가〉다. 옥중몽과 옥중상봉에서는, 좌상과는 이미 이심전심이 되어 있으므로 어디 알아볼 테면 알아보라는, 반쯤은 개방된 상태다.

다른 대목에서는 아주 노골적으로 드러내거나 반쯤 개방되는 개작 동기가 왜 〈십장가〉 대목에서는 철저하게 위장되어 있는가. 그것은 〈십장가〉가 봉건사회의 모순을 가장 첨예하게 드러내는 대목이기 때문이며, 봉건적 계급질서에 대한 도전이 따라서 가장 심각하기 때문이다. 그렇게 철저하게 위장된 개작 동기를 곧이곧대로 이어받아서 합리정신이니 이면이니 하는 예술적 감각으로 파악하는 것은 판소리학사의 난센스가 아닐 수 없다.

그처럼 철저하게 개작 동기를 위장한 〈십장가〉 속에는 또 음험한 재치가 숨어 있다. 다음 장에서는 그 음험한 재치를 살펴보자.

4. 육담의 허실

1) 길라잡이로서의 육담의 쓰임

신재효의 〈십장가〉는 그 길이가 짧은 것말고도 소위 안짝과 밖짝의 대칭적 구조로 간명하게 한 구씩 뭉뚱그려놓은 것이 다른 〈십장가〉와 다르다. 그것은 내용을 짧게 줄이기 위한 수사적 방편이었을 것이다. 짧아져야 할 이유가 위에서 점검한 대로 떳떳하지 못하다는 사실을 접어둔다면, 신재효의 수사적 재치를 인정하는 것은 결코 아깝지 않다. 다만 "안짝은 제 글자요 밖짝은 육담이라"고 설명한 그 '육담'이라는 말의 쓰임이 석연치 않다.

"안짝은 제 글자요"의 "제 글자"는 반드시 한자만을 가리키는 것이라기보다는 "중의적인 표현이 아닌, 숫자놀이를 할 때의 수(數)와 관계되는 한자"를 지칭한 것 같다. "一貞之心"에서부터 "십벌지목"에 이르기까지 그 원칙은 철저하다. 그러나 "밖짝은 육담이라"에서의 육담은 그 개념을 더 격하시킨 것인가 싶기도 하지만, 자세히 살펴보면 꼭 그런 것도 아니다.

육담이란 1)품격이 낮은 말 2)야비한 이야기 3)음담 등의 뜻으로 통용되는 말이다. 그런데 밖짝의 내용 중 처음부터 아홉째까지는 상기한 육담의 개념 1) 2) 3) 어디에도 해당되지 않는 말들이다. 다만 마지막의 "씹은 아니 줄 터이오"만 그 육담에 해당된다고 보아야 한다. "밖짝은 육담이라"에서의 '육담'이라는 말은 그 쓰임이 잘못된 것이거나 아니면 어느 한 부분을 강조하여 전체를 도매금으로 인상지으려 하는 불온한 의도가 개입된 결과이거나, 하여튼 그 둘 중의 하나임에는 틀림이 없다. 잘못 쓰인 말은 아닌 것 같다.

왜냐하면, 첫째로 당대의 문장가였던 신재효가 '육담'이라는 정도의 어휘를 몰랐을 리가 없겠기 때문이고 둘째로는 육담과 육담 아닌 것과의 비율이 4대6이라거나 5대5로 엇비슷해서 혼돈을 가져올 만한 정도가 아니라, 1대9라는 가장 큰 편차를 지니고 있기 때문이다. 아무래도 〈십장가〉에서의 이 '육담'이라는 말의 쓰임은 '어느 한 부분을 강조하여 전체를 도매금으로 인상지으려 하는' 저의가 담겨 있는 것 같다. 그리고 그러한 저의는 〈십장가〉 안에 담겨 있는 신재효적 음험한 재치의 길라잡이 구실을 충실히 수행하고 있다.

2) 음험한 양시론과 양비론

앞서 말한 대로 〈춘향가〉의 서사구조 속에서 〈십장가〉는 포악무도한 호색한의 부도덕성을 통하여 춘향의 열녀적 고행을 극적으로 강조하는 요긴한 기능을 맡고 있다. 〈십장가〉의 이러한 절대적 기능에도 불구하고 신재효는 이 〈십장가〉가 시작되기 한참 전부터 변학도의 부도덕성을 희석시킨다. 춘향의 고행도 참 안 됐지만 알고 보면 변학도라는 인물도 그렇게 못된 사람만은 아니라는 입장이다. 그것은 상대적으로 춘향의 열녀적 고행의 의미를 희석시키는 결과를 기대하기 때문이다. 변학도라는 호색한의 부도덕성을 희석시키는 신재효의 음모를 김홍규는 다음과 같이 지적한다.

신재효의 개작은 신관사또의 모습까지도 바꾸어놓기에 이른다. 염치없고 경망스러운 호색한으로 묘사되던 신관사또가 〈남창춘향가〉에는 다음과 같이 나타난다.

"사또는 서울 양반, 본댁은 북촌이요, 춘추는 마흔다섯, 전직은 사미옵이요 인물은 일색이라. 풍류를 좋아하고 여색을 사랑하여 남원 춘향 예쁘단 말 경향에 낭자하니, 남원부사 하신 후에 중도 점고 만나 볼가 속에 잔뜩 죄었더니, 점고를 다하여도 춘향 호명 아니한다."

즉, 신관은 잘생기고 풍류를 좋아하는 호걸로서 다만 여색을 사랑함이 조금 심할 뿐인 인물이다. 그는 만사 제쳐두고 춘향 소식만을 묻거나 골계적 장면을 연출하지 않고, 기생점고부터 다급하게 독촉하지도 않는다.

기생점고 대목에서도 〈남창춘향가〉에는 타본과 같은 해학, 풍자가 나타나지 않고 평범하게 기명들이 나열된다. 불리어온 춘향을 다루는 경우에도 신관은 점잖게 타이르는 입장을 취한다. 이것은 타본에서 볼 수 있는 호색한적 탐욕, 강요와 대조적인 현상이다. 가장 주목되는 차이는 끝내 항거하는 춘향을 잡아내려 장형에 처하게 하는 직접적인 동기에 있다.

(……) 신관이 분개하게 되는 직접적인 계기는 (타본에서는) 수청 들기를 완강하게 거절한 데 있다. 이에 비해 〈남창춘향가〉에서는 "사또가 두 임금이라는 말에 어찌 화가 났던지 상툿고가 넘어가고……" 라 하여, 호색한으로서의 욕망이 좌절된 것보다 사대부적 명분이 침해당한 데서 보다 직접적인 이유가 있는 것처럼 설정하였다. 이러한 처리는 신관을 풍류호인으로 그린 앞부분과 호응하는 것이며, 신재효가 행한 일관된 개작의 흐름에 조응하는 것이라 하겠다.

(김흥규, 앞의 글)

변학도의 호색한적 부도덕성을 이처럼 희석시키는 것은 앞서 말한 바 춘향의 고행의 의미를 상대적으로 깎아내리기 위한 양시론적 음모다. 양반의 체면을 훼손시키고 봉건적 계급질서를 위태롭게 하는, 그러나 서사구조상 없애버릴 수도 또한 없는 이 대목을 신재효는 그의 문재를 동원하여 가능한 한 짧게 줄인다. 그리고 그 대신 "씹은 아니 줄 터이오"라는 실로 파격적인 육담을 아무렇지도 않은 듯이 끼워넣는다. 그렇게 끼워넣은 한 토막 육담으로 춘향의 발언내용을 도매금으로 인상짓도록 하는 장치는 〈십장가〉가 시작되는 들머리에("안짝은 제 글자요 밖짝은 육담이라") 이미 마련되어 있었다.

〈남창춘향가〉 아닌 다른 〈춘향가〉에서는 어느 창본에도 춘향이가 육담을 내뱉는 〈십장가〉가 없다. 육담은, 특히 판소리의 육담은 정서적 해방을 촉구하는 촉매로 기능하여 판소리의 흥을 고양시키기도 하지만, 〈춘향가〉의 서사구조상 춘향의 열녀적 고행을 극적으로 강조하는 이 대목에 춘향의 입에서 육담이 나오도록 하는 것은 서사관행을 모르는 무식의 소치이거나, 아니면 서사관행을 무시하는 만행이다. 신재효가 〈남창춘향가〉를 통하여 춘향으로 하여금 이렇듯 파격적인 육담을 내뱉도록 하는 이유는, 춘향의 악에 받친 감정의 극한을 파격적으로 드러내기 위해서도 아니고, 모든 현실적 속박으로부터 춘향을 정서적으로 해방시키기 위한 인간적 배려도 결코 아니다. 춘향의 입으로 이성을 잃은 육담을 내지르게 하는 신재효의 속뜻은 포악한 호색한의 부도덕성을 이제는 양비론적으로 희석시키고자 하는 것이다. 먼저 춘향의 열녀적 정숙함을 깎아내려 틈을 만들고, 그 틈으로 '변학도가 꼭 옳다고 할 수만은 없지만, 그렇다고 춘향의 열녀적 자질에도 문제가 없는 것도 아니구나' 하는 인상을 어떻게든 끼워넣으려는 시대착오적 안간힘이다. 희대의 열녀상을 잃어버리는 민중적 허탈감 따위는 안중에도 없다. 그것은 민중적 응집력을 지닌 진보적 혹은 혁신적 인물들에게

158

인격적 사생활적 흠집을 날조하여 덮씌우고, 그에 대한 응집력을 약화시켜 부패한 정권을 유지해오던 우리 근대사의 해묵은 음험함처럼, 합리성 혹은 이면이라는 허울을 쓰고 표출되어 있는 신재효적 사회감각이다.

5. 마무리

지금까지 이 글은 〈십장가〉를 중심으로 봉건질서와 판소리예술의 공존을 도모하던 신재효의 문화적 굴절양상을 살펴보면서 다음과 같은 의견을 갖게 되었다.

1) 〈남창춘향가〉 안에서 개작 의사를 밝히고 있는 대목들의 개작 동기는 신재효가 강조하던 합리정신과는 무관하다. 그의 합리정신은 예술감각에 근거한 것이 아니고 양반 좌상들에게 매달려 있는 사회감각의 허울이다.
2) 개작개입 의사의 표현이 해당 대목별로 약간씩의 차이가 있다. 옥중몽, 옥중상봉 대목은 그 표현이 묵시적이고 어사상봉 대목은 노골적임에 비하여 〈십장가〉 대목은 철저하게 위장적이다. 그것은 〈십장가〉의 경우 다른 어느 대목에서보다 봉건사회의 부도덕성과 그 모순이 첨예하게 드러나고 따라서 봉건적 계급질서에 대한 도전양상이 그만큼 심각하기 때문이다.
3) 개작개입 의사의 표현방법은 해당 대목마다 약간씩 다르지만 그것들의 개작 동기는 하나의 고리로 연결되어 있다. 그것들은 모두, 양반 좌상들의 사회적 입장과 봉건질서의 옹호에 기여하고 있다.

4) 〈십장가〉는 상기한 신재효적 세계관이 상당히 완벽한 위장을 통하여 집약된 대목이다. 이 글은 〈십장가〉의 내용을 짧게 줄이거나 파격적인 육담을 동원하는 그의 양시론적 양비론적 음험한 재치의 허실을 점검하여 두텁게 위장되어 있는 〈십장가〉의 개작 동기를 밝히고자 하였다.

닮아가기와 끌어내리기
―〈어사상봉가〉를 중심으로

1. 판소리 결말의 용서와 앙금

〈어사상봉가(御使相逢歌)〉는 〈춘향가〉의 대단원에 해당되는 부분이다. 우리나라의 고전적 서사물 대부분이 그러하듯이 이 〈춘향가〉의 대단원도 모든 갈등들이 긍정적으로 해소되는 해피엔딩이다. 〈춘향가〉 전편을 통하여 작가군들이 가장 집요하게 추구하고 있는 것은 주지하다시피 천민의 신분상승에 관한 것이다. 천민의 신분상승 의지가 상위 모티프로 설정되어 사회정의에 관한 문제나 남녀의 애정문제가 보조적으로 작용하고 있는 것이 〈춘향가〉의 기본 골격이다. 〈춘향가〉의 첫 장면에서부터 결말에 이르기까지 춘향 향단 방자 월매 등 천민들이 이몽룡이라는 귀족을 평민적 차원으로 끌어내리려는 노력과 춘향을 전면에 내세운 양반 닮아가기의 노력이 평행선을 그으며 〈춘향가〉의 서사체계를 이끌어가게 한다.

사랑에 눈먼 이몽룡의 여러 해프닝들, 신분을 무시한 방자와의 해괴한 수작들, 농부들에게 멱살을 잡히고 따귀까지 얻어맞는 일, 거지 차림으로 나타나 장모로부터 형편없이 천대받는 장면 등등의 집요한 끌어내리기는 판소리 청중들이 〈춘향가〉를 통해서 지속적으로 맛볼 수 있는 대단한 매력이었을 것이다. 반면에 춘향의 신분 상승을 합리화하기 위하여 절름발이 양반으로 그 신분을 보완해둔 점이나, 춘향이가 거느리고 있는 비평민적 양반문화들(하인을 거느리고 있는 점, 글공부를 통하여 몸에 익힌 수준 높은 교양, 춘향이 거처하는 방의 꾸밈새 등등)이나, 기생에게 무슨 절개가 필요한 것인가라는 주위의 당연한 비웃음 속에서도 끝끝내 정절을 지키려드는 양반 닮아가기는 끌어내리기 못지않게 〈춘향가〉 청중들의 공감과 지원과 선망을 받아가면서 이 서사구조의 결말에 대한 기대감을 부풀리게 한다.

이러한 '끌어내리기'와 '닮아가기'는 귀족문화의 평민화라는 당대의 사회현상을 곁들여 〈춘향가〉 전편에 일관되고 있는 신분상승의 의지를 효과적으로 추진시키는 양 날개이며 이 〈어사상봉가〉는 〈춘향가〉의 모든 갈등과 앙금들을 그 양 날개로 다듬어낸 성공적 대단원이다.

사랑의 성취와 사회정의의 실현, 그리고 신분상승의 의지 등등이 골고루 충족되어 있는 이 해피엔딩은 그러나 대부분의 판소리들이 그러하듯이 이미 예사로운 해피엔딩이 아니다. 우리나라 고전적 서사물들의 해피엔딩이 상당 부분 용서라는 틀을 통하여 이루어지고 있는데, 그 용서의 유형들은 실로 다양하다. 더구나 판소리의 대단원에 장치되어 있는 그 용서의 틀들은 단순히 '잘 먹고 잘 살았다'로 끝내기 위해서 허겁지겁 천편일률적으로 만들어낸 틀이 아니다.

진실에 대한 집념을 끝까지 유지하지 못하고 적당한 선에서 '좋은 게 좋은 것이다' 라는 어정쩡한 세계관으로 부정적 가치를 흐지부지 용서해주고, 어떻게든 '잘 먹고 잘 살았다' 는 결말을 도출해내기에 급급했던 수많은 한국식 서사물들에 비하여 볼 때 판소리의 대단원들은 진실에 대한 집념이 보다 집요하게 추구되어 있다.

암주 조조(曹操)에 대한 원망과 야유와 멸시로 작품을 이끌어나가는 〈적벽가〉의 경우, 그 멸시와 야유의 애상인 조조를 관운장이 살려주는 대목에서 대단원을 삼고 있는데, '용서' 라고 하는 서사적 관습으로 마무리를 만들어내고는 있지만, 관운장의 그러한 용서는 용서라기보다는 오히려 조조라는 원망의 대상을 더욱더 비굴하게 비참하게 만들어서 작품에 일관되어 있는 그에 대한 멸시와 야유를 마지막으로 보강해두는 구실에 더 크게 기여한다. 〈수궁가〉의 대단원도 그 용서의 역기능은 마찬가지다. 구사일생 뭍으로 살아나온 토끼가 칡잎에 똥을 싸서 우직한 별주부에게 주어 보내는 골탕먹이기와, 그 토끼똥을 먹고 용왕의 환후가 곧바로 나았노라는 마무리는 무능한 왕권을 끝끝내 기롱(譏弄)하고자 하는 민초(民草)들의 역사적 앙금의 표현에 다름아니다. 〈흥부가〉의 마무리에서도 우리는 그 용서의 역기능을 만난다. 한두 통도 아니고 여섯 통의 박을 다 타도록 되어 있는 과정에서 놀부가 겪어야 했던 온갖 수난과 수모들을 감안해볼 때 그 용서라는 것이 사실은 가장 잔인한 복수라는 사실을 실감하게 된다. 생이빨을 뽑히고 중인환시리에 벌거벗기운 채로 받아야 하는 배비장의 용서는 차라리 죽음만도 못한 수모다. 왼 세상 장님들이 모두 눈을 뜨는 속에서 뺑덕이네를 빼돌렸던 황봉사의 눈을 반쪽만 뜨게 하는 〈심청가〉의 마무리는 주제와는 관계가 먼 삽화적 처리이기는 하지만, 판소리의 서사적 관습을 헤아리게 하는 요긴한 부분이기도 하다.

판소리의 용서들은 대부분 앙금을 삭이는 용서가 아니라 앙금의 완성을 위한, 용서라는 장치를 필요로 했던 애초의 긍정적 세계관에 의한 것이라기보다는 부정적 세계관에 근거하고 있는 용서들이다. 그러한 앙금의 완성이야말로 앙금을 삭이기 위한 대전제라는 사실이 판소리의 청중들에게는 역사적으로 축적되어온 현실인식이었을 것이다.

〈춘향가〉의 경우는 어떠한가. 〈어사상봉가〉라는 이 대단원을 통해서 이 글은 〈춘향가〉의 끌어내리기와 닮아가기, 한과 한풀이, 그리고 판소리적 용서의 역기능과 순기능 등에 관한 관계양상들을 살피고자 한다.

2. 용서의 역기능과 순기능

(아니리)
어사또님이 출도를 허신 후에 춘향을 동헌으로 데려왔구나.
(도섭)
춘향이가 대상으로 올라가는디 일희일비(一喜一悲)가 되는구나.
(중머리)
올라간다. 올라를 간다.
대상으로 올라간다.
여보아라 애들아 나 좀 와서 붙들어도라
절름절름거리며 올라간다.
어사또 앞에 와 퍼썩 주잖으며
아이고 이게 누구여 이것 꿈인 거나

이것 생시냐 꿈과 생시 분별을 못 허것네.
이히 무정한 양반아 아……
어지 저녁 옥문 밖에 나오셨을 때
쫌만큼이라도 통정을 허던가.
하룻밤 타는 간장
십년감수를 내가 했네.
춘향이 외로운 꽃 남원읍중 추절이 들어
떨어지게가 되었더니
동헌에 새봄이 들어
이화춘풍이 날 살렸네.
얼씨구나 얼씨구나 얼씨구나
얼씨구나 좋구나 지화자자 좋구나
이런 경사가 어디가 있느냐.
발으 족쇄 끌러주니 종종종 걸음도 걸어보고
손으 수쇄를 벗기어주니
동헌 대청 너른 마루
두루두루 다니며 춤을 춘다.
얼씨구나 얼씨구나 지화자자 좋네
지화자 지화자 좋을시고.
康衢에 날이 지니 擊壤歌로 놀아보고
南熏殿 달이 솟았으니
百工歌로만 놀아보자.
여보시오 수의사또님 본관사또 괄세 마시오.
옛날부터 충효열녀가 고생 없이 누가 있소.
强辯而曰하여 사또님이 아니고 보면

열녀 춘향이가 어디서 나리.

얼씨구나 얼씨구나 지화자자 좋을시고.

홍문연 높은 잔치 항장의 날랜 칼에

살기가 등등터니 번쾌 한 걸음으

죽은 목숨이 살아나던

즐거움이 이에서 더할소냐.

얼씨구나 얼씨구 지화자자 절씨구나

이런 경사가 어디가 있느냐.

어사또님도 좋아라고 얼씨구나 절씨구

지화자 절씨구 얼씨구나 절씨구.

(중중머리)

영덕전 새로 짓고 상량문이 제격이요.

악양루 중수후에 風月句가 제격이요.

남북방 요란할 때 명장 오기가 제격이요.

열녀 춘향이 죽게가 될 적으 어사 오기가 제격이로구나.

얼씨구 절씨구 지화자 절씨구 얼씨구 좋구나 지화자 좋네.

이런 경사가 어디가 있느냐 얼씨구 절씨구나 좋네 얼씨구.

(아니리)

한참 노는디 춘향 모친이 몰랐다고 허지마는 어찌 모를 리가 있느냐. 어지 저녁으 걸인 사우가 어사되야 출도허시고 객사으 좌정허고 춘향이 옥에서 다려다가 시방 질게 논단 말까지 다 들었던가부더라. 겁짐으 쫓아오다가 가만히 생각해보니 맨낯으로는 못 들어갈 것이 어지저녁으 사우 괄시를 너무 지독허게 혔어. 도로 나와서 동네 술집으로 들어가서 막걸리 그냥 일곱 잔 들이마시고 춘향 모친이 들어가는디. 이런 가관이 없고 귀경헐 만허게 되던가부더라. 밀고 들어가는디.

166

(중중머리)

춘향 어머니 들어온다. 동헌으로 들어온다.

춘향 어머니 들어온다. 춘향 껍데기 들어온다.

가만가만히 들어온다.

꼬부라진 허리 손 뒤로 엊고 허청거리고 들어온다.

백수 민머리 파뿌리 된머리 가달가달 들어온다.

얼씨구나…… 지화자자 절씨구

얼씨구 절씨구 칠씨구 팔씨구 얼씨구나 절씨구.

頌窮文 뉘 지은고 글 잘허던 韓退之

醉過陽州橘滿車으 인물 좋은 두목지.

춘향을 뉘가 낳당가 말도 마소 내가 낳네.

……얼씨구나 절씨구

장비야 배 다칠라 열녀 춘향이 난 배다 이놈들.

……사령아 대한문 잡아라

어사장모 행차허신다……

(도섭)

네 이놈들, 요새도 이놈들 너희가 이렇게 억세, 모가지를 떼뿌러 이
방정맞은 새끼들,

(중중머리)

삼문을 활짝 지끈 열며 암행어사 여그 출도

……삼문 안을 뛰어들어

아이고 내 어사 사위 아이고 이 사람아 속 모르고

내 말 노여 알았제 이 사람아. 이 사람아 이 사람아

내가 팍 들어올 때부터 어산 줄은 내가 꼭 알았제

어사 대접을 허고 보면 남원골 백성들이

뒤로 소문이 날 터이니 미리서 알고 괄시를 허였네.
어살레 어살레 참는 것이 참 어살레.
얼씨구나 절씨구 지화자자 좋구나.
얼씨구 절씨구 얼씨구나 내 사위
대상으로 우루루루루 올라가며
아이고 내 새끼야 아……
아이고 이 몹쓸 년아 니 수절만 젤로 알지
늙은 에미 죽고 사는 줄은 니가 어찌 모르더란 말이냐.
아아 이 몹쓸 년아 예끼 빌어먹을 년,
얼씨구야 내 딸이야 지화자자 내 새끼
내 속에서 너를 낳건 니가 그렇게 되지
천신이 요렇거든 만고열녀 아니 될까
얼시구나 절씨구 지화자자 내 딸이야.
동헌으로 우루루루 사우를 잡고
얼씨구 절씨구 내 사우 지화자자 내 사우
풍신이 요렇거든 만고 충신이 아니 될까.
얼씨구나 내 사우,
어화 세상 사람들 나으 한 말을 들어보소
不重生男重生女 날로 두고 이름이로구나.
얼씨구나 내 사우 지화자자 장관
장관 장관 장관이요 장관 장관 겹쳐 장관
이루 장관 저 장관 錦冠朝服으 鶴敞衣
입고 나니 장관이요 장관 장관 겹쳐 장관
이리 저리 장관 절로 늙은 고목나무에
시절연화가 피었네 얼씨구나…….

얼씨구 좋구나 지화자 좋아 얼씨구 좋구나 얼씨구 절씨구.

(임방울 창. 〈어사상봉가〉 전문을 중머리는 한 장단을 한 행으로, 중중머리는 두 장단을 한 행으로 정리했다. 이 〈어사상봉가〉는 1950 년대 후반, 임방울 명창이 공연차 전주에 왔을 때, 무대 위에서가 아 닌 어느 술자리에서 불렀던 것이 본인 몰래 녹음되어 오늘날 그의 더 늠으로 전해져오고 있다. 전라북도 인간문화재인 홍정택 명창의 회고 에 의하면 당시 박귀희 명창이 북을 잡았었고, 시장 경찰서장 등 지역 유지 인사들이 한자리에 어울린 술판이었다고 한다. 소리 녹음을 병 적으로 기피했었다는 그의 행적들을 감안할 때 참으로 다행한 일이라 아니 할 수가 없다. 취입을 위해서 정색하고 가다듬어진 소리가 아니 기에 판소리가 지니고 있는 본래의 발랄성과 현장감이 돋보이는 소중 한 자료다.)

〈옥중상봉가〉를 전후해서 거지 차림의 이몽룡을 철저하게 평민 적 천민적 차원으로 끌어내리던 대부분의 창본들과는 달리, 신재 효본에서는 〈옥중상봉가〉의 사북이 되는 춘향의 유언대목이 없고, 눈치를 챈 춘향이가 신행길 차림을 부탁하는 말들로 유언을 대신 하게 되는데, 난처한 사대부의 입장을 두둔 비호하고자 하는 신재 효의 그 개작의도는 이 〈어사상봉가〉에도 그대로 적용된다.

어사또 안 마음에 아무리 귀하기로 내가 너의 낭군이다 政堂으로 불 러올려 둘이 서서 대면하면 소중하신 봉명행차 그 우세가 어떻겠나. 다시 분부하시기를 네 말로만 가지고서 準信을 못할 테니 다시 廉問酌 處하게 우선 放送하라, 관문 밖에 물러나니……(신재효본 〈춘향가〉)

신재효본에는 춘향과 이몽룡이 신물(信物)을 통해서 서로를 확인하는 장면도 없고, 춘향과 이몽룡, 월매와 이몽룡 등이 함께 어울려 춤을 추며 즐거워하는 장면도 없다. 오히려 춘향의 거역수청, 관장능욕죄를 따질 적에 이몽룡의 목소리를 춘향이가 알아들을까 보아 낮은 목소리로 가만가만 분부하여 곁에 있는 형방으로 하여금 전언케 하고 있다.

　신재효의 이러한 개작은 비현실적 요소들을 수정 보완하기 위한 서사적 합리성의 추구라는 명분에 어느 정도 접근하고 있는 것은 사실이라 할지라도, 양반들의 참여도가 높아져 있는 19세기 판소리의 변모양상을 감안할 때, 판소리의 주요 패트런이었던 양반들의 체면 살리기에 더 많은 비중을 두고 있었다는 혐의를 떨쳐낼 수가 없다.

　신재효본에서는 사랑에 눈먼 이몽룡의 어릿광대 노릇도 없고, 방자와의 파격적인 수작이나 농부에게 멱살을 잡혀 따귀를 얻어맞는 일도 없다. 월매에게서도 그다지 심한 괄시를 받지 않는다. 신재효본에 드러나 보이는 이러한 일련의 작업들은 모두 〈춘향가〉에 지속되고 있는 끌어내리기를 체면 살리기로 되돌려놓으려는 노력으로 파악된다.

　닮아가기에는 더 많은 비중을 두어 보완하면서도 끌어내리기에 대해서는 체면 살리기로 되돌리고자 했던 신재효의 이러한 노력은 당시 가단에 미친 그의 지대한 영향력과 탁월한 재능에도 불구하고, 오늘날 그 어느 소리꾼도 그의 〈춘향가〉를 부르지 않는 결과를 만들었을 뿐이다. 그것은 또 19세기 이후에도 우리의 판소리 문화가 양반들의 그러한 영향력에도 불구하고 역시 평민들에 의해서 주도되어왔다는 가장 확실한 증거이기도 할 것이다. 범민중적 지향인 그 끌어내리기의 물길을 한 개인의 재능이나 재력으로 돌이킨다는 것은 결코 가능한 일이 아니다.

당대의 최고급관리인 이몽룡이 '관장능욕, 수청거부'의 중죄인 춘향에게 신물을 건네주고 동헌으로 올라오게 하여 함께 춤판을 벌이는 이 〈어사상봉가〉는 지배 이데올로기를 비호해야 했던 신재효의 표현대로 그 자체가 이미 감당 못할 '우세(남이 비웃을 만한 창피스러운 짓)'다. 그러나 그 망신, 그 끌어내리기는 신재효 개인의 노력으로는 도저히 감당할 수가 없는 거대한 물결이 되어 근대화를 지향하고 있었다.

이 노래는 사설상으로는 크게 두 부분으로 나뉜다. 전반부는 춘향의 말과 행동 묘사, 후반부는 월매의 말과 행동 묘사다. 그러나 음악상의 두 갈래인 중머리와 중중머리 부분들이 사설의 두 부분과는 서로 어긋나게 짜여 있다. 판소리 장단의 변화는 사설 내용에 대한 일차적 해석이라면, 사설의 나뉨과 장단의 나뉨이 이렇듯 서로 어긋나 있는 필연성을 밝히는 것도 이 노래를 해석하는 데 있어서 대단히 요긴한 작업이 될 것 같다. 후반부 월매의 말과 행동들은 전부 중중머리로 되어 있고, 또 사설들 속에 유지되는 정황도 비교적 단조로운 편이어서 하나의 큰 묶음으로 정리 해석하고자 하거니와, 전반부인 춘향의 말과 행동들에 대해서는 보다 세분하여 이 글의 주된 목적(끌어내리기와 닮아가기, 용서의 역기능과 순기능등의 관계양상 파악)에 접근하고자 한다.

어사또님이 출도를 허신 후에 춘향을 동헌으로 데려왔구나.

이 노래의 공간적 배경과 서사적 상황설명이다. 이 상황설명은 다른 소리꾼의 〈어사상봉가〉에 비하여볼 때 완벽한 것이 못 된다. 춘향을 동헌으로 데려와서 짐짓 능치면서 어사노릇을 해보고 춘향의 사랑의 강도를 최종적으로 확인하는 장면, 신물을 건네주고 서로를 감격적으로 확인하는 장면 등등이 생략되어 있다.

　　춘향이가 대상으로 올라가는디 일희일비(一喜一悲)가 되는구나.

　앞에서 생략되어 있는 내용들은 이 노래가 불렸던 현장에서 소리꾼이 강조하고자 하는 바가 아니었던 것 같다. 그런 확인행위들은 오히려 소리판을 어색하게 할 염려마저 있을 만큼 진부한 감동으로 여겼을지도 모른다. 소리꾼은 이 노래의 주된 정황을 '일희일비'로 설정하고 그 전제하에서 판을 이끌어가고자 한다.

　일희일비란 한편으로는 기쁘고 한편으로는 슬픈, 그 기쁨과 슬픔이 표현 그대로 따로따로가 아니라, 그것들이 동시에 폭발하고자 하는 일종의 반대감정양립(ambiballance)의 정황이다. 어떤 극적인 기쁨 앞에서 눈물을 흘리고 흐느끼고 하는 것이 대부분의 한국인들에게는 조금도 이상할 것이 없는 정황이다. '이 좋은 날 울기는 왜 우느냐' 면서 울음을 말리는 사람도 덩달아 우는 일이 결코 보기 드문 광경이 아닐 만큼 우리 한국인들에게는 그러한 정서가 집단적으로 체질화되어 있다.

　소리꾼은 이 노래를 통하여 극적인 기쁨이 어떻게 난데없는 슬픔을 촉발하는 것인지, 주체할 수 없는 그 슬픔의 원인은 무엇인지, 그리고 그 슬픔은 어떻게 다시 기쁨으로 환원되어 다스려지는지 등등에 대해서 사설이 다 표현하지 못하고 있는 내용을 음악적으로 해석해내고자 한다. 그 한국적 복합감정의 디테일에 접근하

172

고자 하는 소리꾼의 의지가 '일회일비'라는 정황을 강조하여 이 노래의 앞머리에 제시해놓은 것이다.

> 올라간다. 올라를 간다.
> 대상으로 올라간다.
> 여보아라 애들아 나 좀 와서 붙들어도라.
> 절름절름거리며 올라간다.

이 구절은 우리나라 시가문학의 고금을 통하여 가장 흔하게 쓰이는 율격으로 짜여 있다. 이러한 굴절반복은 반복의 주기능인 강조의 구실을 잠깐 떠나서 호흡을 가다듬는 쪽으로도 적잖이 기여하는 것 같다. 이러한 굴절반복과 그 "절름절름거리며" 대상으로 올라가는 춘향의 느린 거동은, 만감이 섞이어 사무치는 춘향의 가슴속과 그가 겪어온 고행과 억울함을 효과적으로 환기시킨다. 그것은 "나 좀 와서 붙들어도라"는 여유만만한 과시조차 곁들이어 그가 겪어온 고행이 축복으로 바뀌어 있는 상황을 넉넉하게 받아들이는 굴절이고 그 동작이다.

"절름절름거리며" 대상으로 올라가는 그 걸음걸이는 또한 귀족과 천민과의 거리를 좁혀가는 동작이다. 그것은 신재효와 같은 보수적 체제옹호주의자들이 사설내용을 고쳐가면서까지 기피하고 싶었던 반권위적 도전이다. 닮아가기를 아예 포기하고 여유만만하게 끌어내리기로 작정한 이 방자한 거동, "나 좀 와서 붙들어도라"고 여유만만하게 과시까지 해가면서 "절름절름거리며" 좁혀드는 그 대상(臺上)은 신재효의 표현대로 '우세'스러운 '끌어내리기'가 실현되고 있는 공간이 되어버린 셈이다.

이 대목은 꿈에도 그리던 애인이 결정적 순간에 어사가 되어 나타난 것을 확인한 직후의 기쁨이나 감격과는 너무나 거리가 먼, 늦은 중머리의 애조를 잔뜩 두르고 탄식하듯이 불리운다. 감격을 맞이하기 위한 발걸음이라기보다는 차라리 벌을 받으러 가는 듯한 침통한 가락이다. 판소리의 청중들은 그러나 그 탄식하듯 하는 창조에서 전혀 이질감을 느끼지는 않는다. 이질감은커녕 어떤 감격을 먼저 눈물로 맞이하는 한국적 감정질서에 대한 소리꾼의 상황 해석에 오히려 더 사실감을 느끼면서 그 침통한 가락에 동조하는 것이다. 그것은 곧 한국의 판소리 청중들이 오랜 세월을 두고 몸에 익혀온 문화다.

사실 춘향의 가슴속은 지금 기쁨을 그냥 기쁨으로 받아들일 만큼 그렇게 단순하지가 않다. 어떤 감격을 눈물을 앞세워 맞이하는 한국적 감정질서와 춘향의 감정질서는 이 경우에 반드시 일치하고 있는 것이 아니다. 기쁨을 기쁨으로 받아들이기 위해서 먼저 씻어내야 할 앙금이 그의 가슴속에는 아직도 남아 있다. 그 앙금의 정체는 과연 무엇인가. 그 정체가 무엇이기에 희대의 이 감격을 탄식하듯 하는 가락으로 표현할 수밖에 없는 것인가.

어사또 앞에 와 퍼썩 주잖으며
아이고 이게 누구여 이것 꿈인거나
이것 생시냐 꿈과 생시 분별을 못 허겠네.
이히 무정헌 양반아 아 ......
어제 저녁 옥문 밖에 나오셨을 때
쫌만큼이라도 통정을 허던가.
하룻밤 타는 간장

십년감수를 내가 했네.

이 장면에서 춘향이가 "분별을 못 하는" 것은 "꿈과 생시"만이 아니다. 그는 지금 기쁨과 슬픔도 분별하지 못한다. 삶도 죽음도 이미 두렵지 않았었다. 꿈속에서처럼 그에게는 지금 귀족과 천민과의 구분도 없다. "꿈과 생시"를 분별 못 하겠다는 착란을 핑계삼아 마땅히 분별해야 할 귀족과 평민과의 거리를 무시해버린다. 그리고, 무례하게도 어사애인을 만좌중에 공개적으로 원망하고 있다. 꿈도 생시도 분별 못 하는 판에 그까짓 예의 따위를 가릴 입장이 아니라는 태도다. 인간적 애정윤리보다는 사회윤리를 더 소중히 여기던 비정했던 애인의 용렬한 행위들을 그래도 용서하고 싶기 때문이다. 용서를 해주어야 감격이 완성된다는 것을 체질적으로 알고 있기 때문이다.

그러나 용서를 위한 기초작업인 원망을 하기 위하여 목을 놓아 소리를 질러보아도 현실적으로 용서를 받는 사람은 춘향 자신이다. 용서받을 사람과 용서해줄 사람이 뒤바뀌어 있는, 용서해줄 사람에게서 용서를 받아야하는 이 모순된 상황 앞에서 실로 그가 분별할 수 있는 것이 무엇일 것인가. 아무리 무분별하게 목을 놓아 소리를 질러보아도 그럴수록 더 목이 메게 되어 있을 뿐이다. 닮아가기를 팽개치고 끌어내리기에 치중되어 있는 이 원망의 말들은 그것이 만좌중에 공개되고 있는 상황이기 때문에, "어제 저녁 옥문 밖에 나오셨을 때 / 쫌만큼"도 통정을 하지 못하던, 애정윤리보다는 사회윤리가 더 소중한 어사애인을 더욱더 진땀나게 했을 것이다.

춘향이 외로운 꽃 남원읍중 추절이 들어

떨어지게가 되얐더니
동헌에 새봄이 들어
이화춘풍이 날 살렸네.
얼씨구나 얼씨구나 얼씨구나
얼씨구나 좋구나 지화자자 좋구나
이런 경사가 어디가 있느냐.
발으 족쇄 끌러주니 종종종 걸음도 걸어보고
손으 수쇄를 벗기어주니
동헌 대청 너른 마루
두루두루 다니며 춤을 춘다.
얼씨구나 얼씨구나 지화자자 좋네
지화자 지화자 좋을시고.
康衢에 날이 지니 擊壤歌로 놀아보고,
南熏殿 달이 솟았으니
百工歌로만 놀아보자.

감격을 완성하기 위해서는 먼저 마음의 앙금을 씻어내야 한다. 앙금을 씻어내려면 물론 용서보다 더 좋은 처방은 없다. 그러나 그 용서의 변죽만 울리는 원망으로는 용서해줄 사람과 용서받을 사람이 뒤바뀌어 있는 모순된 상황을 도저히 바로잡을 수가 없다. 이 대목은 그래서 이 모순된 상황을 극복하고 어떻게든 감격을 완성해보려는 두번째 접근이다. 아무리 모순된 상황이라 할지라도 죽을 목숨이 살아난 현실을 긍정적으로 수용하고자 하는 춤판이다. 이 춤판은 물론 아직은 억지요 안간힘이다.

목의 큰 칼 벗겨주니 목놀이기가 조코 손의 수사를 벗겨주니 손춤
추기가 조흘시고 발의 족사를 벗겨주니 종종거름이 조흘시고 내일부
텀 양반의 안으로 들안치면 어느 날에 춤을 추리.(이선유 창본)

"내일부텀 양반의 안으로 들안치기"전에 마지막으로 닮아가기
를 팽개치고 동헌 너른 마루를 주름잡으며 춤판을 벌이는 이 해괴
한 끌어내리기를 이제는 누구도 말릴 수 없는 상황이 되어버렸다.
그러나 아무리 춤판을 벌이고 이몽룡을 이화춘풍으로 미화시켜보
아도, 가벼워진 발길로 "종종종 걸음도 걸어보고" "동헌 대청 너른
마루를 두루두루 다니며" "이런 경사가 어디가 있느냐"고 소리소
리 질러보아도, 용서의 변죽만 울리고 말았던 그 원망과 남은 앙금
은 아직 가실 기미가 보이지 않는다.
　사설 내용은 즐거운 춤판으로 되어 있으면서도 그 소리가락은
여전히 짙은 탄식조다. 다만 그 거추장스러운 앙금을 어서 씻어내
고 싶은 초조함 때문인지 중머리장단이 눈에 띄게 빨라지고 있을
뿐이다. 그리고 대상으로 올라가던 춘향의 절름거리던 발길처럼
춤사위를 부추기는 감탄사들도 아직 제짝을 못 찾고 절름거리고만
있는 중이다.
　'얼씨구 절씨구 지화자 좋다' 중에서 '절씨구'가 빠진 '얼씨구'
만으로 절름거리며 춤사위를 부추기는데, 아직 완성되지 못한 감
격에 대한 임방울의 이러한 소리솜씨는 그 어느 소리꾼에게서도
찾아보기 어려운, 실로 절묘한 상황해석이라 아니할 수 없다. '절
씨구'는 어원적으로는 물론 '좋을시고'의 변형이겠지만 '얼씨구'
라는 감탄사의 짝으로 일반화되어 쓰이는 것이 상식이다. 〈격양
가〉로도 놀아보고 〈백공가〉로 놀아보아도 이 춤판의 신명은 아직

상식의 수준에도 미치지 못한다는 사실을 임방울은 극명하게 해석해내고 있는 것이다.

여보시오 수의사또님 본관사또 괄세 마시오.
옛날부터 충효열녀가 고생 없이 뉘가 있소.
강변이왈(强辯而曰)하여 사또님이 아니고 보면
열녀 춘향이가 어디서 나리.
얼씨구나 얼씨구나 지화자자 좋을씨고
홍문연 높은 잔치 항장의 날랜 칼에
살기가 등등터니 번쾌 한 걸음에
죽은 목숨이 살아나던
즐거움이 이에서 더할소냐.
얼씨구나 얼씨구 지화자자 절씨구나
이런 경사가 어디가 있느냐.
어사또님도 좋아라고 얼씨구나 절씨구
지화자 절씨구 얼씨구나 절씨구

정정렬 창본에서는 어사출도 이후 본관사또에 관하여 전혀 언급이 없다. 조상현 창본에서도 어사출도 이후 본관사또가 어떻게 처리되었는지에 관하여는 역시 마찬가지다. 이 〈어사상봉가〉에서의 본관사또에 관한 언급도 따라서 일정하지 않다.

이선유 김연수 조상현등의 창본에는 월매가 이몽룡에게 본관사또를 변명해주는 대목이 나온다. 김창환본에는 "본관인지 변관인지 양반괄시를 그리 헐까 전사일을 생각하면 삭탈관직 장형시켜 두문불출 하리로다"라고 을러매면서 춘향이가 이몽룡에게 변학도를 벌해주라고 권하고 있다.

  사실 어사출도 이후의 변학도는 〈춘향가〉라는 구조 안에서 이미 그 역할을 다 마친 인물이다. 그가 봉고파직이 되었거나(신재효·김창환본), 서울로 호송되었거나(이선유본), 용서를 받고 그 고을 사또노릇을 계속하거나(김연수본)간에 〈춘향가〉의 청중들은 이미 그에 관해서 별 관심이 없다. 이제는 있어도 그만 없어도 그만인 인물, 〈춘향가〉라는 서사구조 안에서 춘향을 만고열녀로 만들어놓았으면 그것으로 그의 소임은 끝난 것이나 다름없다. 창본에 따라 어사출도 이후의 변학도의 처리가 각양각색인 것은 따라서 필연적이라 해도 무방할 것이다.

  이 노래에서 춘향이가 변학도를 변명하며 그의 용서를 제안하는 것은 얼핏 이선유 김연수 조상현 등의 창본에서 월매가 변학도를 위하여 변명하는, 변학도 때문에 춘향이라는 열녀가 태어났다는 그 결과론적 긍정적 가치추구의 논리와 별로 다를 바가 없어 보인다. 춘향의 제안이든 월매의 제안이든 희대의 감격을 완성하기 위해서 용서라는 처방을 통하여 앙금을 씻어내고자 하는 의지는 기본적으로 물론 다를 바가 없다. 그러나 춘향의 제안은 애절한 중머리요, 월매의 제안은 흥겨운 중중머리 가락이다.

  월매의 제안은 그 소릿길에 별다른 변화를 주지 않는 단순한 일과성의 것이다. 월매의 제안은 따라서 그 용서의 기능이 비교적 단순하다. 변학도 같은 벌받아 마땅한 인물을 용서해주자는 판에, 간밤에 어사를 몰라보고 괄시했던 실수쯤은 얘깃거리도 안 되는 것 아니겠느냐 하는, 자기 실수에 대한 방패의 구실 내지는 늙은 장모의 장난기 섞인 애교이거나, 아니면 긍정적 세계관에 기초한 용서의 순기능으로 서사체계를 마무리짓고자 하는 한국적 서사관습에

의 순응이다. 그에 비하여 춘향의 제안은 애절한 중머리의 고통스러운 소릿길을 흥겨운 중중머리로 바꾸어놓는 요긴한 계기가 되어 있다.

소릿길이 중중머리로 바뀌기 직전의 이 춘향의 제안은, 먼저 춤사위를 부추기며 절름거리던 감탄사 '얼씨구'의 짝을 찾아준다. "얼씨구나 절씨구" 하고 짝을 찾게 된 부추김으로 절름거리던 춤사위에 균형이 잡히면서 소릿길은 곧바로 흥겨운 중중머리판으로 치닫는다. 이 중중머리는 용서라는 처방을 통하여 앙금을 씻어내고자 하는 의지가 보다 효과적으로 실현되는 소릿길임은 두말할 나위도 없다.

춘향의 제안은 이렇듯 단순한 장난기나 애교가 아니다. 양반 닮아가기를 잠시 팽개친 이 춤판을 통하여, 천민의 입장에서 양반을 용서해주는 양반 끌어내리기의 당위를 결정적으로 확인하는 행위다. 이몽룡의 용렬함에 대한 춘향의 원망과 그 앙금을 이러한 끌어내리기를 통하여 대리만족하고자 하는 것이다. 도저히 용납할 수 없는 변학도 같은 인물을 용서하고자 하는 입장에서 이몽룡의 용렬함에 대한 앙금쯤은 아무래도 그 하위개념이기 때문이다.

이몽룡이라는 양반 대신 변학도라는 양반을 내세워 양반 끌어내리기의 당위를 확인하는 그 용서는, 춘향의 투옥사건이 남원부중 백성들의 정의를 지향하는 힘에 의해서가 아니라 봉건사회의 고급 관리에 의해서 해결되고 마는 〈춘향가〉의 구조적 취약점에 대한 마지막 보완일 수도 있는 배려다.

임방울은 이미 다른 소리꾼들의 관심 밖의 인물이 되어 언급을 해도 그만 안 해도 그만이던 변학도를 재처리하여 〈춘향가〉의 숙제를 풀어내는 방향으로 판을 짰던 희귀한 성악가다. 춘향의 제안으로 변학도를 용서하도록 하여 이 장면의 용서의 기능을 보완하는 임방울의 이러한 해석태도는, 한과 한풀이가 서로 별개의 것이 아니고, 그것들이 한 덩어리로 녹아 일원화된 한국적 한의 속성을 유감 없이 구현한다. 판소리의 한은 앞서 지적했던 대로 〈적벽가〉나 〈흥부가〉나 〈수궁가〉에서처럼 앙금의 완성을 도모하여 민중적 에너지를 축적시키는 쪽으로 기여하기도 하지만, 임방울의 이 〈어사상봉가〉에서처럼 앙금의 승화를 통하여 건강한 삶의 질서를 회복하고자 하는 거시적 역사관을 보다 집요하게 추구하기도 한다. 그것은 진실에 대한 집념을 적당히 포기하고 적당히 해피엔딩을 서두르는 속류 체념적 세계관과는 그 고통의 밀도가 다르다.

> 영덕전 새로 짓고 상량문이 제격이요
> 악양루 중수후에 풍월귀가 제격이요
> 남북방 요란헐 제 명장 오기가 제격이요
> 열녀 춘향이 죽게가 될 적으 어사 오기가 제격이로구나.
> 얼씨구 절씨구 지화자 절씨구 얼씨구 좋구나 지화자 좋네
> 이런 경사가 어디 있나 얼씨구 절씨구나 좋네 얼씨구.

집요한 끌어내리기를 통하여 개인적 사회적 앙금들을 씻어낸 등장인물들은 이제 더이상 머뭇거리거나 절름거릴 필요가 없다. 한도 끝도 없는 닮아가기로는 엄두도 못 낼 일이었다. 성적 결합에서 시작하여 양반 용서해주기에 이르기까지의 그 집요한 끌어내리기에 동화되어 등장인물들은 모두 건강한 삶의 질서를 회복한 이 중중머리 춤판으로 어울려 〈춘향가〉라는 서사구조의 감격을 완성해 간다.

"열녀 춘향이 죽게가 될 적으 어사 오기가 제격"이듯이 춘향의 제안에 의한 양반 용서해주기가 또한 제격이 되어 이제는 구태여 닮아가기와 끌어내리기를 구분할 필요가 없다. 일희일비의 희비가 모두 하나의 춤판으로 어우러져서, 분별할 수 없게 된 것이 아니라 분별할 필요가 없어진 것이다.

이 노래의 후반부인 월매의 말과 행동들은 지금까지 살펴본 전반부에 비하여 사설에 유지되고 있는 정황과 감정의 굴절이 비교적 단순하기 때문에 하나의 큰 묶음으로 정리하여 이 글을 마치고자 한다.

이 후반부는 전반부의 끌어내리기에 의해서 완성된 감격의 뒷풀이에 해당한다. 남은 춤판의 흥을 정리하는 데에는 역시 넉살좋은 월매가 제격이다. "이런 가관이 없게" "귀경헐 만허게" 뛰어들어가는 월매는 봉건사회의 최고급관리인 암행어사를 "지독허게" 괄시한 어제 저녁의 중죄인이 이미 아니다. 암행어사를 괄시했던 그런 죄쯤은 "막걸리 그냥 일곱 잔 들이마시고" 술김에 뛰어들어가서 몇 마디 구슬리기만 하면 되는 세상이 되어 있다.

임방울이 이 아니리 부분에서 구사하는 전라도 구어의 활력은, 얼마든지 자신만만한 지은 죄(?) 때문에 반사적으로 요란해질 수밖에 없는 퇴기 월매의 리얼리티를 성공적으로 형상화시킨다. 임방울이 대단한 민중적 지원을 받았던 이유 중의 하나는 그가 능란하게 구사하던 전라도 구어의 빛나는 활력이 아니었던가 싶을 정도로 이 아니리는 가히 판소리사에 길이 기억될 부분이다.

　아이고 이 사람아 속 모르고

내말 노여 알았제 이 사람아. 이 사람아 이 사람아
내가 팍 들어올 때부터 어산 줄은 내가 꼭 알았제.
어사대접을 허고보면 남원골 백성들이
뒤로 소문이 날 터이니 미리서 알고 괄시를 허었네.

중중머리로 넘어간 이 대목에서 작가군들이 월매로 하여금 간밤
에 어사사위 괄시했던 일을 구태여 문제삼도록 하는 이유는, 어사
라는 고급관리에게 최소한의 예우라도 갖추어가면서 춤판을 벌이
려는 것이 아니다. 그렇게라도 해서 어사의 체면을 살려주기 위한
것도, 어사사위로부터 용서를 받아내야 할 표면상의 필요 때문도
아니다. 어찌 보면 속이 뻔히 들여다보이는 월매의 이런 넉살은 결
과적으로 어사라는 고급관리를 만좌중에 어린아이 다루듯 구슬리
어 끈질기게 추구되어온 이 노래의 끌어내리기를 마무리하기 위해
서다.
월매가 마신 술은 이 파격적 춤판의 끌어내리기를 어떻게든 합
리화시켜주는 안성마춤의 핑계다. 어사사위를 매도한 핑계로 술을
마시고, 술 마신 핑계로 속이 뻔히 들여다보이는 넉살을 늘어놓고,
내킨 김에 파격적 춤판으로 몰아가는 이 술기운이야말로 춤판의
분위기를 고조시켜 끌어내리기의 마무리를 장식하도록 하는 효과
적인 촉매제다.

춘향을 뉘가 낳당가 말도마소 내가 낳네…… 장비야 배 다칠라 열
녀 춘향이 난 배다 이놈들…… 사령아 대한문 잡아라, 어사 장모 행
차허신다……

기고만장한 월매의 파격적 외침들이 연거푸 터져나오는 과정에서 청중들은 그 희한한 해프닝에 터져나오는 웃음을 참지 못하도록 되어 있다. 그리고 한편으로는 월매가 겪어온 그 동안의 마음고생들이 역설적으로 표현되는구나 하는 짐작으로 고개를 끄덕이도록 되어 있다. 그 술기운과 그 파격과 그 '끌어내리기'에 대해서 이 노래의 청중들이 흔쾌히 동의하도록 고안된 짜임인 것이다.

네 이놈들, 요새도 이놈들 너희가 이렇게 억세,
모가지를 이놈들 떼뿌러, 이 방정맞은 새끼들,
(전북의 인간문화재인 홍정택 명창은, 임방울은 마침 옆자리에 앉아 있던 경찰서장의 멱살을 잡고 삿대질을 해가면서 이 대목을 불러제꼈다고 한다. 소리도 소리거니와 그 너름새가 또한 대단히 인상적이었노라고 그 당시를 회고한다.)

판소리에서 흔히 사용되곤 하는 막말들을 판소리의 청중들은 결코 천하게만 여기지는 않는다. 판소리의 청중들은 진솔한 정서의 소박한 표현으로, 그리고 말맛을 돕는 맛나니처럼 그 막말들을 즐긴다. 그리고 그 막말들은(특히 〈춘향가〉의 경우) 끌어내리기와 밀접하게 연관된 상황에서 사용되기가 일쑤다.

이 노래에 동원되고 있는 네 "이놈들" "이 방정맞은 새끼들" "이 몹쓸 년아" "예끼 빌어먹을 년" 등등의 술취한 월매의 막말들도 물론 예외가 아니다. 〈춘향가〉 전편을 통하여 월매라는 인물이 이 노래에서 가장 리얼하게 부각되어 있는 이유는, 앞서 말한 바와 마찬가지로 '술'과 '막말'과 '끌어내리기'가 한데 어울려 극적인 감격이 빚어지고 있기 때문일 것이다.

3. 마무리

〈춘향가〉의 대단원에 해당되는 〈어사상봉가〉를 통하여 이 글은 지금까지 〈춘향가〉의 청중들과 작가군들이 끌어내리기에 동조해 온 관계양상과, 닮아가기보다는 끌어내리기에 의해서 감격이 완성될 수 있다는 판소리적 신념의 일단을 살펴보았다. 〈어사상봉가〉에 유지되고 있는 그러한 신념은, 여타의 판소리에서처럼 용서의 역기능을 통한 앙금의 완성이 아니라, 그 역기능과 순기능을 고통스럽게 교합하여 앙금의 승화를 꾀하는, 그리하여 그것들을 한 덩어리로 녹이어 건강한 삶의 질서를 회복하려는 거시적 역사관의 터닦음이다. 춘향의 제안으로 변학도를 용서하는 임방울 명창의 이 〈어사상봉가〉는 그러한 판소리적 신념을 절묘하게 형상화하여 상투적인 〈춘향가〉의 마무리를 보완하고 그 숙제를 풀어낸, 판소리 사상 기념비적 더늠이다.

춘향 유언의 아이러니
─〈옥중상봉가〉를 중심으로

1. 고통의 전이(轉移)

〈춘향가〉 중에서 〈옥중상봉가〉는 창본에 따라 그 내용에 약간씩
의 차이가 있기는 하지만 대체로 다음과 같이 나뉜다.

1. 월매와 향단을 따라 이몽룡이 옥중으로 춘향을 만나러 가는
장면.

2. 춘향이가 옥중에서 꿈을 꾸는 장면.

3. 춘향이가 귀신들에게 시달리는 장면.

4. 서로 만나는 장면.

5. 춘향이가 이도령에게 유언하는 장면.

6. 이몽룡이 후일을 기약하며 춘향을 위로하는 장면.

7. 월매가 이몽룡을 힐책하며 탄식하는 장면.

8. 서로 헤어지는 장면.

그러나 전체적으로 살펴보건대 거지차림의 이몽룡에게 춘향이가 유언을 하고 있는 부분이 중심내용으로 짜여져 있으며, 그 앞뒤의 부분들은 유언의 극적 긴장을 고취시키거나 혹은 긴장의 이완을 위해서 보조적으로 작용하고 있음을 어렵지 않게 알아차릴 수 있다. 따라서 철저하게 시간제약을 받는 SP 음반의 경우 춘향의 유언부분만을 독립시키어 〈옥중상봉가〉라고 이름하게 된 것은 거의 필연적인 현상이었을 것이다.

부도덕한 훼절보다는 차라리 죽음을 작정하고 그 때를 기다리고 있는 춘향에게 이몽룡의 거지행색은 그녀의 순절의지를 마지막으로 시험해보는 비정한 기능으로 작용한다. 이몽룡의 절망적 거지행색은 그러나 춘향의 순절의지에 흠집을 만들기는커녕 오히려 그 비장미를 돋보이게 할 뿐이다.

거지행색의 이몽룡을 철저하게 괄시하면서 딸의 훼절을 은근히 기대해보는 월매의 생활윤리와 인간의 진실과 고통을 철저하게 외면하면서까지 천기누설이 두려워 끝끝내 신분을 감추어야 하는 이몽룡의 사회윤리에 대하여 옥창 안에 갇혀 있는 춘향의 순절의 윤리는 월매나 이몽룡이 옥창 밖에서 얽매어 살고 있는 현실윤리들을 한꺼번에 무너뜨리고 그것들을 근원적으로 해방시키고자 한다. 거지사위의 절망적 출현을 탓하고 미워하면서도 월매는 이 유언을 들은 이후부터는 더이상 딸의 훼절을 권유하지 않는다. 이 유언은 또 끝끝내 신분을 감추어야 하는 이몽룡의 비정한 미덕을 인간적 고통의 수렁 속으로 몰아넣는다.

이몽룡의 비정한 상황 은폐는 옛날부터 상당한 말썽이 되어왔었던 것 같다. 〈춘향가〉의 작가군들은 이 부분에서 이몽룡이 그 고통을 참지 못하고 자기 신분을 드러내고 싶어하는 최소한의 인간적

면모들을 삽입해둠으로써("오냐 춘향아 울지 마라. 내일 날이 밝거드
면 상여를 탈지 가마를 탈지 그 속이야 뉘가 알랴마는 천붕우출이라, 하
늘이 무너져도 솟아날 궁기는 있는 법이요, 극성이면 필패라니, 본관이
네게 너무 극성을 피웠으니 무슨 패를 볼지 알것느냐." "춘향아, 내가
너다려 꼭 헐말이 있다마는 지금 말 못 허것다. 내일 설화허자." 재수 없
는 춘향모, "자네 누구 때문에 말 못 허는가, 나 없으면 둘이 뭐 사담헐
일 있는가." 어사또 들은 척도 아니하고, "춘향아 내가 너다려 헐 말은
내가 어 어 어 참 기맥힌다." 춘향모 이 말을 듣더니 "아가 너 저 말 속
알어듣것느냐, 서울서 여그까지 어어 얻어먹고 왔단 말이란다." "오냐
춘향아 우지 마라, 너도 아까 유언처럼 내게 말을 허였거니와 나도 네게
긴히 부탁헐 말이 있어서 다시 왔다. 내일이고 모레이고 내 얼굴을 다시
보고 죽는다면 아까 너의 유언대로 영락없이 허려니와 나를 다시 보지
않고 만일 네가 죽는다면 유언대로는 고사허고 너의 송장이 길가에 넘
어져 개천 궁구로 들어가거나 개 돼지가 물어뜯거나 까막까치가 깍깍
쪼아 파먹드래도 모른 척허고 악착헌 원수로 알 터이니 부대 나를 잠깐
이라도 다시 한번 본 다음에 죽고 사는 것을 결단허여라." 등등./김연
수 창본) 중세적 사회윤리를 실현하고자 하는 이몽룡의 처지를 변
명하지만 병 주고 약 주는 격의 그 변명들이라는 것이 사실은 사대
부 고급관리의 고통을 심화시키어 그 고통을 욕심껏 즐기기 위한
기교에 다름아니다.

　"座上의 처분은 어떠할지"를 틈틈이 살펴가면서 개작된 신재효
창본에서는 사대부에 대한 지나친 기롱을 삼가고 중세적 사회윤리
에 정당성을 부여함으로써 다른 창본들에서처럼 사대부의 고통을
극적으로 즐기고자 하는 의지가 말끔히 거세되어 있다. 신재효 창
본에도 물론 옥중상봉하는 장면은 있지만 아예 그 사북이 되는 유

언 부분이 없고, 그 대신 앞날의 영화(榮華)를 감지한 춘향의 즐거운 부탁의 말들이 이어져 있다.

입은 복색 꾸민 맵시 남 보기는 과객이나 허는 말씀 뵈는 기운 내 짐작은 의심일세. (……) 근천을 저리 떨면 내가 곧이들을 테요? 기처불식헌단 말이 사기에는 있거니와 나조차 그리헐까. 비금 중에 봉황이며 주수 중에 기린은 상서될 줄 다 아느니 어찌허여 저 기상에 불승기한 헐 터인가. 긴한 증거 또 있난 게 연약한 이 기질에 흑장 맞고 죽었을 제 혼이 날아 천상에 가니 직녀성군 허는 말씀, 네 전신은 내 시녀요 네 낭군은 태을선관, 이 고생을 겪은 후에 부귀영화허리라 하고 정녕 분부허시더니 (……) 다른 가객 몽중가는 옥중으서 어사보고 산물을 헌다는디 이 사설 짓는 이는 신행길을 차렸으니 좌상처분 어떠헌지, (……) 지질헌 남원고을 잠깐도 있기 싫으니 당일에 치행허여 서울로 올라갈 제, 맵시 있는 우리 향단 고운 단장 새 의복에 전모 쓰고 치마 매어 농바리 실은 말에 올려앉혀 앞세우고 그 즉차로 내가 서되 한림교 완자영창 전면에 드린 주렴 고무줄로 뽑은 발대 홍칠을 곱게 허여 초록당사 구문 놓고 녹전 드림 금자수복 홍전으로 끝물리고, 키 크고 맵시 있는 잘 메는 교군들을 청창옷 벙거지 씌워 세 패로 갈라 메고, 유옥교에 노모 태워 내 뒤에 세우옵고 그 뒤에는 서방님이 글안단 유랑달마 갖은 안장 덤벅 상모 구정걸음 경마 들려 천생에 구성진 저 맵시에 도포 입고 풍안 쓰고 사선으로 코 가리고 구정걸음 말발 뗄 제, 구붓허고 어깨춤에 호송허여 올라가서 남산 밑 종용처에 깨끗헌 산간초옥 가지고 있삽다가 서방님이 급제허여 한림대교 잠깐 허고 의주부윤 당상 허면 양국접계 막중변지 솔내행을 못 헐 테니 둘이만 내려가서 밤낮 호강 허여보.(신재효 사설집)

중세적 윤리에 얽매여 있는 사대부의 고통을 야금야금 즐기는 입장이 아닌, 그 고통을 한꺼번에 놓아주는 이러한 개작은 어쩌면 중세적 신분제도의 문제점들을 근거삼아 형성되어온 〈춘향가〉 문화에 대한 서글픈 배신일 수도 있을 것이다. 신재효 창본에서 산견되는 그러한 문화적 굴절에 관해서는 글을 달리하여 따로 말하고자 하거니와, 신재효를 제외한 〈춘향가〉의 작가군들이 수백년 동안 이 〈옥중상봉가〉를 통하여 합의하고 있는 것은 월매나 춘향의 고통을 희화화시키면서 이몽룡이 거느리고 있는 중세적 사회윤리의 정당성이, 월매나 춘향의 고통을 통하여 오히려 천민적으로 희화화되도록 판을 짠다는 사실이다. 다시 말해서 이몽룡의 거지행색으로 월매나 춘향이가 절망적인 고통을 받고 있는 것처럼 짜여져 있는 이 부분은 사실은 월매나 춘향의 그 고통을 이몽룡에게 전이시키고자 하는 것이 〈춘향가〉의 작가군들이 뜻해온 바인 것이다. 그렇게 함으로써 변학도라는 미움의 총화를 이몽룡에게 효과적으로 짐지워줄 수 있겠기 때문이다.

춘향과 월매와 이몽룡과 작가군, 그리고 소리꾼과 청중들의 사이에 얽혀 있는 이러한 모든 관계양상들에 대하여 춘향의 유언은 그것들을 효과적으로 집약하는 눈이 되어 기능한다. 이제 그 춘향 유언을 임방울의 창을 근거로 분석하면서, 〈춘향가〉 작가군들이 이 부분에서 오랜 세월 동안 합의해온 내용들을 밝혀보고자 한다.

2. 천민화(賤民化)의 아이러니

서방님 잠깐 듣조시오

내일 본관사또 생신 끝에

날 올리라고 영이 내리거든

칼머리나 들어주고

나 죽었다 하옵거든 아무 손도 대지 말고

삯꾼이 체하고 달려들어

서방님 손으로 감장하여

부용당 방을 치고 깔고 자던 백담요와

베던 베개 덮던 이불 자는 듯이 뉘여놓고

비단입성도 나는 싫어요

서방님 헌옷 벗어

천금지금으로 덮어주고

나를 묻어주되 전라도땅은 나는 싫소

경그땅 올라가서 서방님 선산 하에

깊이 파고 묻어주오

평토제를 지낼 적에 서방님이 제물을

갖춰 갖춰 받아가지고

내 무덤 앞에 우뚝 서서

청초 우거진 데

앉았느냐 누웠느냐

홍안은 어디를 가고 백골만 남았느냐

내 무덤 앞에 비를 새기어주되

守節寃死 春香之墓라고

여덟 자만 부디 새기어주오

부디 내 말대로 허여주오(임방울 창 〈옥중상봉가〉)

중머리 장단 한마디를 한 행으로 처리하여 적어보았다. 창본에 따라 약간씩의 차이는 있지만 앞서 말한 바대로 신재효본을 제외한 여타의 〈춘향가〉들은 이 춘향의 유언하는 부분이 거의 엇비슷하게 짜여 있다. 그 엇비슷한 춘향의 유언들을 간추려보면 대략 다음과 같다.

1. 서방님이 처형장으로 나(춘향)를 인도해줄 것.
2. 다른 사람의 손이 닿지 않도록 서방님이 내 주검을 감장해줄 것.
3. 둘이 처음 인연 맺던 잠자리(부용당)에 나를 재워줄 것.
4. 서방님의 헌 옷을 벗어 나의 수의로 삼아줄 것.
5. 서방님의 선산에 나를 묻어줄 것.
6. 서방님이 나의 죽음을 서럽고 안타깝게 여겨줄 것.
7. 서방님이 내 무덤 앞에 묘비를 세워줄 것.

두 사람 사이에 있었던 극진한 사랑을 전제삼아 그 사랑의 윤리상 언뜻 당연한 듯이 여겨지기도 하는 이러한 당부들은 그러나 곰곰 생각해보면 이몽룡에게 있어서 어느 것 하나 난처하지 않은 것이 없다. 그 난처함에 대하여는 사안별로 따로따로 말하고자 하거니와, 그것들은 모두 이몽룡이 몸에 두르고 있는 신분의식에 대한 치명적인 도전들이기 때문이다.

아무리 둘 사이의 사랑이 극진했었다고 하더라도, 아무리 절박한 유언이라 할지라도 이처럼 난처한 당부들을 아무런 거리낌 없이 늘어놓을 만큼 춘향은 결코 그렇게 몰염치한 여인네는 아니다. 거지행색이 아닌, 그 이전의 사또 자제의 행색만이라도 유지하고 있는 입장이었다면 이러한 당부들은 사실 거의 불가능한 것들이다. 그것들은 모두 사회적 계급의식을 초월하게 하는 극진한 사랑 때문이 아니라, 이몽룡의 거지행색이 전제된 상황에서라야 그 당연성이 부여되는 당부들이다. 따라서 당대의 사회윤리를 실현하기 위해서 거지행세를 하고 있는 이몽룡에게는 춘향의 당연한 당부들에 대해서 결코 야속해하거나 괘씸하게 여길 수 있는 입장이 못 된다. 야속해하거나 괘씸하게 여기기는커녕 이런저런 춘향의 부덕(婦德)들(거지행색의 이몽룡을 감싸주고 예우를 차려주는 일 등등)에 대해서 오히려 감지덕지해야 할 판이다. 그 모든 당부들은 거지인 이몽룡으로서는 그러한 당부를 받게 되는 것만으로도 최상의 인간적 대접을 받는 것일 테니 말이다.

그 난처하기 이를 데 없는 당부의 말들을 당연한 것으로 여기지 않으면 안 되는 난처함이야말로 이몽룡이 두르고 사는 신분의식이나 사회윤리를 필연적으로 희화화시키는 고안이다. 〈춘향가〉의 작가군들은 어사 신분임을 발설하지 못하는 이몽룡의 인간적 고통과 자업자득의 난처함을 청중들로 하여금 마음놓고 웃음거리로 삼도록 판을 짜왔다. 작가군들은 월매와 춘향에게 고통을 주던 이몽룡의 거지행색을 핑계삼아 그를 마음놓고 평민의 차원으로, 나아가서 천민의 차원으로 격하시켜보는 즐거움을 청중들에게 제공해준다. 거지차림의 이몽룡이 암행어사라는 사실을 모르고 있는 청중은 이미 없다. 암행어사라는 어마어마한 신분의 히어로에게 들씌워지고 있는 인간적 사회적 고통과 그 긴장은 당시의 청중들에게는 예사로운 즐거움이 아니었을 것이다. 어마어마한 신분의 히어로를 아무 거리낌 없이 마음놓고 평민이나 천민의 차원으로 격하시키어 난처하게 만드는 그 즐거움 또한 예사로운 즐거움은 아니었을 것이다. 아무것도 모르고 있는 춘향의 고통과 진실을 통하여 휴지조각처럼 구겨지고 있는 신성불가침의 절대적 사회윤리를 마음놓고 즐길 수 있는 것은 단순한 즐거움이 이미 아니다. 그것은 〈춘향가〉의 작가군과 그 청중들에 의하여 정밀하게 고안된 아이러니다. 그러한 상황적 아이러니는 신성불가침의 사회윤리를 희화화시키는 사회적 감동을 자아낸다.

3. 난처함을 환기시키는 사연들

서방님 잠깐 듣조시오

이 허두는 옥중상봉의 일련의 진행 속에서 춘향 유언 부분만의 독립성을 확보하기 위하여 삽입된 말이다. 다른 창본에서는 이 허두가 보이지 않고 김창환본과 SP판의 임방울 창에서만 쓰인다.

'잠깐'이라는 부사어는 허두로 끼워넣는 이 구절의 그러한 상황적 합리성에 어울리는 말이기도 하면서 한편으로는 대단히 요긴한 말을 전달하고자 할 때 갑자기 어조를 낮추어 귀엣말로 속삭이는 우리네 언어습관에서와 마찬가지로, 다음에 이어지는 말을 특별히 강조하는 기능을 훌륭하게 수행한다. 음악적으로는 한 장단의 둘째 마디의 일부분에, 그것도 박자를 맞추기 위하여 마지못해 끼워넣는 듯하는 말붙임으로 가볍게 처리하고 있다. '잠깐'의 그러한 음악적 처리는 물론 이 구절의 허두로서의 독립성을 자연스럽게 확보하게 하는 기능을 돕는다. 그러나 이 '잠깐'이 그러한 형식적 기능만으로서의 '잠깐'이 아니라 다음에 이어질 사설의 내용에 밑줄을 그어 두는 것과 같은 강조의 뜻을 지니고 있다는 것을 암시하기 위하여 이 노래의 소리꾼 임방울은 이 부분을 분명하게 '잠깐'으로 처리한다. '잠깐'과 '잠깐'은 얼핏 그게 그것인 것 같지만 이 노래에 있어서 그 차이는 대단히 크다. 그것이 한 세상을 주름잡던 명창의 소릿말이 아니더라도 그것은 이미 예사로운 말쓰임이 아니다.

　판소리의 사설들은 주로 전라도 말씨, 특히 전라북도의 말씨를 근거로 이루어져 있는데, 그것은 전라북도가 판소리의 발생지라는 지연적 근거로만 그 이유를 가릴 일이 아니다. 전라북도의 말씨는 다른 지역의 말에 비하여 그 쓰임이 눈에 띄게 부드럽다. 말할 때 얼굴의 근육을 덜 움직이게 하는 쪽으로, 성대를 덜 피곤하게 하는 쪽으로의 활음조들이 말쓰임의 요소요소에 작용하고 있는 것이 전라북도의 말씨다. '그런데'를 '그런디'로, '하는데'를 '허는디'로, '그래서'를 '그리서'로 등등, 될 수 있는 한 힘 안 들이고 편하게 발음하고자 하는, 그리하여 입을 크게 벌려야 하는 양성모음보다는 입을 적게 벌려도 발음이 가능한 음성모음 쪽으로, 복모음보다는 기왕이면 혀의 운동량이 적은 단모음 쪽으로 발달되어 있는 것이 전라북도의 말씨다. 판소리 소리꾼들은 은연중 그런 경제적 발성법, 말붙임의 사이사이에 음악적 여유를 만들어주는 그런 발성법을 선호하여왔기에 전라북도 말씨가 판소리의 말씨로 정착되어 왔을 것이다.

　그럼에도 불구하고 임방울은 '잠깐'이라는 이 힘 안 들여도 될 말을 일부러 얼굴 근육들을 크게 씰룩이게 하는 복모음으로 바꾸어 '잠깐'으로 짚어둔다. 그것은 두말할 것도 없이 '잠깐'의 양면적 상대적 기능(허두로서의 자연스럽게 독립성을 부여하는 기능과 상황전환을 위한 강조의 기능)을 염두에 둔 노력에 다름아니다. '잠깐'이 일반적인 쓰임일 때는 대체로 그냥 '잠깐'이라고 발음하지만 전라도에서는 이 노래에서처럼 '잠꽌'으로 발음하는 경우가 더러 있다. 그것은 대개 다음에 이어질 말을 특별히 강조하고자 할 때 쓰이는 어법이다. 이 노래를 부른 임방울뿐만 아니라 대부분의 판소리 소리꾼들은 소릿말의 리얼리티를 살리어 소리의 이면에 접근하려는 세심한 배려를 아끼지 않는다.

'잠꽌'이라는 이 야무진 소릿말 앞에서, 어떠한 희생을 무릅쓰고라도 천기누설을 해서는 안 되는 이몽룡의 사회윤리는 이제 심각한 도전에 직면한다. 어사신분을 감추고 거지행색을 합리화하기 위하여 얼렁뚱땅 임기응변을 일삼던 이몽룡의 경박성과 그 허위를 옴도뛰도 못 하게 옭죄어 춘향의 순절의 윤리 앞에 맞서게 하는, 그리하여 이몽룡의 비정한 거지행색으로 가중되어 있는 월매나 춘향의 고통을 이몽룡에게 효과적으로 전이시키고자 하는 상황전환적 도전이 바로 이 '잠꽌'인 것이다.

"서방님"이라는 이몽룡에 대한 춘향의 호칭은 춘향과 이몽룡이 동침을 하고 난 다음부터 쓰인다. 동침 이전의 소년적 호칭이던 '도련님'은 사랑가를 곁들인 요란한 통과의례를 거쳐 어른스러운 '서방님'으로 바뀐다.

서방(書房), 혹은 서방님은 아내가 남편에게 쓰는 호칭이다. 그러나 그것이 반드시 아내에게만 허락되는 특별한 호칭은 아니다. 그것은 '도련님'과 마찬가지로 일반적으로 주위사람들이 함께 사용하기도 한다. '서방님'은 (1) 서방(남편)을 높이어 일컫는 말이기도 하고 (2) 결혼한 시동생을 일컫는 말로도 쓰이고 (3) 벼슬 없는 젊은 선비를 상사람이 부르던 말이기도 하다. 〈춘향가〉 전편을 통해서 "서방님"이란 이 호칭은 이몽룡과 춘향의 동침 때부터 알몸들이 되어 서로 업고 놀면서 춘향의 노랫말로 시작된다.

춘향이가 도련님께 졸리다 못 견디어 도련님을 업고 노는디, 잔득 부끄러워 발 한 자국 못 옮기고 선 자리에 꼭 서서 내 서방이라고 허기도 부끄러워 방짜는 빼놓고 내짜 서짜만 가지고 놀든 것이었다.

"둥둥 내 서, 어허 둥둥 내 서, 둥둥둥둥 어둥둥둥 내 서, 도련님을 업고 보니 좋을 호짜가 절로 나, 부용작약 해당화 탐화 봉접이 좋을 호, 소상동정 칠백 리 일생 보아도 좋을 호, 단산구곡 제일봉에 봉과 황이 좋을 호, 동방화촉 깊은 밤에 삼생가약이 좋을 호로다, 둥둥둥둥 어허 둥둥 내 서."

도련님이 좋아라고

"이애 춘향아 말 들어라, 너와 나와 단둘이 있는듸 무엇이 부끄럽단 말이냐, 방짜마저 넣으려무나."

춘향도 그제는 파접이 되어

"둥둥 내 서방, 어허 둥둥 내 서방, 이리 보아도 내 낭군 저리 보아도 내 서방, 내 낭군이지 내 서방이지요."(김연수 창본)

이 호칭은 그 이후 어사출도를 전후한 방자나 향단과의 만남에서도 자연스럽게 쓰인다. 물론 춘향의 입장에서는 (1)의 뜻으로 사용했을 것이고, 방자나 향단에게는 당연히 (3)의 입장이었을 것이다. 그러나 이 세 사람은 사실 이몽룡과 춘향의 동침의 인연을 근거로 '도련님'이라는 소년적 호칭을 어른스러운 '서방님'으로 바꾸게 된다. 반면에 〈춘향가〉의 나레이터는 한 번도 그 "서방님"이라는 호칭을 사용하지 않는다. 나레이터의 이몽룡에 대한 지칭은 동침 이전이나 이후나 가릴 것 없이 줄곧 '도련님'이다가 어사가 된 이후부터 '어사또님'으로 바뀐다. 그것은 곧 이몽룡과 춘향의 동침의 인연이 이몽룡의 사회적 신분 변화에는 아무런 작용도 하지 못하는 현실을 객관적으로 반영하고자 하는 작가군들의 입장표명으로 보아도 무방할 것이다. '서방님'은 '도련님'과 같은 공칭(共稱)의 자격을 지니고 있는 말이면서도 〈춘향가〉에서는 극히 제한된 어법으로만 쓰이고 있는 셈이다. 그 제한된 어법이란 이몽룡과 춘향의 동침의 인연을 강조하기 위한 구속력에 다름아니다. 잠자리에서의 희칭이나 애칭으로서의 "서방님"이라는 호칭에는 그런 구속력이 애초에는 없었다 할지라도, 그 이후의 향단이나 방자 그리고 춘향의 입을 통하여 스스럼없이 불리우는 그 호칭은 작가군들의 무언의 합의에 의하여 이몽룡의 사회적, 인간적 고통을 환기시키는 기능으로 활용된 것이다. 이몽룡이라는 봉건사회의 고급관리를 "서방님"이라는 당연한 호칭으로 격하시키고, 그 호칭을 통하여 남모르게 고통을 견뎌야 하는 회화적 존재로 부각시키고자 하는 것이 작가군들의 공통된 노력이었던 것 같다. 그 당시의 표면상의 존경의 뜻과 당대의 고급관리를 회화화시키려는 작가군들의 의도가 "서방님"이라는 호칭으로 중첩되어, 청중들은 그 아이러니를 마음놓고 즐겼을 것이다. 별로 길지도 않은 이 춘향 유언 중에 "서방님"이라는 말이 다섯 차례나 거듭 쓰이고 있음도 그런 입장에서 유의해두어야 할 것이다.

"들조시오"는 부드럽고 공손한 어법이지만 그 공손함과 부드러움은 오히려 더 거부하기 힘든 강한 명령형으로 다가와, "서방님"과 '잠깐'이 지니고 있는 구속력을 추진하게 한다.

이 노래의 허두로 삽입된 "서방님 잠깐 들조시오"는 그러한 상황적 아이러니의 구체화를 예감하는 이몽룡과 청중 사이의 상반된 긴장을 촉발시키면서 노랫말을 유언의 본론으로 다가서게 한다.

내일 본관사또 생신 끝에
날 올리라고 영이 내리거든
칼머리나 들어주고

　대부분의 부분창들은 어떤 정서적 상황을 확장하여 구체화시키
는 일에 주로 기여하고 있거니와, 이 구절 또한 당대의 고급관리인
암행어사를 희화화하는 〈옥중상봉가〉의 아이러니가 구체화되는
첫 대목이다. 순절을 각오한 춘향의 초연한 입장을 드러내 보이는
듯한 체념적 어법이 사실은 거지행색의 암행어사가 고통 속에서
감추고 있는 사회적 인간적 자존심을 형편없이 짓밟아버리는 결과
를 가져온다.
　이 노래가 불리워지는 시점에서 이몽룡은 거지행세를 하고 있기
때문에, 아무것도 모르고 있는 춘향의 입장에서는 이몽룡의 그 자
존심이나 고통에 관하여는 짐짓 아랑곳할 바가 아니다. 처형장으
로 끌려가는 애인의 칼머리나 들어줄 수밖에 없는 굴욕적 비인간
적 난처한 구실을 그러므로 아무런 거리낌 없이 춘향은 이몽룡에
게 맡긴다. 월매나 춘향에게 고통을 주던 이몽룡의 거지행색 때문
에 이몽룡은 보기좋게 그 고통을 되받게 되는 상황이다.
　"칼머리나"의 '나' 라는 보조사는 일반적으로 최종적 선택의 뜻
으로 쓰인다. 그것은 선택이라기보다는 오히려 어쩔 수 없이 받아
들이지 않으면 안 되는, 유일하게 남아 있는 절망적인 허락이다.
'나' 라는 보조사로 체념적으로 처리해버리는 비아냥과 멸시와 절
망을 신분을 드러내지 못하는 고통과 함께 떠맡지 않을 수 없는 것
이 이몽룡의 입장이다.

별다른 굴곡 없이 평이하게 시작되어 진행되던 중머리가락이 "칼머리나"의 '나'에 이르러 자그만치 세 박자나 차지하는 체념적 분위기로 음악적 노력이 집중되도록 함으로써 '나'라는 보조사가 지니고 있는 의도를 소리꾼은 특별히 짚어두고자 한다.

나 죽었다 하옵거든 아무 손도 대지 말고
삯꾼인 체허고 달려들어
서방님 손으로 감장하여

칼머리나 들어주는 일 못지않게 "삯꾼인 체허고 달려"드는 일이나, 처형당한 시신을 직접 감장하는 일들은 아무리 거지차림이라 할지라도 양반가문 출신인 이몽룡에게는 정말 난처하기 이를 데 없는 요구사항이다. 그것은 어쩌면 이별의 슬픔을 달래주기 위해서 기생 애랑이에게 생이빨을 뽑아주어야 하는 배비장의 구실보다 그 난처함이 더했으면 더했지 결코 그 이하는 아니었을 것이다. 생이빨을 뽑아주는 일쯤이야 남들 모르게도 할 수 있는 일이지만, 칼머리를 들어주는 일, 삯꾼인 체하는 일, 시신을 감장하는 그 천민적 역할은 도저히 남 모르게 할 수 있는 일이 못 되기 때문이다. 그러나 "아무 손도 대지 말고" 서방님 손으로만 감장해달라는, 죽음을 눈앞에 둔 춘향의 간절한 애정이 전제되어 있는 유언이고 보면, 더구나 거지행색으로 그 유언을 듣고 있는 입장에서는 도저히 거절하거나 화를 낼 명분이 없다. 거절할 만한 명분도 도덕성도 이미 빼앗긴 이몽룡에게 그래도 깍듯이 예의를 갖추는 춘향에게 모든 도덕적 우선권이 주어져 있기 때문이다.

도덕적 우선권을 확보한 춘향은 마음놓고 어사신분의 이몽룡을 평민의 차원으로 혹은 천민의 차원으로 끌어내린다. 예의바르고 합리적인, 그리고 간절하기까지 한 그 유언들은 얼렁뚱땅 임기응변을 일삼는 이몽룡의 등골에 식은땀으로 얼룩질, 간담이 서늘해질 사연들임에 틀림이 없다. 〈춘향가〉의 작가군들이 이 대목에 고안해놓았던 아이러니가 이제 마음놓고 그 본때를 보이기 시작한다.

〈옥중상봉가〉의 일련의 진행 속에서 이 대목에 이르기 전까지 작가군들이 한결같이 강조한 내용이 춘향의 고행과 그 고행 속에서도 유지되는 이몽룡에 대한 간절한 사랑이었음을 상기한다면, 그 험한 고행과 간절한 사랑이 이몽룡의 희화화를 위한 복선이었다는 사실을 〈춘향가〉의 청중들은 어렵지 않게 감지할 수 있었을 것이다. 따라서 춘향의 이제까지의 고행과 간절하고 떳떳한 애정을 담보삼아서 이몽룡을 천민화하는 그 유언의 사연들을 청중들은 필연적인 결과로 여길 뿐이다.

　　부용당 방을 치고 깔고 자던 백담요와
　　베던 베개 덮던 이불 자는 듯이 뉘여놓고

시신을 감장해달라는 그 감장해야 할 내용을 숨돌릴 겨를도 없이 마구 구체화시킨다. 난처한 사연들을 하나씩 또박또박 나누어 정리해주는 것이 아니라, 미처 감당할 겨를도 없이 정신 못 차리게 그 난처함들이 중첩되도록 노랫말들이 이어지고 있다. 그야말로 소나기펀치다. 마구잡이로 내리퍼붓는 소나기가 아니라 방어할 틈을 조금도 주지 않은 채 급소만 골라서 내리꽂는 펀치다.

'부용당'은 이몽룡과 춘향이가 처음 성적 인연을 맺던 춘향의 방 이름, 황홀하고 질펀했던 〈사랑가〉의 공간이다. 그 〈사랑가〉의 기억들이 낱낱이 묻어 있는 소도구들, 그 담요, 그 이불, 그 베개들은 황홀하고 질퍽했던 기억들을 환기시키면서 동시에 싸늘하고 소름 끼치는 비정한 소도구들로 급변한다. 이전까지의 천민화의 난처함이 사회적 고통에서 비롯하는 것이었다면 이 소도구들은 이몽룡으로 하여금 극과 극을 동시에 왔다갔다해야 하는 보다 심각한 정서적 고통으로 몰고 간다. 병 주고 약 주는 것이 아니라 약 주고 병 주는 것이다.

비단입성도 나는 싫어요
서방님 헌옷 벗어
천금지금으로 덮어주고

미처 방어할 틈도 없이 극과 극을 동시에 오락가락해야 하는 그 정서적 고통이 다시 엎치고 덮친다. 이 구절의 엎친 데 덮치는 상황을 좀더 자세히 살펴보기 위해서 다른 창본들을 인용하여 '비단입성, 헌옷, 천금지금'과 같은 말들의 전후 상황을 점검해본다.

(1) "우리 둘이 인연 맺던 부용당에 날 뉘이고 옥중에서 서방님을 그려 간장 썩은 역류수 땀내 묻은 속적삼 벗겨내어 세 번 불러 초혼하고 서방님 속적삼 벗어 내의 가삼을 덮어주오." (김연수 창본)
(2) "우리 둘이 인연 맺던 부용당에 나를 누이고 서방님 속옷 벗어 입혀주고……" (정정렬 창본)
(3) "내 자던 침상으로 드러가 아랫목에 뉘어노코 해동조선 전라좌도 남원 활인동 임자생 성춘향이 오시나 바다가거라 집웅말랑 칫떠리고 사자쌍 차릴저귀 밥 세 그릇 신 세 커리 돈 슥 냥 백지 슥

장 인정으로 내여노코 우리 향단이는 종문서 화장하고 내 자식으로 머리풀여 뒤 세우고⋯⋯"(이선유 창본)

(1)에서는 죽은 자의 속옷을 벗겨내고 그 가슴에 산 자의 속옷을 벗어서 덮어달라는 상황을 요령 있게 정리하고 있다. (2)는 죽은 자의 옷에 관해서는 언급이 없지만 산 자의 속옷을 벗어서 입혀달라는 부탁 속에 죽은 자에 관한 부분이 함축되어 있고, (3)은 죽은 자의 옷을 벗기어 지붕 위에 던지는 장례의식과 그 뒷일에 관한 부탁들이다. (3)의 경우에는 옷으로 인한 이러저러한 상상을 자극하지 않는, 단순히 장례절차에 관한 언급으로 이해할 수도 있는 문맥이지만, (1)의 속적삼, (2)의 속옷, 그리고 이 노래에서의 "헌옷"들은 예사로운 장례절차와 관계된 옷들이 이미 아니다. 그것들은 산 자의 알몸과 죽은 자의 알몸을 번갈아 연상하게 하는 기능으로 작용한다. 이 노래에서 "비단입성도 나는 싫어요"라고 노래하는 장면은 (1)과 (2)의 내용으로 미루어볼 때 "속적삼 벗겨내어 세 번 불러 초혼"한 뒤의 알몸이다. "헌옷"은 (1) (2)의 "속적삼" 혹은 "속옷"이다. 산 자의 속옷을 벗어서 죽은 자의 알몸을 "천금지금"으로 깔고 덮어서 둘둘 말아달라는 사연이다.

"천금지금으로 덮어주고" 다음에 생략되어 있는 말은 물론 하룻밤만이라도 그렇게 재워달라는 내용일 것이다. 황홀했던 그 담요와 그 이불과 그 베개에 서방님의 속옷으로 둘둘 말리어 누워 있고 싶어하는 그 끔찍한 난처함을 이 노래는 죽어서라도 서방님의 땀냄새 전 속옷에 싸여 눕고 싶어하는 간절한 그리움으로 미화시킨다. 다시 말하면 그 모든 난처한 부탁의 말들이 모두 절대적인 사랑 때문이라는 태도다. 서방님이라는 따분한 호칭을 거듭거듭 앞세우는 이 절대적 사랑 때문에 어사 신분의 이몽룡은 그야말로 벙어리 냉가슴으로 곤죽이 되어간다.

칼머리를 들고 애인의 처형장으로 따라가는 어사, 삯꾼인 체 달려드는 어사, 시신을 벗기어 감장하기 위하여 속옷을 벗어야 하는 어사, 그 희대의 난처한 어사가 지금 벙어리 냉가슴으로 청중들의 온갖 짓궂은 상상의 표적이 되어 봉건사회의 청량제로 놓여 있다. 이몽룡의 난처한 구실은 그러나 그 정도로는 다 끝나지 않는다.

　　나를 묻어주되 전라도땅은 나는 싫소
　　경그땅 올라가서 서방님 선산 하에
　　깊이 파고 묻어주오.

죽어서 고향땅에 묻히고 싶어하는 것이 사람들의 일반적인 관념이라면, 제 고향인 전라도땅 대신 경기땅 이몽룡네 선산을 선호하는 춘향의 이러한 발상은 '비단입성' 대신 서방님의 '헌옷'을 선호하는 앞구절과 더불어 신선한 정서적 자극으로 짝을 이룬다. 그러나 그 신선한 자극은 어디까지나 이 노래의 상황을 즐기는 청중들의 것이지 부탁을 듣고 있어야 하는 이몽룡의 몫은 아니다. 이몽룡에게 이러한 낯설게하기는 정말 예기치 못했던 뜻밖의 일들이 충격적으로 겹치어 난처함을 심화시키는 상황일 뿐이다.

　　우리 향단이는 종문서 화장하고 내 자식으로 머리풀여 뒤 세우고 전라감영 상두꾼 넷만 사서 행전띠 수건을 낫낫치 하여주고 발인제 지낼저귀 영이끄거 왕진유택 자진결례 영결종천 서울로 지치달아 선대감 발치하에 나를 묻어주고……(이선유 창본)

이선유 창본에서도 이처럼 짓궂게 거론하고 있는 것처럼 "경그 땅 올라가서 서방님 선산 하에 묻"는 일이 말처럼 그렇게 간단한 작업이 아니다. 당시의 원시적 교통수단으로 전라도 남원에서 경기도까지 그 희한한 장례행렬을 이끌고 올라가는 과정도 생각해보면 보통문제가 아니거니와, 관장능욕의 죄목으로 처형당한 죄인의 시신을, 그것도 기생 신분의 시신을 양반가의 선산에 묻는다는 것은 더더구나 있을 수가 없는 일이다. 그것들이 현실적으로 도저히 불가능한 부탁이라는 것이 분명함에도 불구하고 〈춘향가〉의 청중들은 중머리의 애절한 가락에 젖어 있는 상태에서 그것들을 정서적으로 수용하고 있기 때문에 그 비현실적 억지들을 크게 문제삼으려 하질 않는다. 이 대목에서 청중들은 오히려 정서적으로 동화되어 당연한 요구인 것처럼 받아들인다. 선산 하에 묻히고 싶어하는 그 부탁은 비단 그러한 정서적 동화만을 촉발하고 있는 것이 아니다.

'선산 하에' 묻히고 싶어하는 사연은 청중들의 정서적 동화 못지않게 유언의 리얼리티를 살려내는 정교한 기능을 수행해내고 있다. 선산 하에 묻히고 싶은 소망은 죽어서라도 이씨집 귀신이 돼야 한다는 열녀지향의 상식을 표면에 내세우고도 있지만, 한편으로는 아무 데나 묻혀 있는 것보다는 선산 하에라도 묻혀 있어야 이몽룡이 혹시 자기를 잊어버리더라도 철따라 빼먹지 않고 찾아줄 것 아니겠느냐 하는 영악한 계산이 전제되어 있는 것이고, 그런 영악한 헤아림까지 하고 있는 춘향에 대해서 청중들은 춘향의 순절의지를 보다 확실하게 확인할 수 있을 테니까 말이다. 사실 〈춘향가〉의 청중 치고 거지차림의 이몽룡이 이내 어사출도라는 것을 해서 춘향을 옥에서 구하게 되는 줄거리를 모를 사람이 없다. 줄거리를 모를 사람이 없는 그런 정황일수록 이러한 확고한 순절의지는 오히려 필수불가결의 리얼리티일 것이다.

"깊이 파고 묻어주오"의 '깊이'는 선산 하에 묻히는 사건을 더이상 움직일 수 없는 확고한 사실로 못박아두고 싶어하는, 그리고 혹시라도 파묘를 당할지도 모른다는 불안감의 소박한 반영이다. 이것 역시 춘향의 순절의지를 확인하게 하는 리얼리티의 정교화에 적극적으로 기여한다. 그리고 또 한편으로는 앞서 언급된 부용당과 그 침구들, 그리고 헌옷 등등이 자극하는 성적 상상력에 동참하고자 하는 의도도 다분히 내비치고 싶었을 것이다.

> 평토제를 지낼 적에 서방님이 제물을
> 갖추어 갖추어 받아가지고
> 내 무덤 앞에 우뚝 서서
> 청초 우거진 데 앉었느냐 누웠느냐
> 홍안은 어디를 가고 백골만 남었느냐

"받아가지고"와 "내 무덤 앞에"가 여기서는 곧바로 이어져 있지만 이 구절과 관계되는 다른 창본들을 살펴보면 그 사이에 상당한 내용이 생략되어 있음을 알 수 있다. 제물을 받아가지고 예를 골고루 갖추어 매장해달라는 것과, 정월·단오·추석 등등 사시절 명절마다 빼먹지 말고 찾아달라는 것이 그 생략되어 있는 사연들이다. sp음반의 제약 때문에 축약되어 있는 형태로 이해해야 할 것이다.

'갖추어'를 반복하는 것은 제물 하나하나까지라도 빠뜨리지 말아야 한다는 화자의 의중을 강조한다. 다시 말하면 경황중에 혹시 빠뜨릴지도 모르는 장례절차를 모두 갖추어서 예를 다하여 정중하게 매장해달라는 축약된 사연들에 대한 강조인 셈이다.

"청초 우거진 데"에서부터 "백골만 남았느냐"까지는 임제(林悌)와 황진이(黃眞伊)와의 연담(戀談)을 근거로 대중화되었던 당시의 시조창을 판소리적 편곡으로 삽입해둔 형태다. 사시절 명절마다 찾아와 그런 노래라도 불러서 원통한 죽음을 위로해달라는 사연이 역시 축약되어 있다.

이 대목의 부탁들은 한마디로 망자(亡者)로서의 온갖 호사를 누리고 싶은 사연들이다. 이몽룡이 지금껏 견디고 있는 난처함을 전혀 도외시한 이런 희망사항들은 오히려 도외시당하기에 알맞은 호사스러움이기 때문에, 다른 어느 대목보다도 더 애절하고 격렬하게 음악적 기교를 가미함으로써 소리꾼들은 허황된 희망사항들에 대하여 그 사실감을 보완하고 있는 것 같다.

> 내 무덤 앞에 비를 새기어주되
> 守節冤死 春香之墓라고
> 여덟 자만 부디 새기어주오
> 부디 내 말대로 허여주오

이것은 촌절(守節)이라는 절대적 유교윤리를 내세워 이몽룡이 지금껏 견디고 있는 난처함에 대한 마지막 공략이다. 관장능욕의 죄목으로 처형당하는 죄수가 아닐지라도 당시의 춘향은 경직되어 있는 봉건사회의 계급구조상 그 무덤에 비석을 세워줄 사회적 신분이 아니다. 따라서 비를 새기어달라는 이 부탁은 가장 어처구니없으면서도 가장 강력한, 따라서 이몽룡을 결정적으로 난처하게 하는 희망사항이다. 어사 신분임을 발설할 수 없는 이몽룡의 사회적 맹점을 인간적 정서적 사회적 온갖 자극으로 구슬리다가 마지막에 와서 누구도 거역할 수 없는 당대의 절대윤리를 내세워 공략하는 것이다. "수절원사 춘향지묘"의 여덟 글자는 이몽룡이 겪는 난처함의 점정(點睛)이요, "부디 내 말대로 허여주오"는 그 마지막 확인행위인 셈이다.

어느 형벌보다도 더 견디기 어려운 이러한 고문을 가하면서도 〈춘향가〉의 작가군들은 그 고문의 대상인 당대의 고급관리를 쉽사리 놓아주려 하지 않는다. 그를 끝끝내 봉건사회의 사회윤리에서 벗어나지 못하도록 계속 묶어두고 그의 고통을 야금야금 즐기는 아이러니를 〈춘향가〉의 작가군들은 이 땅의 민중사 속에 완성시키고 싶었을 것이다.

〈쑥대머리〉와 절망의 미학

1. 식민지시대의 '〈쑥대머리〉 신화'

〈쑥대머리〉는 〈춘향가〉 중 〈옥중가〉의 한 부분이다. 옥중에서의 억울하고 참담한 상황과 이도령에 대한 춘향의 그리움이 더욱 처절해지는, 그리하여 마침내 그것이 생의 마지막 의미로 간절해져 있는 노래가 바로 〈옥중가〉이며, 〈쑥대머리〉는 그 후반부에 해당되는 부분이다.

이 노래는 현실이 곧 지옥이나 감옥으로 느껴지는 어두운 시대일수록 더 많은 청중들에게 더 깊은 공감대를 형성해왔음직한 내용이다. 현실의 덫에 걸린 인간의 진실은 어떻게 어떤 모습으로 존재할 수 있는가를, 그리고 그 진실과 고통과 한(恨)이 어떤 한계(限界)를 넘나들면서 어떻게 서로 접근해갈 수 있는 것인가를 감동적으로 구체화시켜주는 이 노래는 허금파 이화중선 등 역대의 많은 명창들의 더늠으로 세련되어왔고, 식민지시대에 이르러서는 임방울이라는 명창에 의하여 소위 '〈쑥대머리〉 신화'를 낳게 하기도 했었다. 임방울의 공식적인 첫 무대였다는 동양극장 공연(1928년 명창 송만갑의 주선으로 〈쑥대머리〉를 부르게 된 임방울의 공식적인 첫 무대) 이후 식민지시대에 그의 〈쑥대머리〉가 수록된 SP음반이 일백이십여 만 장이나 팔렸다는 경이적인 기록은 당시의 쑥대머리 선풍을 넉넉히 짐작하게 한다.

진계면의 느린 진양으로 깔리는 옥중가의 참담한 상황 위에, 역시 진계면의 느린 중머리로 얼룩지는 이 〈쑥대머리〉는 앞부분의 〈십장가〉에 비하여 그 한이 보다 정적으로 억제, 세련되어 그리움의 깊이를 더하게 하는, 그리하여 마침내는 그것이 더이상 견딜 수 없는 간절한 것이 되게 하는 가락으로 짜여져 있다. 자칫하면 청승스럽기 십상인 그 사설과 그 가락이 이처럼 격을 잃지 않은 채 오랜 세월 동안 민족의 심금에 맞물릴 수 있었던 것은 물어볼 것도 없이 그 동안의 수많은 소리꾼들의 공력의 소산일 것이다. 아니, 어쩌면 그러한 공감대를 형성하게 한 시대적 질곡들이 소리꾼들의 공력을 부추겼는지도 모른다.

우조와 계면조의 어울림으로 전개되어온 판소리의 흐름이 19세기 후반 박유전의 가풍에서부터 비롯하여 식민지시대에 이르러서는 두드러지게 계면 쪽으로 기울어 진행되어온 것은 주지의 사실이다. 세상사의 한이나 그 갈등들을 겉으로 쉽사리 내색하지 아니하고 웅장·호방하게 다스려나가던 우조로는 식민지시대라는 역사적 조건들을 아닌게 아니라 다 감당해내기가 어렵기도 했을 것이다. 속을 보이는 한이 있더라도, 그리하여 예술적 격을 잃어버리는 한이 있더라도 우선 몸부림부터 치고 싶은 그런 절박한 정서들이

실은 식민지시대의 얼마나 이전부터 우리 문화사에 점철되어 왔었던가. 그 절박한 정서들을 거느려 감당하기 위해서는 계면의 애연, 처절한 가락이 필연적으로 선호되었을 것이다.

임방울의 '〈쑥대머리〉 신화'는 판소리의 흐름이 그렇게 계면 쪽으로 자리잡힌 바로 그 흐름 위에 뿌리내리고 피어난 숙연한 꽃송이다. 오랜 세월 동안 독립된 시가로서의 기능을 유감 없이 수행해 온 그 〈쑥대머리〉의 분석을 위하여 김연수 창본 〈춘향가〉 중의 〈쑥대머리〉 대문과 임방울 창 〈쑥대머리〉(시에론 118-B)를 근거로 삼는다.

2. 절망과 그리움의 변주

춘향 형상 살펴보니
쑥대머리 귀신 형용
寂寞 獄房 찬 자리에
생각난 것이 임뿐이라
보고지고 보고지고 한양 낭군 보고지고
五里亭 情別 後로
一張修書를 내가 못 봤으니
부모 공양 글 공부에 겨를이 없어서 이러는가
與人新婚 琴瑟友之 나를 잊고 이러는가
桂宮姮娥 秋月같이
번듯이 솟아서 비춰고저
莫往莫來 막혔으니
鸚鵡書를 내가 어이 보며 轉輾反側 잠 못 이루니

蝴蝶夢을 어이 꿀 수 있나

손가락에 피를 내어

사정으로 편지하고

肝臟의 썩은 눈물로

임의 畵像을 그려볼까

梨花一枝春帶雨에 내 눈물을 뿌렸으면

夜雨聞鈴 斷腸聲에

임도 나를 생각할까.

秋雨梧桐葉落時에

잎만 떨어져도 임의 생각

綠水芙蓉採蓮女와

提籠忘採葉의 뽕 따는 情婦들도

낭군 생각은 일반이나

날보다는 좋은 팔자.

옥문 밖을 못 나가니 뽕을 따고 蓮캐겠나

내가 만일에 임을 못 보고

獄中寃魂이 되거드면

무덤 근처 있는 나무는

相思木이 될 것이요.

무덤 앞에 섰는 돌은

望夫石이 될 것이니

생전사후 이 寃恨을

알아줄 이가 뉘 있더란 말이냐

퍼버리고 앉아 설리 운다.(김연수 창본)

장단 한 마디를 한 행으로 처리하여 적어보았다. 늦은 중머리 35 마디로 짜여진 이 노래는 창으로 대략 오 분 정도의 시간을 필요로 한다.

판소리 사설들이 사설 그 자체로써 흥미와 긴장을 유발시키는 부분도 적지 않으나 경우에 따라서는 서사적 맥락이나 흥미나 긴장과는 관계없이 그 사설만으로 볼 때에 비슷비슷한 정황들이 지리하게 이어지는 부분 또한 적지 않다. 그리고 대부분의 더늠들은 그 비슷비슷한 정황들이 지리하게 이어지는 바로 그 부분이라는 점에 우리는 다시 한번 주목해볼 필요가 있다. 가령 〈화초타령〉은 꽃들이 아름답게 피어 있는 단순한 상황을, 〈비단타령〉은 온갖 비단들을 다 갖게 된 기쁨을, 〈군사설움타령〉은 전쟁터에서의 부모 처자들에 대한 걱정과 그리움들을 각각 길게 늘어놓은 것들인데, 그것들은 대부분이 앞서 요약된 바처럼 단순한 상황이나 정서이기는 하지만 그냥 한두 줄로 처리해버리고 말기에는 너무 아까운 것으로 여겨질 때 그 줄거리와 관계없이 최대한으로 확대시켜서 표현하고 있는 것들이다. 운동경기 중 어떤 결정적인, 혹은 순간적인 상황을 슬로 비디오로 확대시켜 그 디테일을 살펴보듯이, 그냥 지나쳐버리기 아까운 상황이나 정서를 확대하여 그 상황, 그 정서를 보다 넉넉하게 음미하고자 하는 것이 그러한 더늠들의 기본 태도일 것이다. 그 부분창들은 거의가 그 작품의 줄거리와 긴밀히 연결되어 있지 않기 때문에 설혹 그 부분을 빼어놓는다 할지라도 줄거리 파악에는 거의 무리가 없는 것들이다. 창본에 따라서는 줄거리에 약간씩의 굴절이 행해지고 있기는 하지만, 그러나 판소리 청중 중에는 이미 줄거리를 모르는 사람은 거의 없다. 줄거리를 환히 알고 있는 판소리 청중들이 주로 관심하는 바는 소리꾼의 실연(實演)

을 통하여 그 순간의 극적 상황이나 정서를 어느 만큼 만끽할 수 있느냐, 그 장면에서 얻는 감동이 어느 만큼 구체적일 수 있느냐에 집중된다. 청중들의 그런 관심에 부응하기 위한 소리꾼들의 공력이 판소리사에 숱한 더늠들을 남겨놓았고 그 더늠들이야말로 판소리의 노른자위라고 해도 과히 어긋나는 말은 아닐 것이다.

거기에서 문제가 되는 것은 그처럼 비슷비슷한 상황의 나열과 반복이 가져오기 쉬운 형식상의 단조로움을 어떻게 음악적으로 극복해내느냐 하는 점이었을 것이다. 가령 심술타령 같은 익살스러운 내용은 사설 자체만으로도 그 단조로움을 극복해낼 만한 흥미를 자아내도록 짜여질 수 있지만, 이 〈쑥대머리〉와 같은 애연·처절한 사설은 사설만으로 접할 경우 그 긴장이 여간해서 오래 유지되지 못한다. 그러기에 애연·처절한 사연일수록 풍부한 음악적 기교를 동원하여 단조로움을 극복해야 하고, 그러기 위해서 선택된 가락이 계면조의 진양이나 중머리같이 비교적 음악적 기교구사의 여유가 있는 느린 가락으로 짜여지게 되는 것이다. 이 〈쑥대머리〉 또한 예외가 아니다.

〈쑥대머리〉는 한마디로 그리움타령, 즉 애연·처절한 그리움의 변주(variation)이다. 거기에 소요되는 오 분은 지금까지 설명해본바, 결코 짧은 시간이 아니다. 소리꾼의 목구성과 너름새를 통하여 사설이 다 표현하지 못하는 이면을 보다 세련된 예술로, 보다 구체적으로 그려낼 수 있어야 비로소 청중들이 만족감을 느낄 만한 오 분간이다.

춘향 형상 살펴보니

이 구절은, 김연수 창본이 아닌, 〈쑥대머리〉가 수록된 여타의 창본들에는 없는 부분이다. 신재효 창본에는 "때 묻은 남루 의상 쑥대머리 귀신 형용……"으로 되어 있고 『창악대강』(박헌봉, 1966)이나 『한국가창대계』(이창배, 1976)에는 곧바로 "쑥대머리 귀신 형용"으로 시작한다. 사설 도입 부분의 객관적 상황 제시와 이 〈쑥대머리〉 부분의 독립성을 보다 완벽하게 하기 위해서 김연수에 의해서 기워진 듯하다. 앞서의 창본들(『창악대강』 『한국 가창대계』)에서는 진양조의 〈옥중가〉에 바로 이어져 이 대문이 나오는데 김연수창본에서는 그 진양조의 〈옥중가〉와 이 〈쑥대머리〉 사이에 두 장면(옥중의 꿈에 춘향이가 황릉묘를 찾아가는 장면과 기생 난향이가 사또의 부탁으로 감옥으로 찾아가서 춘향을 설득하려고 하는 장면)이 더 끼어 있어서 이 부분의 독립성이 한결 필요하도록 짜여 있다. 따라서 이 부분의 객관적 상황 제시에 보다 완벽을 기할 필요가 있었을 것이다.

쑥대머리 귀신 형용

임방울의 창도 바로 여기서부터 시작한다. 노래를 시작하는 말로 그 노래의 이름을 삼는 것은 가창문화에 있어서 범세계적 관습이다. 그리고 이 '쑥대머리'는 노래를 시작하는 말이 아니었더라도 이 노래의 제목으로서 손색이 없다. 아무렇게나 자라서 쑥대처럼 형편없이 헝클어져 있는 춘향의 머리칼은 춘향이가 그 동안 겪었을 상상적 실연의 비애와 옥중의 고초를 통하여 몸에 지니고 있는 사회적, 인간적 절망감들을 단적으로 나타내주고 있기 때문이다.

자극적인 마찰음 'ㅆ'과 어두운 모음 'ㅜ', 그리고 미파음(未破

름) 'ㄱ'이 어울려 빚어내는 음성적 숙연함은 이중(二重)의 고통과
절망으로 억장이 막히는 듯한 춘향의 처절한 상황을 적절하게 해
석해낸다. 또 절세미인으로 인구에 회자되던 춘향의 미색이 귀신
처럼 험하게 보이는 그 충격은 억울함과 외로움과 절망감들로 얽
혀 있는 춘향의 처절함을 강조하는 구실에 모자람이 없다.

　　적막 옥방 찬 자리에

　감옥이란, 더구나 대개의 문학작품 속에 설정되어 있는 감옥이
란 예나 이제나 어두운 현실에 대한 잠재적 인식을, 그리고 어두운
현실에 대한 적개심을 동시에 환기시키는 공간이다. 따라서 추상
적인 채로나마 그것은 억압으로부터 해방의 충동을 자극한다.
　사설의 문면에 나타나 있지 않은, 옥방과 관계되어지는 속사정
들을 표현하기 위하여 소리꾼들은 이 부분에 비상한 노력을 집중
시킨다. 예기치 못했던 파격적 상청의 결렬한 목타루로 표현되는
'저어엉막'은 따라서 '적막(寂寞)'이라는 말뜻이 지닌 단순한 고요
함이나 쓸쓸함을 강조하고 있는 태도만은 아니다. 예기치 못했던
파격적 상청의, 피가 밭아가는 듯한 목타루는 적어도 그 적막감의
심도뿐만 아니라 주인공 춘향이가 처해 있는 억울하고 절망적인
상황과 거기에 뒤따르는 적개심과 동정심을 보다 섬세하게 헤아리
고자 하는 소리꾼들의 상황 해석이 치밀하게 작용하여 다듬어진
표현이다. 따라서 '찬 자리'는 작품 속의 특정한 계절감각에 연관
되어진 표현이 아니다. 그것은 상기(上記)한 사회적 적개심과 원
망, 그리고 주인공 춘향에 대한 동정심을 충동질하기 위한 효과를
기대하고 있다.

"찬 자리에"의 '에'는 객관적 상황을 종합적으로 제시해주는 이 첫머리 부분의 시적, 음악적 긴장미를 유지하기 위해서 생략된 말들을 제 홀로 종합하는 기능을 맡고 있다.

　음악적 기교를 다채롭게 허용할 수 있는 느린 중머리의 여유만 만한 흐름 속에서도 허울을 다 털어버리고 꼭 필요한 말만 남겨놓은 그 긴장미를 '에'는 보다 효과적으로 매듭지으려 한다. 따라서 표준발음인 단모음 'e' 보다는 전라도 구어에서, 감정이나 내용상의 강조·환기, 혹은 말의 마디를 구분하기 위하여 흔히 쓰이는 복모음 'ji-' 가 이 부분을 훨씬 효과적으로 처리한다. 다시 말해서 'e'를 한결같이 'ji-'로 발음하는 소리꾼들이 뜻하는 바는 제시된 객관적 상황에 잠깐의 매듭을 만들어두고자 하는 것이다. 마치 다음 동작을 염두에 두는 뱀이 일단 살짝 꼬리를 사려보는 듯한 날렵한 음악적 처리를 위하여 전라도 구어의 이 복모음 'ji-'는 이 자리에 절대 필요한 요소로 작용하고 있는 것이다. 사설의 정확한 전달에 중점을 두고 모든 사설을 표준말로만 발음하고자 하는 소리꾼은 없다. 전라도 구어가 판소리와 유지하고 있는 혈연관계를 무시한 채로 소리를 진행해나갈 수는 없기 때문이다.

　　생각난 것이 임뿐이라.

　"생각난 것이"의 '난'은 현재완료형으로 되어 있지만 진행형 '나는'이 발음상의 이유로 축약된 형태일 것이다. 〈옥중가〉에서 지속되던 서사구조의 연속성(감옥 안의 객관적 상황 제시)이 해체되면서 춘향의 그리움이 서정적 보편성으로 확대되어 출렁이기 시작하는 부분이다. 객관 시점에서 일인칭 주관 시점으로 바뀌는 것이다.

작시법상으로 보면 여기까지가 이 노래의 첫부분으로 나누어질 단락이다. 앞서 분석해본 복모음 'ji-'가 그 자리에 매듭을 만들어야 했던 필연성(객관 시점에서 주관 시점으로 변하는 데 따르는)을 새삼 확인하게 된다. 사설의 전개 형태로는 여기까지가 한 단락인 것처럼 구분되어 있지만 객관적 상황 제시는 이미 앞에서 그 복모음으로 처리해놓았기 때문에 그 시점을 바꾸는 작업이 따라서 크게 어색하지 않다. 사설의 문면에 표현된 단락과 감추어져 있는 실질상의 단락에 대하여 그처럼 알뜰한 매듭을 만들어놓는 소리꾼들의 사설 해석은 실로 정교하다.

참담한 환경 속에서의 당연한 생리적 갈망들을 무시한 정서적 갈망은 그것(그리움)만이 화자의 생의 마지막 의미임을 분명히 한다. 존재 의미를 확인하고자 하는 형이상학적 관심사, 그것만이 현실적 억압으로부터 상징적으로 해방될 수 있는 최후의 지름길이라는 사실에 대하여 화자와 청중들은 이미 체념적 공감대를 형성하고 있다.

최후로 선택된 그 하나는 다른 많은 것들에 대한 절망의 총화일 수도 있다. 그 절망의 총화 위에 남아 있는 마지막 의미는 따라서 참담할 만큼 간절하다. 모든 생리적 갈망들을 포기해버린 상황에서 그것은 단순히 어쩔 수 없이 선택된 정서적 허영일 뿐인가. 그것은 현실로부터의 상징적 해방을 얻기 위한 너무나 당연한 선택이다. "임뿐이라"로 맺어지는 이 부분의 체념적·탄식적 창법은 그런 갈등들에 대한 적절한 처방전이다.

218

3. 서정적 전개와 이면 살리기

　　보고지고 보고지고 한양 낭군 보고지고

　서사구조의 해체와 현실적 억압으로부터의 해방의 충동을 흡수하는 서정적 장치가 본격적으로 날개를 펴기 시작하는 부분이다. "생각난 것이 임뿐이라"의 징검다리를 건너 객관적 사건외적 시점과 일인칭 서정적 시점과의 구분이 확실해지면서 그 서정을 얼마든지 확대시켜나갈 수 있는 바탕을 다지고 있다. 밀고 달고 맺어서 푸는 한 장단의 구성 원리를 한 작품의 단위로 확대시킬 때, 이 구절은 바로 앞에서 제시된 '임 생각'을 달아나가는 과정이다.

　'보고지고 보고지고 ○○○○ 보고지고'와 같은, 판소리 사설의 여기저기에서 산견되는 이런 공식구적 표현(公式句的 表現, formulaic expression)은 이 노래의 경우 연쇄적 기능과 함께 주어진 서정적 상황의 구체화를 위한 발판으로써 관습적으로 기여한다. 이러한 징검다리들을 건너서 이제 비로소 본격적인 그리움타령을 전개해나갈 수 있게 된 것이다.

　　五里停 情別 後로
　　一張修書를 내가 못 보았으니.

　오리정 이별 이후 옥중 상봉까지의 기간에 대한 기록은 창본들마다 다 다르다. 신재효본에서는 이별 후 수십 일이 지나서 곧이어 변학도라는 인물이 신관 사또로 부임하게 되는가 하면『창악대강』에서는 삼 년으로, 김연수 창본에서는 사또가 그 동안 여러 차례

바뀌면서 팔 년이 지난 것 등등으로 되어 있다. 그 기간이 길면 길수록 돋보이는 춘향의 절행(節行)의 강도를 염두에 두고 '범인으로서는 견디기 어려운 세월'이라는 추상적 기간이 창본들마다 나름대로 합당하게 여겨지는 기간으로 설정되었을 것이다. 그러나 그 기간이 꼭 춘향의 절행만을 나타내는 것은 아니다. 소리꾼들은 그 절행의 강도보다도 그 기간 동안 겪었던 절망의 깊이를 헤아리는 일에 더 열중하고 있는 것 같다.

창자들은 이 구절을 위한 열두 박자 중 네 박자를 "오리정"의 '정'을 발음하는 데에 할애한다. 어단성장(語短聲長)이라는 판소리 창법의 특색을 어렴풋이 짐작하게 하기도 하거니와 그보다도 범인으로서는 견디기 어려운 오랜 세월 동안의 절망의 깊이를 그려내기 위한 노력일 것이다.

'오 리(五里)'라는 짧은 거리 개념은 '정'을 발음하는 네 박자의 절망적 깊이를 대조적으로 돕고 있다. 십 리도 못 가서 되돌아와야 하는 오 리의 이별이 너무나 멀어져버린 것에 대한 원망과 절망을 헤아리기에 네 박자는 물론 충분한 여유는 못 될지도 모른다. 그러나 서른다섯 마디로 나누어본 이 노래 중에서 한 마디의 해당 음절 수가 가장 작은 부분이 이 부분이라는 점을 감안해볼 때, 그 절망의 깊이를 헤아리기 위한 음악적 배려는 결코 섭섭한 것만은 아니다.

부모 봉양 글 공부에 겨를이 없어서 이러는가
與人新婚 琴瑟友之 나를 잊고 이러는가.

연인으로부터 오랫동안 소식이 막혀 있을 때, 그 까닭을 이리저리 상상해보는 것은 당연한 여심이다. 그러나 여기에서 먼저 주목해두고 싶은 것은 그 상상의 나열 순서다. 둘 다 똑같은 자격으로 나열되어 있고 한 마디 안에서 소화해야 할 음절 수도 서로 비슷하다. 그러나 대개의 경우 그 나열 순서에는 섬세한 배려가 작용하기도 하는 법이다.

"부모 공양 글 공부"는 당시의 서생으로서 감당할 당연한 일상사이며 "여인신혼 금슬우지"는 어쩌면 있었을지도 모르는 일이다. 그런 당연한 일상사 때문에 '겨를이 없' 는 것은 그러나 있을 수 없는 일이다. 그리고 신혼(新婚)으로 인하여 나를 잊고 지낸다는 것은 참고 지내기에 가장 고통스러운 상상이다. 따라서 그 신혼이야말로 모든 상상의 핵심을 이루는 내용일 것이다. 허울좋은 핑계를 아무리 떳떳하게 내세운다 할지라도 남자의 소식을 궁금히 여기는 대부분 여심의 귀결점은 '어긔야 진 데를 디뎌올세라' 의 그 생래의 질투심일 테니 말이다.

똑같은 형태로 나열되었다 하더라도 더 강조하고 싶은 것을 앞세우는 것이 일반적 관습이지만, 이 노래에서 그 핵심적 내용이 뒤에 안배된 이유는 "부모 봉양 글 공부"가 떳떳한 상상임에 비하여, 억제하기 어려운 감정이긴 하되 질투심이란 그러나 그렇게 떳떳하게 앞에 내세울 만한 사유는 못 되기 때문이다. 그것은 적어도 한국의 여인들에게는 공통적으로 작용됨직한 감정질서다.

사설의 표면에는 노출되지 않고 있는 이러한 감정질서와 거기에 따라 굳어진 생활 관습에 대하여 소리꾼들은 실제로 어떻게 접근하여 그 감추어진 내용들은 헤아리는 것일까.

임방울은 이 부분의 두 마디를 아예 세 마디로 나누어 부른다. 생래의 질투심에 초점을 맞추어 뒷부분을 나누는가? 아니다. 만일에 그렇게 불렀다면 말 그대로 '이면 찾다가 소리 망치는' 유치한 노력이 되었을 것이다. 임방울은 오히려 한술 더 떠서 '허울좋은 핑계' 쪽을 두 마디로 나누고 그 부분에 온갖 음악적 노력을 기울인다.

'글 공부'에 대하여 임방울은 평소에 글공부와 무슨 원한이 그렇게 맺혀 있기라도 한 듯이 온 몸으로 피를 쥐어짜서 뱉아내는 듯한 격렬한 목타루로, '척'(정간보에 의한 고법표시의 한 명칭, 일명 '탁'이라고도 한다. 온각자리〔북통의 꼭대기 중앙 부분〕를 세게 치면서 왼편 손바닥으로 소리가 울리지 않게 막는 고법, 밀고 달고 맺고 푸는 한마디 구성 중 맺는 부분의 핵을 형성하는 박이다)으로 맺어지는 부분의 세 박자를 '글' 한 음절에 할애한다. '겨를이 없어서'는 음절 수대로 여섯 박자를 쓰지만 그와 상대되는 '나를 잊고'는 겨우 두 박자로 처리하고 만다. 허울좋은 핑계 쪽에 모든 음악적 정성을 다하여 강조하는 대신 핵심적 내용에 이르러서는 언뜻 듣기에 그저 아무것도 아닌 것처럼 앞엣말에 짝이나 맞추기 위해서 끼워넣은, 그래서 지나치는 길에 잠깐 한마디 거드는 것처럼 처리해둠으로써, 유교 윤리의 그늘 속에서 형성된 여인의 섬세한 감정질서와 그 생활관습을 여실히 재생시키고 있을 뿐만 아니라 나아가서는 오히려 대화 중에 귓속말로 소근거려서 강조하는 것과도 같은 역효과를 거두려는 것이 임방울의 이 부분 사설에 대한 해석 태도다.

桂宮姮娥 秋月같이
번듯이 솟아서 비춰고저.

남편의 불사약을 훔쳐 마시고 달나라로 달아났다는 항아선녀(姮娥仙女)의 전력은 여기에서는 별스러운 얘깃감이 아니다. '계궁항아'는 다만 '추월(秋月)'에 대한 상투적 수식어이면서 '장한가(長

恨歌)'의 唐 현종이 양귀비를 그리워하듯 나를 잊지 말아달라는 화자의 의중이 완곡하게 곁들이고 싶기는 했을 것이다. "번듯이 솟아서 비춰고저"는 앞 구절의 절망적 질투, 그 견디기 어려운 고통으로부터 어서 벗어나고 싶은 화자의 간절한 소망이 반영되어 있는 것 같다. '추월'과 그 원관념인 '번듯이'가 유난히 강조되는 것도 화자의 그러한 심중을 알뜰하게 짚어내고자 하는 노력으로 여겨진다.

莫往莫來 막혔으니
鸚鵡書를 내가 어이 보며
轉輾反側 잠 못 이루니
蝴蝶夢을 어이 꿀 수 있나.

밝은 달처럼 뚜렷하게 솟아올라 임에 관한 모든 의혹들을 확실하게 밝히고 싶지만, 그러나 오고 갈 길이 막혀서 그리운 편지 한 자 받아볼 수 없는 그 막막함과, 임이 그리워 잠을 이루지 못하기 때문에 임을 만나는 꿈조차 꿀 수 없는 안타까움이 재치 있는 대구로 대비되어 있다. 잠을 자야 꿈을 꾸고 꿈을 꾸어야 꿈속에서나마 임을 만날 수 있을 텐데, 임 생각에 사무치어 애당초 잠을 이루지 못하고 있는 정황의 하소연이다. 절망이 깊어지면 깊어질수록 그에 못지않게 그리움도 따라서 깊어지는 이 대구(對句)는 앞으로 더 전개될 처절한 그리움들에 대하여 막힌 봇물을 열어주는 듯한 역할을 맡고 있다.
　발악하는 듯한 거친 육성의 몸부림을 통하여 성악예술의 한계에 도전하는, 그리하여 노래가 지닌 예술의 한계를 최종적으로 극복하고 감정 표현의 극적인 질서를 재구성해내는 판소리 특유의 이러한 창법은 어쩌면 판소리의 가장 특징적인 인상일 것이다.

밀고 달아나가는 부분의 여섯 박자 안에서 '막왕막래'를 다루는 소리꾼들의 통성을 통하여 우리는 판소리의 그 특징적 인상을 실감한다. 육성을 통하여 육성의 한계를 무너뜨리고 새로운 예술 질서를 구축하는 그 전율로 막힐 대로 막혀 있는 절망적 상황에 도전한다. 막히고 막힌 그리움의 벽을 무너뜨린다. 마침내 처절한 그리움들이 봇물 터지듯 쏟아지기 시작한다.

손가락에 피를 내어
사정으로 편지하고
肝臟의 썩은 눈물로
임의 畵像을 그려볼까.

'피'는 자극적인 생명력의 상징이다. 대개의 경우 혈서는, 그 혈서의 내용을 위해서라면 목숨을 걸겠다는 결연한 의지의 표현으로 받아들이는 것이 고금을 통한 인간 사회의 관습이다. 피로 쓴 편지, 피로 쓴 그리움, 그 그리움을 위하여 화자는 이제 목숨을 걸고자 한다. '눈물'로 '임의 화상'을 그리고자 하는 대구도 그런 면에서 앞의 내용과 크게 차이가 나지는 않는다. 고통 끝에 흘리는 눈물을 흔히들 '피눈물'이라고 표현한다. 그 피눈물이라는 일반화된 표현에 비하여 볼 때 '간장의 썩은 눈물'은 '눈물'로 용해된, 피보다 더 진한 정감을 일깨우려 한다.

'썩은 눈물'은 맘놓고 울어보지도 못하고 속울음으로만 살아왔기 때문에 간이 썩은 눈물이다. 생명력의 순간적 격정의 표현인 '피'와 오랜 세월 동안의 지속적 절망(썩은 눈물)이 한 자리에 만나서 진실의 총화(편지, 화상)를 이루어내는 이런 시적 고안은 여느 시가문학에서 그렇게 쉽사리 발견될 수 있는 것이 아니다. 유한한 생명력의 부식을 통하여 목숨을 걸고 그리움을 완성하고자 하는 화자의 의지는 영원을 지향하고 있다. '피'와 '썩은 눈물' 부분이 절통한 느낌의 목타루로 표현되어 사설에 흐르고 있는 의미의 맥을 한결 핵심적으로 짚어내고 있음도 결코 우연한 일치만은 아니다.

4. 한문투 사설의 보완

梨花一枝春帶雨에 내 눈물을 뿌렸으면
夜雨聞鈴 斷腸聲에
임도 나를 생각할까.
秋雨梧桐葉落時에
잎만 떨어져도 임의 생각.

최근의 판소리 애호가들 중에는 이 구절에서 보이는 것과 같은, 수시로 동원되는 한시구절들 때문에 난감해하는 이들이 많다. 그리고 한 번쯤은, 그 옛날의 비교적 무식했을 판소리 청중들이 이런 유식한 한문투의 내용들을 어떻게 소화할 수 있었을까 하는 의문을 품어보게 될 것이다. 사실 양반들의 한문문화가 아무리 평민화했다 할지라도 판소리 사설에 등장하는 그 많은 한문투를 속속들이 알아볼 만큼 그렇게 일반화되지는 못했을 것이다. 그러면 왜 그 많은 한문투들이 사설에 동원될 필요가 있었던가. 그것은, 한문문화가 평민화하는 과정에서 있을 수 있는, 평민들의 현학적 취미를 만족시켜주기 위해서 거의 필연적인 요소였을 것이다. 어쩌면 청중들 중의 양반 좌상들에 대한 문화적 도전 의지가 한몫 거들면서 개입되었을지도 모른다.

그 많은 한문투들이 청중들에게 어떻게든 소화될 수 있도록 하기 위해서 작가군들은 또 그들대로 응분의 노력을 기울여오기도 했다. 그들은 핵심적 줄거리를 파악해야 하는 부분에서는 한문투를 거의 사용하지 않는다. 한문투들은 줄거리와 분위기가 이미 파악된 다음에 맘놓고 등장한다. 청중들은 그 내용을 속속들이 모른다 할지라도 노래의 분위기에 따라 거의 공식화되어 있는 한문투들을 대충은 짐작할 수가 있었다. 한문투들은 어느덧 소리꾼와 청중들이 공유하는 언어 자원으로써 어느 때 어디에 어느 문구들이 필요한가를 대충은 서로 알고 있는 문화권을 형성해온 것이다. 백거역(白居易)이 누구인지 〈장한가〉가 무엇인지 모르는 사람들도 이화일지춘대우(梨花一枝春帶雨)나 야우문령 단장성(夜雨聞鈴 斷腸聲) 같은 말들은 누군가가 간절하게 임을 그리워하는 정황에서는 붙박이로 쓰이는 내용임을 알고 있다. 이 장면 아닌 다른 장면 다른 노래에서도 임을 그리워하는 것이 핵심적 상황으로 전개되기만 하면 이런 붙박이 구절들이 어김없이 다시 등장하는 까닭이 바로 여기에 있다.

한문투의 앞뒤에는 거의 그 내용을 미리 제시해주거나 다시 설명해주는 입장에서 사설이 짜여져 있거니와, 그렇지 않을 경우에는 소리꾼이 핵심적 상황을 환기시키거나 보완하여 청중들의 이해를 돕고 있다는 점 또한 유의해둘 점이다. 그러한 배려들이 곁들이어 있었기 때문에 한문투들은 오늘날 생각하는 것처럼 크게 문제되지는 않았던 것 같고 오히려 장려되지 않았나 생각된다.

이 구절들을 근거로 또 한 가지 언급해두고 싶은 것은 포에틱 라

이센스(poetic license)에 관한 점이다. 특히 판소리와 같은 구비가요의 접근에 있어서 이것은 거의 필수적 조건인 것 같다.

가령 민요 〈농부가〉 중에서 '네가 무슨 반달이냐 초승달이 반달이로다' 같은 구절도 정상적 언어 지식으로는 그 해득이 난감하다. '초승달이 반달이로다' 는 아마 '초승달만큼 남은 것을 보고 반달만큼 남았다고 하는구나' 라는 상황을 중중머리 장단에 맞도록 중요한 말만 추려낸 형태일 것이다. "梨花一枝春帶雨에 내 눈물을 뿌렸으면"도 같은 구 안에서나 다음 말과의 연결관계가 주어진 문맥대로는 그 해득이 난감한 말이다. 눈물에 젖은 양귀비의 처연한 아름다움을 묘사한 〈장한가〉의 애초의 사연과는 관계없이 이 글 자체만으로 해석하기에도 요령부득은 마찬가지다. '한 가지 배꽃에 젖어 있는 봄비는 실은 내가 임 그리워 뿌린 눈물인 것이니, 비가 내리는 오늘밤 밤비에 젖는 풍경 소리를 들으며 내가 임을 그리워하듯 임도 나를 생각하고 있을 것인가' 라고 좀 장황하게 설명할 수밖에 없는 구절이다. 이런 장황한 사연을 정해진 가락 안에 낱낱이 다 소화시킬 수는 없었을 것이다. 필요한 말들만 강조하면서 가락을 진행시켰을 것이다.

사리에 맞지 않는 이야기의 줄거리에 대하여 '그건 이야기니까' 라고 치부해버리고 여전히 줄거리의 전개에 이끌리듯이 구연시(oral poetry)의 경우 이러한 비문법적 요소에 접하는 청중들의 반응은 대단히 관대하다. 그리고 그 관대함은 이미 관습(convention)으로 굳어져 있다. 그러나 제아무리 청중들의 현학적 취향이 고조되어 있다 할지라도, 사설 자체에 한문투들을 소화시킬 장치가 면밀히 고안되어 있다 할지라도, 구연시에 접하는 입장이 아무리 관대하다 할지라도, 공식구적 표현의 이러한 남용은 사설의 진실성과 핍진성을 상쇄시키기에 충분할 만큼 오히려 해로운 경우가 적지 않다. 판에 박힌 듯한, 상투적인(stereotyped) 분위기로 격하되기가 십상이다. 이 부분에 대해서도 그런 혐의가 적지 않다. 자칫 상투적인 그리움으로 치부되어버릴 위험이 한문투들과 함께 도사리고 있는 것이다. 그래서인지 임방울의 〈쑥대머리〉 음반들을 들어보면 이 부분이 아예 노래 속에서 빠져버린 채로 취입된 것들이 더러 있다.

5. 생리적 갈증과 성적 상상력

綠水芙蓉의 연 캐는 採蓮女와
提籠忘採葉의 뽕 따는 情婦들도
낭군 생각은 일반이나
날보다는 좋은 팔자.

〈채연곡〉은 월왕(越王) 구천(句踐)과 오왕(吳王) 부차(夫差) 사이의 미녀, 집이 가난하여 나무도 해서 팔고 연밥(蓮子)도 뜯으며 살았다는 서시(西施)에 연관되어 당(唐)의 시인들이 좋아했던 소재였다. 이백(李白)의 〈자야오가(子夜五歌)〉에도 서시의 얘기가 나오거니와 월녀사(越女詞)에도 연못 주변의 그러한 분위기가 풍속화처럼 소묘되어 있다.

삼백 리나 되는 경호의 물은
연꽃으로 덮이고 말았습니다
연 뜯는 西施가 어찌 고운지

구경꾼은 언덕에 구름 같습니다
달이 뜨기를 기다리지 않고
배 저어 越王에게 돌아가다니…… (〈자야오가〉 2)

연밥을 따고 있던 若耶溪의 계집은
낯선 사람을 보자
뱃노래하며 자리를 뜬다.
그리하여 연꽃 속에 숨어서는
부끄러운 체 나오지 않는다. (〈월녀사〉)

또 정읍 지방의 민요에도 "연무꼭지 연당 안에 / 연밥 따는 저 처
자야 / 연밥일랑 내 따주께 / 내 품안에 잠들어라. / 잠들기는 어렵
잖소 / 연밥 따기 늦어지오" 같은 사연이 있다. 아마도 연꽃의 화려
함과 가인(佳人)의 체취(體臭)와도 같은 그 향기가 정감을 자극하
기도 했겠거니와 사람들의 시야를 가리는 무성한 연잎 그늘이 민
요나 〈월녀사〉에서와 같은 연못 주변의 분위기를 결정적으로 조성
해왔을 것이다.

그런 면에서는 뽕밭도 별로 다를 것이 없다. '뽕도 따고 임도 보
고' 같은 속담이라든지 "머리 좋고 저 큰 처자 / 울뽕낡에 앉아 우
네 / 울뽕줄뽕 내 따주께 / 명주도복 날 해주게 / 언제 봤던 임이라
고 / 명주도복 달라는고", "뽕 따러 가세 뽕 따러 가세 / 정든 임 만
나러 뽕 따러 가세" 와 같은 민요, 혹은 앞서 인용된 〈자야오가〉 등
등을 미루어 뽕밭 또한 연못과 더불어 남녀의 부도덕한 밀회들이
행해짐직한 장소로 알려져 있다.

'채연녀' 나 '정부(情婦)' 들은 그런 부도덕한 정열에 몸을 맡기

며 함부로 그리고 험하게 세상을 사는 사람들일지라도 그래도 다
'나' 보다는 나은 팔자로 부러움을 받고 있다. 화자인 춘향은 물론
그들과 비교하여 사회적 계급의식을 내세울 만한 신분이 아니다.
'情婦들도' 의 '도' 라는 조사에는 '하다못하여 그런 부류의 사람들
까지도' 라는 뜻이 강하게 작용하고 있거니와 그들 아닌 그 누구라
할지라도 지금 옥중의 춘향만 못한 사람이 어디에 있겠는가. 그럼
에도 불구하고 그 많은 이 세상의 불행한 사람들 중에서 하필이면
'채연녀' 나 '정부' 들을 그 대상으로 삼은 화자의 의중은 무엇일
까. 그것은 그들이 천하고 험하게 세상을 사는 대표적인 사람들로
여겨졌기 때문이 아니라 부도덕한 정열에일지라도 몸을 맡기면서
사랑을 구가하는 대표적인 사람들로 여겨졌기 때문이었을 것이다.
그들이 누리는 성적 자유가 더없이 부러웠기 때문이었을 것이다.
그것은 사회적, 윤리적 모든 제약을 벗어나서 일개 자연인이기를
원하는, 억제할 길 없는 생리적 갈증의 표현이다.

  '蓮 캐는' 의 연(蓮)은 이 기록대로라면 蓮子(연밥)이어야 하고,
따라서 '캐는' 은 '따는' 혹은 '뜯는' 으로 되어야 맞을 말이다. 어
쩌다 잘못 표기된 것인가 하는 의심도 없지 않지만 소리꾼들이 이
부분을 한결같이 '캐는' 으로 부르는 점으로 보아서는 잘못된 표기
만은 아닌 것 같다. 더구나 바로 그 다음 구절에 '옥문 밖을 못 나가
니 뽕을 따고 연 캐겠나' 라고 '캐다' 라는 말이 다시 이어지고 있다.
  이 부분에 대한 신재효본의 기록은 "蓮 캐는 征夫들과"로, 그리고
"뽕 따는 蠶婦들은"으로 되어 있는바, 아마도 정부(征夫)나 잠부(蠶
夫)의 발음 내용이 비슷하게 들리는 혼란을 피하기 위해서, 혹은
그 혼란을 틈타서 오늘날처럼 흔들리게 되지 않았을까 추측된다.
정부(征夫, 나그네)와 잠부(蠶婦, 뽕 따는 아낙)로 짝을 맞추어둔, 그

리하여 화자(話者)의 생리적 갈증을 암시하고자 하는 신재효본의 의도가 무시된 채 '녹수부용(綠水芙蓉)'을 근거삼아 거기에 공식화된 용어 '채연녀'로 대치시킨 것 같다. 아니면 진흙 속에서 연뿌리를 캐는 행위가 상기시킬지도 모르는 성적 상상력과 걸맞지 않다고 여겨져 의도적으로 변개시킨 것일지도 모른다.

옥문 밖을 못 나가니 뽕을 따고 蓮 캐겠나.

강요된 억압으로부터의 해방의 충동을 흡수하기 위해서 지금까지 화자가 전개해온 그리움의 변주들은 이제 온갖 갈망의 좌절과 더불어 그 막을 내리려 한다. 사회적, 윤리적 모든 제약들을 차라리 벗어나버리고 싶던 생리적 갈증마저도 옮도 뛰도 못 하는 절망적 현실을 환기시킬 뿐이다. 그러나 그렇게 막을 내리고 말 만큼 화자의 그리움은 그렇게 단순한 상태의 것이 아니다. 뽕을 따는 일, 연을 캐는 일 등등 자연인의 삶에 대한 모든 본능적 충동과 그 좌절감은 지금까지 전개되어온 온갖 그리움들이 현실이라는 프리즘을 통하여 한으로 여물어가는 전환점을 마련한다.

앞부분의 격렬하던 창이 차분히 가라앉으면서 체념적·탄식적 통한의 분위기가 한결 짙게 깔리는 이 부분에 대한 소리꾼들의 해석 태도에서도, 지금까지의 그리움들이 어떤 결정적 전환점을 겪고 있구나 하는 느낌을 갖게 된다.

내가 만일에 임을 못 보고
옥중원혼이 되거드면
무덤 근처 있는 나무는 相思木이 될 것이요

무덤 근처 섰는 돌은 望夫石이 될 것이니
생전사후 이 寃恨을
알아줄 이가 뉘 있더란 말이냐.

창이 이끌어오는 통한의 분위기는 여기에 와서 절정을 이룬다. "내가 만일에 임을 못 보고"의 발악하듯 하는 창법이나 "뉘 있더란 말이냐"의 몸부림치듯 내지르는 창법들은 사회적, 윤리적 제약들을 무너뜨리는 정서적 전율로 확산된다.

원(寃)이란 무엇인가. 그것은 좌절된 그리움의 절망적 응결체다. 한이란 무엇인가. 그것은 슬픔 그 자체가 아니라 그 응결된 절망을 슬픔으로 해체시키어 육화(肉化)하는 참담한 삶의 슬기다. 원과 한을 거의 같은 개념으로 파악하는 일들이 많지만, 원은 한의 형성 과정이고 한은 그 원의 응어리를 우리의 삶 속에 흡수하여 정서적 질서를 유지하도록 하는 철학적 고안이다.

몸부림 끝에 발악하듯 하는, 온 몸의 피를 쥐어짜서 뱉어내듯 하는 육성으로 성악예술의 한계를 극복하고 경이적 질서를 재구성해내는 판소리의 창법은 그러한 원과 한과의 관계를 유감없이 대변한다. 그러기에 그러한 창법이 판소리를 특징지을 만한 가장 인상적인 것으로 여겨지게 되는 것인지도 모른다.

상사목(相思木)이나 망부석(望夫石)으로의 부활의 기약은, 화자의 그리움이 아무리 절망적일지라도 그 그리움이 곧 생활이고 신앙이고 생의 마지막 의미였음을 최종적으로 확인하게 한다. 그리하여 그 그리움은 우주적 질서(나무―상사목) 속으로, 구원의 여인상(돌―망부석)으로 참담한 삶의 족적(足跡) 위에 아름답고 영원한 신화적 의미를 부여받을 수 있게 된 것이다.

퍼버리고 앉아서 설리 운다.

일인칭 시점을 떠나서 다시 처음의 객관 시점으로 되돌아와 끝을 맺는다. '퍼버리고'는 '퍼더버리고'의 사투리다. 아무렇게나 앉아서 팔다리를 제멋대로 뻗어버리다의 뜻. 일인칭 화자의 처절한 그리움이 예술화하고 그것이 육화되는 과정의 모든 긴장도 이제 끝이다.

흔히들 판소리를 한의 예술이라고 한다. 인간 세상사의 마디마디에 응어리져 있는 절망과 그 원들을 예술화하고 다시 그것을 생활화하는 참담하고 아름다운 에너지가 그 구조에 내재하고 있기 때문일 것이다. 그 몸부림과 발악과 절망들은 이제 남들이 보기엔 체면도 분노도 모두 잊어버린 듯, 지칠 대로 지친 쑥대머리 귀신 형용의 처절한 모습으로 덩그라니 남아 있다.

다정다감한, 그러나 칼날 같은 소리꾼
─임방울 명창의 생애와 예술

　식민지시대 우리 민족의 정처없는 슬픔을 판소리로 삭여주던 명
창 임방울, 임승근(林承根)이 그의 본명이다. 그는 전남 광산군 송
정읍 수성마을(현 행정구역 명칭은 송정시 신동)에서 1905년 4월 25
일 임경학(林敬鶴)의 여덟 남매 중 여섯째로 태어났다. 당시 원각
사의 주석이면서 당대의 5명창(김창환, 이동백, 유성준, 정정렬, 송만
갑 등)으로 널리 알려져 있던 김창환이 그의 외숙인 점, 김창환은
또 이날치, 박기홍 같은 명창들과 이종간이었던 관계들로 미루어
볼 때, 가난한 농부의 아들로 알려져 있는 그는 실상 모계의 소리
내력을 확실하게 이어받은 타고난 소리꾼이 아니이었던가 싶다.

　그가 스물다섯 나던 1928년, 가계(歌界)의 첫 무대로 밟았던 동
양극장의 전국명창대회에서 그는 그 유명한 〈쑥대머리〉로 장원의
영예를 차지했고, 이 〈쑥대머리〉는 당시의 여러 레코드회사(콜롬비
아, 빅타, 오케이, 시에론, 리갈 등)에서 다투어 음반으로 취입하여

무려 일백이십 만 장이나 팔렸었다 한다. 지금으로부터 70여 년 전의 상황이었음을 감안해볼 때, 그것은 실로 경이적인 기록이라 아니할 수 없겠다.

그 〈쑥대머리〉는 두고두고 임방울 명창의 이름표와 같은 구실을 했다. 작고한 박록주 명창의 회고담에 의하면 6·25 때 임방울 명창이 서울서 송정리까지 걸어서 피난을 내려오다가 검문에 걸릴 때면 증명이 따로 없는 임명창은 그때마다 〈쑥대머리〉를 한바탕씩 불러제꼈고, 그의 〈쑥대머리〉를 듣는 검문소마다 그를 알아보고 통과시키고 통과시키고 하여 그는 고향인 송정리까지 무사히 도착하였다고 한다.

그의 첫 무대였던 동양극장의 청중들이 그의 소리에 도취되어 신고 있던 짚신과 버선짝을 벗어던지고 깔고 앉았던 방석들을 집어던지며 그에게 열광했었다는 일화와 함께 당시의 소리판을 휩쓴 이 〈쑥대머리〉 선풍은 그를 일약 명창의 반열에 올려놓았고, 다른 무대들이나 라디오 방송에 바쁘게 출연하는 등 순식간에 그의 인기는 절정에 올랐다.

신재효의 〈광대가〉에서 광대의 요건으로 규정하고 있는 첫번째의 '인물치레'도, 두번째의 '사설치레'도 실상 그와는 거리가 먼 조건들이었다. 그에게는 장자백, 이동백 명창들과 같은 타고난 풍채도 없었고, 판소리 사설 속에 수없이 출몰하는 유식한 한문구들을 다 소화시킬 만한 학력도 없었다. 이 세상 사람들을 유식한 사람과 무식한 사람으로 구분한다면 그는 분명 무식한 쪽에 속하는 사람이었다. 남의 집 꼬마머슴 노릇으로 소년 시절을 보내야 했던 그에게 이렇다 할 학력이 있었을 리가 없었다.

'인물치레'에도 '사설치레'에도 분명히 모자라는, 시골서 갓 올라온 그에게 뜻밖에 안겨진 이 〈쑥대머리〉 신화'는 그러나 그것이 결코 우연의 산물은 아니었다. 특유의 맑고 아름다운 천구성에 수리성(목이 쉰 듯한 성음)이 곁들어 있는 데다가 성량 또한 풍부하여 막힐 데가 없이 헤쳐나가는 그의 목구성은 청중들을 그토록 열광하게 만든 한 원인이기도 했을 것이다. 또 그가 부른 〈쑥대머리〉가 〈옥중가〉 중에서도 가장 애연 처절한 대목이고, 망국의 한을 호소할 길이 없던 당시의 참담한 시대상황이 당시 청중들의 취향을 애연 처절한 계면(界面) 쪽으로 흘러들게 하였으리라는 판소리사적 상황해석도 아닌게 아니라 그 청중들의 열광을 설명할 어지간한 이유는 된다. 그러나 제아무리 목구성을 타고났다 하더라도 그리고 아무리 처절한 사연과 참담한 시대상황이 그 목구성에 맞물렸다 하더라도 오랜 기간의 피나는 수련이 없었더라면 그와 같은 열광적인 반응은 도저히 기대하기가 어려웠을 것이다.

판소리 광대들이 그들의 수련과정에서 겪은 초인적 일화들이 종종 신화처럼 전해져오거니와 임방울에 있어서도 그 수련과정은 유별났던 것 같다.『판소리 명창 임방울』(천이두 지음)이란 책에서 보면 그는 소년 시절, 구박 많은 남의 집 머슴살이를 그만두고 소리를 배우기 위한 일념으로 스승을 찾아간다. 스승은 그를 그의 집 움막 안에 가두어두고 절대로 바깥출입을 못 한다는 조건으로 그를 받아들인다. 참숯을 만들기 위해서는 숯막에 바람이 통하지 못하게 해놓고 숯을 굽는 것처럼, 외부세계와의 철저한 단절을 통하여 인간적 고독을 심화시키고 마침내 그것을 극복하게 함으로써 참 광대를 만들어내고자 스승은 단단히 별렀던 것 같다. 이와 빈대와 벼룩이 득실거리는 그 움막, 더위와 추위를 당연한 것으로 여기며 살아야 했던 그 움막 안에서 임방울은 한 대목 한 대목씩 소리를 배워나갔고 아울러 고독과 고통과 인간을 배워나갔으리라.

작정했던 기간이 거의 다 되어갈 무렵 스승이 출타한 틈을 이용하여 임방울은 스승 몰래 냇가에 목욕을 나갔다가 냇가에서 욕심껏 목을 풀어보았고, 스승이 집에 들어오기 전에 서둘러 돌아왔다. 뒤이어 집에 들어온 스승이 한탄하듯 말한다. "집에 오다가 냇가에서 어떤 놈이 소리를 하도 기가 막히게 하길래 찾아가보았더니 온 데간데가 없더라"고, "우리 방울이놈도 어서 그런 목을 갖추어야 할 텐데……" 하면서 못내 아쉬워하는 것이다. 그 말을 들은 스승의 부인이 참다 못하여, "그게 바로 방울이여라우" 하고 한마디 거들었다가 그만 불벼락이 떨어지고 말았다. 약속을 어기고 바깥출입을 해버린 제자에 대한 스승의 진노는 누구도 말릴 수가 없었다. 빗자루며 물통이며 목침이며 북채 들을 스승은 손에 잡히는 대로 휘둘러댔다. 그 미친 듯한 매질을 임방울은 가슴이 찢어지는 울음을 삼키며 다 당했고, 찢어지고 터지고 멍이 드는 제자의 온몸을 정신없이 두들겨패는 스승에게도 거친 숨소리 사이로 숨죽인 울음소리들이 묻어 있었다.

예술에 대한 집념을 목숨처럼 걸어놓은 스승과 제자 사이의 이러한 울먹임이 없었던들 어찌 훗날의 〈쑥대머리〉 신화'가 가능했겠는가. 그곳에서 임방울은 몇 차례나 피를 토했고 그때마다 똥국을 마셨다고 한다. 똥국이란 비 맞지 않은 똥통에서 오랜 세월 곰삭은 똥물을 떠서 채에 거른 것이다. 온몸을 비틀어 소리를 내지르다 보면 그 소리에 울리어 몸의 곳곳에 멍이 들게 마련이고, 그렇게 왼 삭신에 든 골병을 추스르는 데에는 그 똥국 이상 가는 약이 없다고 소리꾼들은 한결같이 말한다. 그 똥국이라야 온몸의 얼이 풀릴 뿐만 아니라 목에도 새로운 힘이 붙는다는 것이다.

임방울에게는 또 '달아맨 토끼'라는 별명이 있었는데, 그것은 양손바닥으로 입술 언저리를 번갈아 쓰다듬는 그의 평소의 버릇도 버릇이려니와 틈이 생길 때마다 입을 놀리지 않고 뭐라고 군목질을 하는 버릇 때문에 동료 가객 조몽실이 그에게 지어준 것이라 한다. 길을 걸을 때나 화투표를 떼고 있을 때나 변솟길을 나다닐 때나 그는 언제나 입안엣소리로 소릿길을 다듬고 또 다듬고 했었다고 한다. 판소리에 달아매여 한평생을 보낸 그에게 '달아맨 토끼'는 어쩌면 썩 어울리는 별명일 듯도 하다. 이와 반대들로 군실거리는 온몸을 긁어가면서 피를 쏟으며 똥국을 마시며 잠시도 쉬지 않고 소릿길을 다듬어내는 그의 판소리예술에 대한 집념이야말로 열광하는 청중들을 창출해낼 수 있었던 가장 소중한 밑천이었을 것이다.

판소리예술에 대한 임방울의 집념과 긍지는 실로 남다른 데가 있었다. 그는 성품이 온후하여 남과 다투기를 싫어했고, 다정다감하여 마음이 무척 여린 편이긴 했지만 그는 그 다장다감함과 더불어 칼날 같은 단호한 일면을 항상 지니고 있기도 했다. 당시 수많은 소리꾼들이 습관적으로 즐겼던 아편을 그는 절대로 가까이 하지 않았다. 그가 겪어야 했던 모든 인간적 고통들에 대하여 정면으로 맞서기 위한 이러한 성실성과 단호함이 없었더라면 그는 아마 쉽사리 삼류가객으로 전락하여 오늘날의 임방울이 되지는 못하였을 것이다. 그는 목을 아끼기 위하여 술도 거의 입에 대지 않고 살았다. 마음 약한 그로서는 그것 또한 보통 어려운 일이 아니었을 것이다. 소외당하는 판소리가객의 사회적 절망과 그 고통을 달래기 위하여 많은 가객들이 술로 세월을 보냈고 '밑 빠진 항아리'라는 별명의 동료가객 조몽실 같은 이는 실제로 술에 취하여 밤새도록 〈심청가〉를 부르다가 울다가 그대로 쓰러져 자는 듯이 숨이 끊어지던 그런 분위기 속에서 그는 목숨을 위해서가 아니라 목을 지키기 위해서 한사코 술을 멀리하였다. 술자리에 앉으면 그는 꼭 술 대신 사이다를 따로 청해서 마셨고(망우리에 있는 그의 묘소에 성묘를 하는 유족이나 후배 국악인들은 지금도 그 묘 앞에 사이다를 따라놓고 성묘를 한다고 한다) 기어이 누가 술로 잔을 채워주는 경우에는 젓가락으로 그 술을 찍어 맛보는 시늉을 하면서 "그 술맛 참 조오타"고 너스레를 떨면서 좌중을 웃기곤 했을 뿐이었다.

다정다감했던 임방울에게는 물론 따르는 여인들도 많았었다. 그와 애정관계를 가진 여인들이 "숫자로 치자면 아마 한 도락구(트럭)도 넘을 것"이라는 미망인 박오례 여사의 말마따나 그의 여성편력은 꽤나 화려했었던 것으로 알려져 있다. 그러나 여인과의 사랑에 빠져서 목이 부러지는 (소리가 잘 나오지 않게 되어버리는) 일이 더러 있기도 했었지만 그때마다 그는 바람처럼 여인 곁을 훌훌이 떠나 아무도 몰래 깊은 산중 암굴로 들어가서 들고 간 목침이 북채에 다 닳아서 장구통 허리같이 잘룩해질 때까지 일 년이고 이 년이고 목을 세우는 일에 온갖 공력을 쌓았다고 한다. 그의 제자이며 정읍국악원 원장으로 후진을 기르다가 타계했던 임준옥씨의 회고담에 의하면 임방울 명창은 여성관계에 관한 한 두 가지 원칙에 철저했었다고 하는데, 그 하나는 가는 사람 절대로 붙잡지 않는 것이요, 또하나는 한번 헤어진 사람과는 두 번 다시 정을 잇지 않는다는 것이다.

그에게 있어 여인들과의 사연은 더러는 목을 부러지게도 하였지만 결과적으로는 그의 소릿길을 보다 깊이 있게 다듬어나가는 데 있어서 오히려 없어서는 안 될 자극제였는지도 모를 일이다. 그가 가정사나 세상사에 얽매이지 아니하고 한평생을 가객으로 떠돌아 다녔던 것과 마찬가지로 진짜 광대이기 위하여 그는 술이나 아편 그리고 어느 여인으로부터도 자유로워야 했을 것이다. 그 자유란 얼마나 칼날 같은 단호함에 의해서만 얻어질 수 있었던 것이랴. 남 달리 다정다감하고 마음 약한 그였기에 진짜 광대이기 위한 그 칼 날 같은 단호함은 오늘날 돌이켜볼 때 비정함보다는 오히려 비장 한 감개를 불러일으킨다.

판소리사의 흐름으로 볼 때 그가 명창으로서 활약하던 시기는 판소리의 퇴조기에 해당된다. 판소리는 그 이전부터 창극화하여 창극 붐을 이루는가 싶더니, 그것도 잠시뿐 그 창극은 금새 서양문 화들에 압도되어 시골뜨기문화로 시들어가고 있었던 것이다. 열광 하던 청중들이 갈수록 줄어드는 가운데 그는 당시 성행하던 창극 을 가급적 멀리하고 홀로 판소리의 법통을 지켜 이 지방 저 마을로 포장걸립패들을 이끌고 남아 있는 판소리 청중들을 찾아다녔다. 그가 염두에 둔 대상은 이제는 양반좌상도 대감님도 상감님일 수 도 없었다. 판소리를 사랑하는 서민들이 그가 찾아다니던 주된 청 중들이었다. 그의 선배 가객들 세대에는 어전에 불려가 소리를 하 는 것이 큰 영광이었고 그럼으로써 감찰이니 통정이니 의관이니 하는 벼슬을 얻어 소리꾼들이 숙명처럼 지니고 살던 신분상승에 대한 집념들을 어느 정도 만족시킬 수 있었지만 임방울 대에 이르 러서는 선배 가객들이 누렸던 그런 사회적 보장도 없었고 그의 후 배 소리꾼들처럼 인간문화재로 선정되어 국가적 차원의 보호를 받 아보지도 못한 채, 그 어간의 판소리문화의 사각지대에서 그는 오 로지 판소리를 위해서 고군분투한 쓸쓸한 가객이었다.

그러나 그러한 사회적 소외감은 오히려 19세기 이후 양반의 입김으로 경직되어가던 판소리를 해방시키어 판소리 본래의 발랄성과 자유분방한 정서를 회복시키는 계기가 될 수도 있었다. 임방울의 소리에서는 양반좌상의 입김에서 벗어난 그 서민적 발랄성과 자유분방한 정서가 회복되고 있는 분위기를 생생하게 느낄 수 있다. 또 무형문화재로 보호를 받아야만 하는 판소리사적 인공호흡기 직전에 판소리의 진면목을 보여준 마지막 불꽃이었다는 점에서 임방울의 판소리는 중요하게 되새겨지고 있는 것이다. 그 어느 사회적 보장도 보호도 받아보지 못한 대신, 양반들의 입김으로 시들어가던 서민정신을 회복할 수 있었다는 것은, 그의 타고난 천재와 뼈를 깎는 공력과 사회적 소외감이 역설적으로 빚어낸 위대한 결과라고 아니할 수 없겠다.

어려운 생활여건 속에서도 남의 도움을 결연히 거절해버리고 끝끝내 가난하고 불우했던 임방울, 지방공연에 초청받아 내려갔다가도 마중나온 사람이 없으면 더 물을 것도 기다릴 것도 없이 곧장 되돌아와버리던 임방울, 소리꾼의 품위를 지키기 위하여 격이 낮은 노래들(〈육자배기〉〈흥타령〉 등)을 끝끝내 부르지 않던 임방울, 일본에 초청공연을 다녀온 뒤 정보부에 끌려가 말 못 하게 당한 뒤로 시름시름 앓다가 마침내 타계하고 만 우리의 가객 임방울.

1961년 3월 10일, 한국 국악사상 처음으로 '국악예술인장'으로 거행된 그의 화려했던 장례식이 그의 불행했던 일생과 다정다감한 성품과 위대한 예술에 대하여 과연 어느 만큼이나 값하는 것이었는지는 가늠할 수 없거니와, 찬란한 진달래꽃밭처럼 흐드러지던 그의 목소리는 지금 전남 송정시에 있는 시립공원에 적막한 기념비(1986년 9월에 세워짐)로 서서 오가는 이들의 발길을 멈추게 한다.

유민(流民)의 떼주검을 짊어지고
— 〈가루지기타령〉 해설

〈가루지기타령〉은 일명 〈변강쇠타령〉이라고도 한다. '가루지기'란 사람이 죽어 치상을 할 때 시체를 가로로 눕혀 등에 짊어지고 가는 민속적 사실을 이름이다. 천민들의 짓밟힌 삶의 모습과 그 죽음을 소재로 삼은 내용이기 때문에 다분히 비장한 분위기를 자아냄직하지만 비장한 내용일수록 그 골계는 더 진해지고 경우에 따라서는 원색적 음담조차도 서슴지 않는다. 아니, 경우에 따라서가 아니라 이 〈가루지기타령〉은 그 비극적 줄거리가 숫제 주인공 남녀의 음란함을 통하여 엮어지고 있다.

중년에 맹랑한 일이 있던 것이었다. 평안도 월경촌에 계집 하나 있으되, 세류같이 가는 허리 봄바람에 흐늘흐늘, 찡그리며 웃는 것과 말하며 걷는 태도, 서시와 포사라도 따를 수가 없건마는 사주에 청상살(靑孀煞)이 겹겹이 쌓인 고로 상부(喪夫)를 하여도 징글징글하고 지긋지긋하게 단 콩 주워먹듯 하것다.

　열다섯에 얻은 서방 첫날밤 잠자리에 급상한(急傷寒; 지나친 성행위로 인한 병)에 죽고, 열여섯에 얻은 서방 당창병(唐瘡炳; 화류병)에 튀고, 열일곱에 얻은 서방 용천병(문둥병)에 펴고, 열여덟에 얻은 서방 벼락 맞아 식고, 열아홉에 얻은 서방 천하에 대적으로 목 떨어지고, 스무살에 얻은 서방 비상 먹고 돌아가니 서방에 퇴가 나고 송장치기 신물난다.

　한 여인의 이렇듯 지긋지긋하게도 기구한 생애가 '죽다'라는 말의 변형들(튀고, 식고, 펴고, 떨어지고, 돌아가고 등)을 통하여 회화화(戱畵化)하는 첫 대문에서부터 이 이야기의 전개양식은 못이 박힌다. 즉 그 어떤 비극일지라도 그것들을 서슴지 않고 골계화하여 즐기고자 하는 판소리 특유의 인생 태도다. 인생비극에 신물이 난 하층 유랑민 계급들에 있어서 그것은 오히려 자연스러운 삶의 슬기일지도 모른다. 그러나 이야기가 너무 비극적인 것이어서인지 그 비극들을 이완시키고자 하는 골계들은 다른 판소리들에서 동원되는 골계처럼 탄력성이 없다. 너무나 음담 일색으로 경직된 그 골계의 한계가 어쩌면 이 〈가루지기타령〉의 판소리로서의 음악적 생명을 끊어지게 한 원인이었는지도 모를 일이다.

　여주인공 옹녀의 기구함은 점점 더 절망적인 상황으로 치닫고 절망적 상황이 짙어지면서 음란한 말씨들도 따라서 점점 더 가열된다.

　이삼 년씩 걸러가며 상부를 할지라도 소문이 흉악할 터인데 한 해에 하나씩을 처치하되 이것은 남이 다 아는 기둥서방, 그 밖에도 간부, 애부, 거두모리(옷을 입은 채 다급하게 하는 성교), 새호루기(새처럼 얼른 하는 성교), 입 한번 맞춘 놈, 젖 한번 쥔 놈, 눈흘레한 놈, 손 만져본 놈, 심지어 치맛자락에 상척자락(변태적 성행위) 얼른 한 놈까지 대고 결단을 내는디, 어떻게 쓸었던지 삼십 리 안팎에 상투 올린 사나이는 고사하고 열다섯 넘은 총각도 없어 계집이 밭을 갈고 처녀가 집을 이니 황해 평안 양도가 공론하되 이년을 두었다는 우리 두 도에 좆 달린 놈 다시 없고 여인국이 될 터이니 쫓을밖에 수가 없다.

옹녀는 이리하여 삶의 터전을 빼앗기고 쫓겨날밖에 다른 수가 없다. 그러나 자신의 기구한 운명에 얹어지는 가혹한 시련에 대하여 "황해 평안 두 곳 아니면 살 데가 없다더냐, 삼남 좆은 더 좋다더고" 하며, 악을 쓰면서 분단장 곱게 하고 "행뚱행뚱거리며" 쫓겨난다.

생활 근거를 빼앗기고 쫓겨나야 하는 비참함이나 기구한 팔자에 얼룩지는 눈물 따위는 아예 개입할 여지가 없다. 정처없이 삼남(三南)을 향하여 떠내려가던 옹녀는 청석골 좁은 길목에서 천하잡놈인 변강쇠를 만난다. 오죽 많은 사연으로 얼룩져 있는 생애일까마는 모두 뭉뚱그려 "천하잡놈"으로 간단히 요약되어버린 변강쇠다.

몇 마디 수작으로 당장 겉궁합이 맞아떨어진 두 남녀는 즉석에서 해괴한 결혼을 한다.

둘이 손길 마주 잡고 바위 위에 올라가서 대사(大事)를 지내는데 신랑 신부 두 연놈이 이력이 찬 것이라 이런 야단이 없구나. 멀끔한 대낮에 연놈이 훨쩍 벗고⋯⋯

옹녀와 변강쇠는 처음 만나자마자 국문학사상 음란하기로 손꼽히는 기물타령(器物打令, 서로 상대방의 성기를 들여다보며 갖은 비유를 다 동원하여 묘사하는 노래)을 즐긴다. 그들의 비길 데 없는 음란한 행위는 그들이 두르고 사는 비길 데 없는 절망의 또다른 표현이었을 것이다.

기물타령에 동원되는 비유들(제사 음식이나 세간 등)을 통하여 간접적으로 느낄 수 있는 바이기도 하지만, 이렇듯 결합한 두 남녀에게 있어서 유일한 최대의 꿈은 안정된 생활이다.

떠돌이 인생을 청산하기 위하여 그들은 갖은 고생을 다 겪으며 이곳저곳 도회지를 떠돌지만, 게으름과 잡기질이 고작인 변강쇠는 점점 더 사회적으로 소외되고 있을 뿐이었다.

그의 게으름과 잡기질이 그를 소외시킨 것인지 아니면 사회적 소외가 그처럼 만든 것인지 더 따져야 할 일이거니와 아마도 그가 받은 사회적 소외를 희화화하기 위하여 마치 그의 게으름이나 잡기질이 소외의 원인인 것처럼 다루었을 것이다.

두 주인공은 지리산 산중에까지 흘러들어와 어느 폐가를 발견하고 그곳에서 마침내 꿈에 그리던 정착생활을 하게 된다. "부엌에 토정 걸고 방 쓸어 공석(빈 가마니) 펴고 낙엽을 긁어다가 저녁밥 지어 먹고 터 누르기 삼삼구를 밤새도록 한 연후에 강쇠의 평생 행세 일하여본 놈이냐 낮이면 잠만 자고 밤이면 배만 타니…… 굶어 죽기 고사하고 우선 얼어 죽을 테니……"

옹녀는 우선 땔나무나 좀 해달라고 간청한다. 게으른 강쇠는 땔나무 대신 길가에 있는 장승을 뽑아오고, 옹녀는 기겁을 하면서 저 장승을 패서 때면 장승 동티가 난다면서 도로 가서 꽂아놓고 오라고 채근이다. 그러나 강쇠로서도 할말이 있다. 역사상 부당하게 불에 타죽은 충신들을 열거하면서 "참 사람이 타 죽어도 아무 탈도 없는" 세상에 나무로 된 장승쯤 패어 땐들 어떠랴 하고 오히려 호령이다.

강쇠에게 있어서 장승이란, 그것이 행정구역을 표시하는 이정표의 기능도 하고 있음을 감안할 때 그의 지긋지긋한 떠돌이 생활을 숙명적으로 지속시키는 불길한 상징처럼 보였을지도 모른다. 그가 떠도닐던 방방곡곡의 모든 장승들은 유랑민에게 있어서 반가운 이정표가 아니라 어쩌면 방방곡곡에 사무친 떠돌이 인생의 해묵은 상처(사회적 배반감)들을 자극하는 원망의 대상일 수도 있었을 것이다. 모처럼 안정을 누리고자 하는 강쇠에게는 그것이 자기의 꿈을 비웃고 있는 듯한 자극을 주기도 했을 것이다.

장승은 또한 관권의 상징으로서 그를 떠도니도록 만든 사회적 분노의 표적이기도 했을 것이다. '도끼를 들고 달려들어 장승을 쾅쾅 패어 군불을 많이 넣고……' 강쇠 부부는 또 질펀한 사랑놀음을 즐기지만, 그러나 강쇠는 결국 옹녀가 염려했던 대로 장승 동티가 나서 죽는다. 험상궂기 이를 데 없는 그의 주검은 옹녀의 미색을 탐하는 여러 부류 유랑민들의 죽음을 가져오고, 그들 유랑천민들(중, 초라니, 마종패, 각설이, 사당패 등)의 허망한 떼죽음과 그 떼죽음에 연줄연줄 늘어붙는 기괴한 운상행렬은 이 이야기의 절정을 이룬다.

합리주의자 신재효는 이야기를 호색(好色)에 대한 경계를 내세워 도덕적 교훈적으로 맺어놓고는 있지만, 그 결말은 그야말로 결말을 위한 결말일 뿐이다. 강쇠의 급작스런 죽음은 그의 호색과 나태함에 대한 징계라기보다는 다른 유랑민들의 참상을 도입하기 위한 계기로 작용하기 때문이다.

희화화된 떼죽음의 데몬스트레이션을 통하여 작자가 최종적으로 강조하고자 하는 바는 당시 유랑천민들의 절망적 세계관이었을 것이다. 그러나 봉건사회의 한계에 이미 익숙한 작자로서는 더이상 작가적 의지를 형상화시킬 수가 없었을 것이다. 그런저런 이유로 하여 방향감각을 잃어버린 유랑민들의 비극, 탄력을 잃고 경직되어버린 골계, 그런 함정들을 피하지 못한 채 우리의 〈가루지기타령〉은 그 음악적 생명이 끊기고 겨우 사설만 남아서 전해온다.

토끼 간 대신 토끼 똥이나 한 움큼
―〈수궁가〉 해설

　판소리 다섯 마당 중에서 〈수궁가〉는 '바싹 마른 노래'로 알려져 있다. 다른 판소리들에 비하여 눈물과 익살이 그만큼 빈약하다는 얘기이다. 그럼에도 불구하고 다른 네 마당의 판소리와 더불어 〈수궁가〉가 그 음악적 생명을 유지하고 있는 이유는 무엇일까.

　쉽사리 단정지을 성질의 것이 아니긴 하지만 아마도 그 처절함이나 익살을 통한 감칠맛을 보상하고도 오히려 남는 그 어떤 요소가 내재되어 있음이 분명하다. 그 요소란 다름아닌 판소리의 근간을 이루는 서민정신이 그 어느 판소리에서보다도 대표적으로 집약되어 있기 때문이 아닐까 여겨진다.

　판소리들이 다 그렇듯 〈수궁가〉의 작자와 연대도 정확하지 않다. 고대 인도의 본생담(本生談)이나 중국의 불경에 토대를 두고 삼국시대부터 전해오던 '구토지설(龜兎之說)' 즉 거북이와 토끼의 이야기가 구전되어 이조 후기 십칠팔세기경에 판소리화 내지 소설화해온 것이다. 따라서 〈수궁가〉 외에도 〈토끼타령〉〈별주부타령〉 「토끼전」「별주부전」〈토별가〉 등등 20여 종의 이본들이 전해오고 있다.

이본들마다 약간씩의 차이가 있기는 하지만 용왕의 병을 고치기 위한 자라의 충성심과 자라의 꼬임에 빠졌다가 아슬아슬하게 목숨을 건진 토끼의 재치가 그 기본 골격인 점에서는 여러 이본들의 내용에 큰 차이가 없다. 그리고 자라의 충성과 토끼의 재치를 바라보는 작가군들의 시각도 토끼의 재치에 구심점을 이루어 자라의 충성심을 야유하고 있는 점에서 한결같다.

『삼국사기』의 '구토설화'는 토끼-김춘추, 용왕-고구려왕이라는 우의가 현실적으로 재구성되어 인과니 윤회니 하는 종교적 색깔을 벗고 현실화하는 변용을 보여준다. 용궁이 곧 조정이고 용왕은 곧 임금이라는 등식이 고정관념화하는 가운데 전래되어온 이 설화는 이조 후기 서민의식의 대두와 더불어 당시의 왕과 그 조정에 대한 신랄한 풍자로 발전될 가능성을 풍부히 지니고 있었다. 더구나 그것이 우화라는 안전장치로 되어 있었기에 당시의 시대상황에 대한 비교적 활발한 비판, 풍자가 가능했을 것이다.

주색에 곯은 용왕이 병이 드는 데서부터 이 이야기는 시작된다.

나랏일에 골몰하다가 얻은 병이 아닌 점에서 용왕의 병은 이미 그 누구의 동정조차도 받지 못하도록 되어 있다. 그렇기에 토끼의 간이 특효약으로 알려지고 토끼 간을 구하기 위한 어전회의가 열렸을 때, 회의에 참석한 조관들의 의복에서 "나야 할 향내는 아니 나고 속 뒤집는 비린내가 생선시장을 방불케 한다"는 표현이라든지, 회의를 소집한 용왕을 "팔월 대목장날 생선전의 도물주"로 서슴없이 희화화시키는 작가군의 태도에서 용왕의 병은 염려나 동정

의 대상이 아니라 이미 야유의 대상임을 넉넉하게 짐작할 수 있는
것이다. "경들 중에 어느 누가 세상에 나가 토끼를 잡아올꼬?" 하
는 용왕의 간절한 제의에도 불구하고 서로 얼굴만 쳐다볼 뿐 만조
백관들은 아무런 대답이 없다.

하는 수 없이 토끼 잡아올 신하들을 추천하게 되는데, 추천받는
신하들마다 그것을 받아들이기는커녕 추천하는 사람에 대한 불만
만 대단하다. 용왕이 직접 추천하고자 하나 주색에 곯아 판단력이
마비된 상태에서 추천된 신하들—조기 메기 도미 올챙이 등은 모
두 적임이 못 된다.

결국 자라가 나타나서 난처했던 모임은 일단 수습이 되지만, 이
어전회의에서 보이는 작가군의 공통된 태도는 바로 당시의 조정에
대한 야유적인 서민감정을 서슴없이 표현하고 있다. 토끼를 잡아
오지 않으면 왕이 죽는 화급한 상황임에도 불구하고 만조백관들은
모두 발뺌에 급급할 뿐 아니라 화급한 문제는 제쳐두고 문신·무신
간에 자파의 이익과 안전만을 꾀하는 어이없는 파쟁으로 번지고
마는 것이다.

위기에 직면하고도 충신을 찾기 어려운 조정, 판단력을 상실하
고 절대적 권위가 무너지고 있는 왕권과 그 조정을 야금야금 즐기
고 있는 작가군의 모습이 너무나 역연하다. 이 어전회의의 분위기
야말로 왕권의 타락과 무능에 대한 필연적인 반응의 축도이며 거
기에 대한 서민들의 통절한 야유이다.

토끼를 잡아와야 하는 막중한 임무로 육지에 오른 자라는 남생
이의 도움을 얻어 토끼가 참석하는 육지동물들의 모족회의(毛族會
議)에 찾아온다. 이 모임은 수중의 어전회의와는 달리 분위기가 자
못 서민적이다. 수궁과 육지의 이러한 대조는 물어볼 것도 없이 지

배층과 피지배층의 의도된 병치일 것이다.

같은 모족(毛族)이면서도 인간의 앞잡이가 되어 다른 모족들을 괴롭히는 사냥개가 이 모임의 성토 대상이다. 당시 지방사회의 한 모습을 찾아보게 하는 이 모임은 앞서의 어전회의에 못지않게 여러 가지 문제점을 제시해주고 있다.

다른 모족들을 생명의 위협으로부터 보호해야 마땅한 호랑이에게는 실상 인간의 앞잡이인 사냥개를 제어할 능력이 없다. 능력도 없으면서 상좌에 앉아 거드름만 피우는 호랑이, 보호는커녕 오히려 해만 끼치는 호랑이, 그러기에 그 호랑이는 자라 같은 하찮은 짐승으로부터 사타구니를 물리는 곤욕을 겪으며 달아나버릴 수밖에 없도록 되어 있다.

멧돼지로 하여금 그 새끼를 호랑이의 점심으로 제공하게 하는 간교한 여우는, 그 간교함으로 호랑이의 비호를 받으며 우쭐거린다. 자식을 호랑이의 점심으로 빼앗길 수밖에 없는 멧돼지는 원통함을 참을 길 없어 백새금치(사금파리)를 입에 물고 으드득으드득 깨물고만 있다.

힘이 센 다른 모족들의 요청으로 하는 수 없이 월동할 양식(도토리·밤)을 송두리째 빼앗기는 다람쥐. 자기 양식만 빼앗기는 것이 억울하여 쥐의 양식까지 함께 빼앗아달라고 간청하는 다람쥐 때문에 힘이 약한 쥐 또한 다람쥐와 함께 양식을 송두리째 빼앗기고 만다. 아무런 신통한 의견도 결론도 없이 이러한 참상들만 보여주고 있는 모족회의는 그 당시 서민사회의 비정한 단면도일 뿐만 아니라 현대사회에서도 어렵지 않게 찾아볼 수 있는 모습들일 것이다.

드디어 토끼를 만난 자라는 토끼를 꼬이기 시작한다. 그리고 토끼는 그 꼬임에 빠져들 수밖에 없는 입장이다. 자라 앞에서 제법

호기롭게 산중생활의 유유자적을 뽐내보기도 하지만 실상은 여러 가지 생명의 위협으로부터 전전긍긍하는 자신의 산중생활을 토끼는 더이상 감출 수가 없다. 그리고 자라의 달콤한 꼬임 앞에서 더이상 자신의 비참한 생활을 감당할 수가 없다. 마침내 작정을 하고 자라를 따라나선 토끼는 그리하여 꼼짝없이 죽어야 하는 위기에 처하게 된다.

그러나 주색에 곯아 이미 판단력이 마비된 용왕은 토끼로부터 어떻게 우롱을 당했던가. 용왕의 신임을 얻게 된 토끼는 용궁 안에서 얼마나 뻔뻔스럽게 당대사회의 탐관오리의 흉내를 골고루 내어 당대의 서민들을 고소하게 해주었던가. 끝끝내 토끼의 배를 갈라보자고 읍소하던 자라는 또 어떻게 토끼로부터 복수를 당했던가.

토끼를 은밀히 초대하여 토끼의 잠자리에 아내를 바치면서까지 토끼의 비위를 맞추어야 했던 만고충신 자라의 참담함이나 토끼 간 대신 토끼 똥이나 한 움큼씩 얻어 먹으며 끝끝내 우롱만 당하는 왕권 등등…… 그런 이야기들은 옛날부터 우리나라 사람들에게는 너무나 잘 알려져 있다. 자라의 지극한 충성심은 왜 그처럼 농락의 대상일 수밖에 없는가를 새삼스럽게 의심할 사람은 아무도 없을 것이다. 어진 임금이 아닌, 암주에게 바쳐진 충성심 때문에 자라는 그처럼 형편없이 참담해져야 했던 것이다. 그 참담함에 대하여 욕심껏 당연성을 부여해놓은 작가군들은, 그러나 짐짓 자라의 그 지지리도 못난 충성심을 이야기의 표면 주제로 내세움으로써 이 세상을 향하여 충성의 참뜻을 끊임없이 되묻게 하고 있다.

부록

식민지시대 유성기 음반에 취입된 판소리 단가

1. 〈불수빈〉 정정렬 창
2. 〈고고텬변〉 임방울 창
3. 〈로화월〉 심상건 창
4. 〈조어환주〉 이소향 창
5. 〈초로인생〉 오태석 창
6. 〈편시춘〉 이선유 창
7. 〈대관강산〉 이금홍 창
8. 〈진국명산〉 박록주 창
9. 〈텬지광탕〉 이선유 창
10. 〈초한가〉 김유앵 창
11. 〈초한가〉 김옥선 창
12. 〈백구야 날지 마라〉 권농선 창
13. 〈강상풍월〉 박소춘 창
14. 〈운담풍경〉 강춘섭 창
15. 〈청춘원〉 이소향 창
16. 〈어화 세상〉 오비취 창
17. 〈죽장망혜〉 이동백 창
18. 〈죽장망혜〉 오비취 창
19. 〈태평천지〉 오비취 창
20. 〈명기명창〉 박소춘 창
21. 〈청류원〉 정남희 창
22. 〈청춘을 허송 마라〉 정남희 창
23. 〈가자 어서 가〉 오비취 창
24. 〈경기가〉 정남희 창
25. 〈탐승가〉 정남희 창
26. 〈남원산성〉 조농옥 창
27. 〈화류정한〉 정남희 창
28. 〈천하태평〉 신숙 창
29. 〈청루가인곡〉 정남희 창
30. 〈몽유가〉 심상건 창
31. 〈소상팔경〉 심상건 창
32. 〈소상팔경〉 이화중선 창
33. 〈만고강산〉 이화중선 창
34. 〈팔도강산〉 박중근 창
35. 〈싹타령〉 한농선 창

1. 〈불수빈(不須嚬)〉: 리갈 186-A, B

창 정정렬 북 한성준

歲月이 無情터라 어화 少年들 白髮더러 웃들 마소 어제 靑春 오날 白髮 어이안이 寒心한가 章臺의 일등 美色들아 豪俠타고 자랑 말아라 西山에 지는 해 그 뉘라禁止하며 滄海로 흘으는 물 다시 오기 어려워라 堯舜 禹湯 文武 周公 孔孟 顔曾 대성현은 道德이 貫天하야 萬古 聖賢 일녓것만 微微한 人生들은 그 어이 알러 보리姜太公 黃石公과 史馬 相如 孫臏 吳起 戰必勝功必取난 萬古 名將을 일럿스되 한 번죽엄 못 免하고 覓羅水 맑은 물은 屈三閭의 忠魂이요 湘江水의 성긴 비는 伍子胥의精靈이라 採薇하던 伯夷 叔齊 首陽山에 餓死하고 말 잘하던 蘇秦 張儀 列國 諸王 다달래고 閻羅王을 못 달래여 春風細雨 杜鵑聲에 一墳土만 凄凉쿠나 統一天下 秦始皇阿房宮 놉히 짓고 萬里城을 싸은 後에 六國諸侯 朝貢 밧고 三千宮女 侍衛하야 童男童女 五百人 三神山 不老草를 求하려고 보낸 後에 消息좃차 頓絶하고 沙丘平臺 점은날에 儷山 荒草샏이로다

力拔山 楚覇王은 時不利兮騅不逝라 虞美人의 손을 잡고 눈물 섞려 離別할 제 烏江 風浪에 七十三戰이 可笑롭다 東南祭風 木牛流馬 上通天文 下達地理 前無後無 諸葛孔明 亂時奸雄 魏王 曹操 暮煙秋草 凄凉하고 司馬遷 韓退之와 李太白 杜牧之는 時賦中의 文章이요 越 西施 王昭君 虞美人은 萬古絶色 일럿스되 荒凉 古家이 되야 잇고八百長壽 彭祖壽며 三千甲子東方朔도 此一時 彼一時라 安期生 赤松子는 東海上의 神仙이라 일럿스되 말만 듯고는 보든 못하얏다 아서라 風伯에 붓친 몸이 아니 놀고무엇헐거나 거드렁거려 놀고지고 환한 路柳嬙花 조흔 놈 썩들 말고 량손에다가부여잡고 흔들거리고 노라보자

歸不歸 (리갈 105-A, 창 박록주)
백발가 (리갈 347-A, 창 조앵무)

254

2. 〈고고텬변(皐皐天邊)〉: 리갈 124-A

창 임방울

고고텬변 홍일광 부상에 놉히 써 양곡에 자진 안개 월봉으로 돌고 돌아 어뎡 촌 개 짖고 회아봉 구름이 썻다 로화난 다 눈 되고 부평은 물에 둥실 어룡은 잠자고 자규새 펄펄 나라든다 동뎡여텬파시츄 금정추파가 여긔라 압발노 벽파를 썩어당겨 뒷발노 창랑을 탕탕 요리저리 저리요리 앙금싹실 써—사면 바라보니 디광은 칠백리요 파광은 텬일색인데 텬외 무산십이봉은 구름 밧게가 멀고 해외소상에 일쳔 리 눈앞에 집이로다 오초는 어이하여 동남으로 버렷고 건곤은 어이하야 일양에 둥실 써—남포로 가는 져 배 쏘각달 무간 속에 초회왕의 원혼이요 모래 속에가 장신하야 천봉만학을 바라보니 만정대 구름 속 학선이 우러 있고 칠보산 비로봉은 허공에 솟아 게산파무을 차아 산은 층층 높고 경구무풍야자파 물은 풍풍 깊고 만산은 우루루 국화는 졈졈 락화는 동동 장송은 락락 느러진 장송 펑퍼진 썩갈 다래 몽몽 칙년출 머루 다래 기릅 버들 벗나무 오미자 치자 감자 대초 가진 과목 얼크러지고 뒤트러저서 구부 친친 감겻다 어선은 도라들고 백난분 비 갈맥이 해오리 모판에 원앙새 강상 두루미 수만은 쎄펑이 소청작긔완하든 만수문장의 봉황새 량량 장과 사랑한다고 원앙새 칠월칠석 다리 놋턴 오작이

3. 〈로화월(蘆花月)〉: 빅타 49088-A

가야금병창 심상건 장고 한성준

客來問我興亡事 咉指蘆花月 一船楚江 漁夫가 빈 배 騎鯨仙子 간 然後 空秋月之團團 자라 등 저 달을 실어라 우리 故鄕을 어서 가자 寒山 弄明月 遠近 山이 조흘시고 皐皐天邊 日輪紅 扶桒에 놉히 썻다 蘆花는 다 눈 되고 子規새 펄펄 나라드는데 洞庭如天에 波時秋 金聲秋波가 여긔라 압발노 碧波를 썩어다리며 뒷발노 滄浪을

蕩蕩 요리조리 양금 쌀쌀 놉히 써 洞庭 七百里 四面으로 바라보아 綠陰은 욱어지고 芳草는 푸르러 압내 버들은 柳綠쟝 두르고 뒤내 버들은 靑浦쟝 둘너 한 가지 씨여지고 한 가지 느러저 春悲春興을 못 이기여 狂風이 건듯 흔들흔들이 넘노는데 치어다보느냐 萬岳은 千峰 내려 굽어보니 白沙地 쌍이라 허리 굽고 늙은 長松은 狂風을 못 이기어 우줄우줄 춤을 추고 이 골 물이 주루룩 저 골 물이 콸콸 열에 열두 골 물 한 데로 合水하여 千方저 地方저 江邊에 내리처 드러처 건는 屛風石 아조 마주 따려 추렁청 뒤둥구려저 산이 울녕거려 떠나간다 어듸매로 가자느냐 아마도 네로구나 요런 景致가 또 잇나

客來問我興亡事 (콜롬비아 40486-B, 창 김갑자 북 한성준)
고고텬변 (시에론 118-A, 창 임방울 반주 김연수)

4. 〈조어환주(釣魚換酒)〉: 리갈 128-A

창 이소향

世上 功名 浮雲이라 江湖 漁翁 되야보자 一葉片舟 흘니 저어 任其所之하올 적에 萬頃蒼波 써나간다 舟輕하니 山似舟요 波急하니 野如舟라 銀鱗玉尺 펄펄 쒸고 白鷗翩翩 빗겻난데 淸風은 徐來하고 水波는 不興이라 左右 山川 바라보니 景槪無窮 조흘시고 隔岸 前村 兩三家에 저녁 煙氣 니러나고 半照入江半石壁에 거울낫을 어렷서라 언덕 우에 樵童이요 石壁 下에 漁翁이라 滄浪 一曲 반겨 듯고 소래 좃차 내려가니 嚴陵 여울을 다다럿다 景槪 無窮이 조흘시고 千尺斷崖 놉흔 곳에 蒼松玉竹 푸르럿고 七里 淸灘 고요한데 雙雙 오리가 놉히 써 兩個 漁翁 흘님낙시 巨口細鱗 낙가내여 고기 주고 슐을 사 醉케 먹기를 盟誓한다 嗚呼라 世上事가 如夢이라 擧匏樽而相囑하야 壺裏乾坤 되오리라 路柳墻花를 썩거들고 淸風明月을 노라보자

256

5. 〈초로인생(草露人生, 공도난이)〉: 리갈 130-A

창 오태석

公道나니 白髮이요 못 免할 건 죽엄인데 天皇 地皇 人皇氏며 神農氏 軒轅氏와 堯舜 禹湯文武 周公 德行 업서 崩하신가 萬古英雄 秦始皇은 阿房宮을 사랑삼고 儷山 秋風 葬事할 제 世上事 可笑롭다 娼家少婦 不須頻하라 桃園桃李 片時春을 아니 놀고 무엇하리 牛山에 지는 해는 어느 丈夫 잡아매며 滄海流水 흘으난 물은 어느 丈夫 막을소냐 世上事 쓸데업다 景槪 조흔 곳 차자가자 竹杖 집고 芒鞋 신어 勝地江山을 求景할 제 廬山 瀑布 구경하고 五湖로 돌아드니 竹林七賢 다 모혓다 寧戚은 소를 타고 孟浩然은 나귀 탓네 杜牧之를 보이랴고 白樂天邊 내려가니 張○은 乘搓라 孟東野 널고 널은 들로 臥龍崗을 나려갈 제 그 뒤에 짤닌 少年들은 學少年이라 하는매라 雲無心而 出岫하고 鳥倦飛而 知還이 뉘를 다려 무러볼가 落霞 與孤鶩齊飛하고 秋水共長天一色이라 아니 놀고서 무엇을 할가나 거드러거리고 놀아보자

편시춘 (콜롬비아 40519-A, 창 오비취 북 한성준)

6. 〈편시춘(片時春)〉: 리갈 146-A

창 이선유 북 한성준

아서라 世上事 可笑롭다 東園桃李 片時春이라 娼家少婦야 웃들 말아 大丈夫 平生事業 去然히 지내가니 東流水는 굽이굽이 물결은 밧비밧비 百川이 東到海라 何時에 復西歸야 牛山에 지는 해는 齊景公의 눈물이요 汾水의 秋風曲은 漢武帝의 서름이라 피죽죽 저 杜鵑아 聲聲啼血을 자랑 마라 幾千年 未歸魂이 너도 또한 슬프련과 千古 傷心 우리 人生은 봄마다 서름이라 洛陽城東 落花消息은 公子 王孫이 凄凉하고 靑春 꿈을 놀라 깨니 白髮 서름이 더욱 설다 五陵金市銀鞍白馬는 暫時 豪傑

되런마는 長安 靑樓 少年들아 네 혼잔들 자랑 마라 滄江에 배를 씌워 風月을 가득 실고 泛泛中流를 내려가니 白鷗 飛去뿐이로다 어디서 琵琶曲 終人不見 數峰靑에 瀟湘 古跡 彷佛하고 隱隱한 祠堂은 湘山祠 痕迹인가 一壺酒가 다 盡토록 萬古事가 暗暗하다 劉伶이 嗜酒런들 墳上土에 술이 오랴 竹杖芒鞋 風月軸에 大觀江山을 하야볼가 蓬萊山을 가자 하니 南風原이 멀엇구나

편시춘 (콜롬비아 40479-A, 창 이봉희 북 한성준)

세상사 (콜롬비아 40764-A, 창 함동정월 장고 김성채)

7. 〈대관강산(大觀江山)〉: 리갈 149-A

창 이금홍 북 한성준

이 몸이 才操 업서 聖上이 바렷슴에 功名이 浮雲이라 竹杖芒鞋 單瓢子로 大觀江山 하자세라 蓬萊山을 가자 하니 弱水가 둘너 잇고 南浦雲은 멀고 멀다 우흐로 天上仙境 仰望不及 無可奈何라 人間의 萬古 景處 次例로 차지리라 鳳凰臺를 차저가니 鳳凰은 간 곳 업고 江물결만 흘너 잇다 黃鶴樓를 차저가니 鶴仙은 어듸 가고 白雲만 悠悠하구나 滕王閣 西山 後에 霞鶩이 낫단 말가 欸乃曲 未了기에 鴛鴦臺 鷗鴣로다 汨羅水를 急히 건너 屈三閭를 弔喪하고 浙江의 急한 潮水 西山寺가 凄凉하다 李謫仙 騎鯨 後에 采石江 임자 업고 蘇東坡 壬戌 놀음은 赤壁江만 남앗구나 岳陽樓를 놉히 올나 八景을 도라보니 瀟湘江 밤비 소래 班竹이 다 젓는다 寂寞한 黃陵廟에 二十五絃 彈絃 소래 蒼梧山이 문허질 듯 三湘水가 쏟허질 듯 秦淮水 기럭이난 일점 일점 나라 行列지어 써러지니 平沙落雁이 이 아니냐

8. 〈진국명산(鎭國名山)〉: 리갈 173-A

창 박록주 북 한성준

鎭國名山 萬丈峰이오 靑天 削出의 金芙蓉을 巨壁 屹立하야 北主는 三角이오 奇岩
은 徒起南案 鼇頭로다 左龍는 洛山 右虎 仁王 瑞色은 蟠空 凝象闕이오 淑氣 鍾英 出人
傑이라 美哉라 我 東方 山河之固여 聖代 泰平 衣冠 文物 萬萬世之金蕩이라 年豊코 國
泰民安커날 麟遊而鳳舞하고 縉嶽登臨을 하야 醉飽盤桓을 하오면서 感激君恩하오
리라 南山 松柏 鬱鬱蒼蒼 漢江流水 浩浩洋洋 主上殿下는 此 山水갓치 山崩 水渴토록
聖壽無疆하사 千天萬萬年을 泰平으로만 누리소서 우리도 人民이 되야서 擊壤歌를
부르리라

9. 〈텬지광탕(天地廣蕩)〉: 리갈 178-A

창 이선유 북 한성준

天地가 광탕하야 古今이 逆旅되고 光陰이 去來하야 百代의 過客이라 寂寂한 저
靑山은 말이 업시 놉하 잇고 洋洋한 碧江水는 無心히 흘너가니 千古의 興亡事를
어데 가서 물어보며 何須身後 天載名은 李靑蓮의 歎息이요 不如眼前 一杯酒난 張舍
人의 글귀로다 歷代史를 헤아리니 去如一夢이 可笑롭고 盤古氏 누구신고 天地人
三皇之節 四萬 六千 六百 年을 덧업시도 지냇구나 燧人氏 지은 집에 燧人氏 火食 먹
고 伏羲氏의 매진 그물은 前川의 고기 잡기 神農氏 망근 장기 上平田 가라보며 軒
轅氏 십용강과(習用干戈) 蚩尤를 잡은 後 洞庭 張樂 큰 노름을 게 누라 보앗든고
堯님군의 大張風流 平定 百姓을 하오실 제 康衢의 兒孩 노래 老人의 擊壤歌라 舜님
군의 五絃琴 南薰殿 달이 밝아서 百工歌를 和答을 하니 泰平聖代가 이 아니냐

10. 〈초한가(楚漢歌)〉: 리갈 191-A

창 김유앵 북 한성준

어화 세상 벗님네야 초한 승부를 드러보소 絶人지기 부질업고 순민심이 웃듬이라 한폐공 백만대병 구리산하 십사면 대진을 둘너치고 초패왕을 잡으랄 제 천상병마도원수난 걸식표모한신이라 대장단 놉히 안저 천하제후를 호령할 제 영양성도 험한 길노 팽성도 오백 리를 기리기리 복병이요 두루두루 매복이라 모계만흔 이좌거난 패왕을 인도하고 산 잘 놋는 장자방은 계명산 추야월에 옥소를 슬피 부러 그 노래 하엿스되 구추구추 깁흔 밤 하날이 놉고 달이 밝다 울고 가는 저 기럭이는 객의 수심 도도난 듯 변방만리 사지 중에 정수하는 저 군사야 너희 패왕 세 곤하야 전쟁하면 죽을 새라 철갑을 구지 입고 팔척장검을 쌔여드니 천금갓치 중한 몸이 전장고혼 되겟구나 아니 놀고서 무엇을 할거나 거드렁그리고만 노라보자

초한가 (콜롬비아 40590-B, 창 김차돈 김성화 북 한성준)

초한가 (빅타 49147-A, 창 김초향 북 한성준)

초한가 (콜롬비아 44015-A, 창 정남희 장고 한성준)

11. 〈초한가〉 : 콜롬비아 40525-A, B

창 김옥선 장고 민형식

(A) 만고영웅 호걸들아 초한승부 들어보소 거민지덕이 부지업고 순민심이 웃둠이라 한패공의 백만대병 구리산 십사면에 대진을 둘러치고 초패왕을 자부랄 천하병마 도원수는 표모걸식 한신이라 장대에 놉히 안겨 천만병마 호령한 이 오강은 일천 리요 팽성은 오백 리라 거리거리 복명이요 두루두루 매복이라 간게 만은 리좌거는 패왕을 유인하고 산 잘 놋는 장자방은 계명산 추야월에 옥통쇼를 슬피 부러 팔천제자 해산할 제 쌔는 맛참 어느 쌔야 구츄삼경 기픈 밤에 하날이 돕고 달 발은대 외기럭이가 슬픠 울어 객의 슈심 도와쥬고 변방만리 사지중에 장중에 잠 못 든 져 군사야 너이 패왕이 역진하여 장중에서 죽을 새라

철갑을 곤쳐입고 날낸 칼을 쌔여들고 월혹하여 나오면서 신세자탄 하는 말이 내 평생 원하기를 금고를 울니면서 강동으로 가자든이 불행히 패망하니 엇이 낫을 들고 부모님을 다시 보며 초강 백셩 어이 보리

(B) 전전반칙 생각하며 팔년 풍진 다 지나고 적막사창 빈 방 안에 너이 부모 장탄 슈심 어늬 누구가 아라주며 은하수 오작교난 일 년 일 차 보건마는 너이난 어이하여 조운 연분 못 보느냐 초진중 장졸더라 고향 소식 드러보소 낭궁녹초 메분이며 고당 면경 부모님은 문의외 바라를 보고 독슈공방 처자들은 한산락목 찬바람에 새옷 지여 너허 두고 날마당 기다릴 제 허무한 긴긴 날에 이마 우에 손을 언고 묘에 올나 기다리다 망부석이 되겟구나 집이라고 드러가면 어린 자식 철업시 젓 달나고 지져 울고 자란 자식 애비 불너 밤낮업시 슬피 우니 어미 간장이 다 썩는다 남산에 조혼 밧은 어늬 누가 가라주며 이웃집에 비진 술은 누구를 대하여 권할소냐 점천고후 바라보니 구리산이 적병이라 한왕이 관홍한이 불살 행군하오리라 한 번 가고 다시 못 오난 세월에 안이 놀고 무엇을 할가

12. 〈백구(白鷗)야 날지 마라〉: 리갈 190-A

창 권농선 북 한성준

白鷗야 훨-훨 날지 마라 너 잡을 내 아니라 聖上이 바렷스니 너를 좃차 예 왓노라 江上에 터를 닥가 構木爲巢를 하야두고 나물 먹고 물 마시고 팔을 드러메고 누엇네 大丈夫 살림사리가 요만하면 넉넉할거나 一寸肝腸에 매친 서름 父母 생각 샌이로다 玉窓 櫻桃가 붉어 怨情夫之離別이라 松柏垂楊 푸른 가지 놉다랏게 그네 매고 綠衣紅裳의 美人들은 이리저리 往來한다 오락가락 넘노난데 우리 벗님은 어듸 가고 端午時節를 모르던가 치어다보느냐 萬壑은 千峰 내려굽어보니 白沙地쌍이라 허-리 굽고 늙은 長松은 狂風을 못 이기여서 우-줄 우-줄이 춤을 춘다 이 골 물이 쑤리루리룩 저 골 물이 쐴쐴 열에 열 골 물 한 데로 합하여 텬방자 디방자 언턱저 방울저 건너 병풍석에다 쌍-쌍 마조 쌰려 거품이 척- 물결

은 수루리룩- 어리렁출렁청 뒤둥거려 산이 뒷둥거려 써나간다 千金駿馬 빗겨
타고서 長安 大道上으로 달려든다

　　백구타령 (일동회사 레코드 B53-A, 창 신금홍 북 한성준)
　　백구가 (리갈 359-A, 창 이옥화)
　　백구야 날지 마라 (콜롬비아 40894-A, 창 김초향)

13. 〈강상풍월(江上風月)〉: 리갈 207-A

　　창 박소춘　북 한성준

　江上에 둥둥 쓴배 風月 실너 가는 배 五湖上 煙月 속 范相國에 가는 배 桐江七里
灘嚴子淩의 낙시배 十里長江 碧波上에 往來하는 거루船 이 배 저 배 다 바리고 寒
松亭 솔을 비여 조고마하게 배를 무어 漢江에 둥뎡실 씌워놋코 술과 안주 만히
실어 거문고 伽倻琴 書畵洋琴 세피리 런대나는 북장고 딘지 실어 名技名唱歌客이
러 風流郎 豪傑男子 한 배 딘지 실어노코 밤이면은 月色싸라 童子야 네 노를 자루
저어라 술녕술녕 배 씌워라 江陵 鏡浦臺를 달마중 가자 다만 압헤 섯든 산이 문
득 뒤로 올마가니 遠浦歸帆이 이 안이냐 等狀 가자 等狀 가자 하나님 前에 等狀 가
자 무삼 緣由로 等狀이냐 늙으신 어른은 굼기지 말고 젊은 豪傑은 늙지를 말자고
이런 緣由로 等狀 가자 洛陽城十里墟에 놉고 나즌 저 무덤 英雄豪傑들이 멧멧치냐

　　강상에 둥둥 (리갈 441-A, 창 조농옥)
　　강상풍월 (콜롬비아 40465-A, 창 김홍규 북 한성준)

14. 〈운담풍경(雲淡風景)〉: 리갈 216-A

　　창 강춘섭　북 한성준

雲淡風景 近午天 小車에 술 싯고 訪花垂柳過前川 十里沙場 나려가니 넘노나니 黃蜂白蝶 주루룩 풍덩 玉波滄浪 써오나니 桃花로다 붉은 쏫 푸른 닙은 山陽江水를 자랑하고 나는 나우난 새난 春光 春興을 자랑한다 어데로 놀너 가리 한 곳을 점점 나려가니 언덕 우에 樵童이요 石壁 下에 漁翁이라 새벽 된 가을 달빗은 江心에 썩구러저 水中 山川 이루어 잇고 翩翩 나는 저 白鷗난 한가함을 자랑한다 銀鱗玉尺 펄펄 쒸고 雙雙 鴛鴦이 놉히 써 淸風은 徐來하고 水波는 不興이라 縱一葦之所興하야 陵萬頃之茫然이라 살갓치 닷난 배난 陽津 浦津 徘徊로다 南海 八景 瀟湘 洞庭 淸風 赤壁 이 아니냐 九月江山 구경하고 東海로 건너가니 我東方 錦繡江山 東金剛 西九月 南智異 北香山 伽倻山 蓬萊山 遍踏하고 三角山을 올나가니 金芙蓉 萬丈峰의 瑞色은 盤空이라

운담풍경 (TAIHEI 8093-A, 창 박록주)
운담풍경 (콜롬비아 40470-B, 창 이봉희 북 한성준)

15. 가야금병창 〈청춘원(靑春怨)〉: 빅타 49165-A, B

창 이소향 장고 오태석

(A) 어화 청춘 벗님네야 청춘을 허송 말고 할 일을 하야보세 인생의 백행근본이 충효밧게는 또 잇느냐 王生은 叩氷하야 어름 궁게 鯉漁 낙고 孟宗은 泣竹하야 눈 속에 竹筍을 썩거서 兩親奉孝를 하오셔라 西山에 지는 해를 긴 쓴으로 매여두고 北堂에 鶴髮兩親님을 더듸 늙게 하오면서 餘力으로 學問하야 立身揚名이 더욱 좃네 君不見 東園桃李 片時春가 倡家少婦야 웃들 마라 靑春夢을 겨우 쌔니 白髮 서름이 더욱 설네 洛陽城東 落花 消息 公子 王孫이 凄凉하구나 天皇 地皇 人皇氏 靈帝 伏羲 神農 黃帝 堯 舜 禹 湯 文 武 周公 德行 몰나 늙엇스며 天下 英雄 秦始皇은 萬里長城을 단장삼고

(B) 육국 제후 조공 밧고 삼천궁녀 시위할 제 삼신산이 멀고 멀되 원하는 것이 불사약이라 동남 동녀 오백인을 봉래산에 보냇드니 약수 삼천 먼먼 길에 소식좃차 돈절하구나 사구평대 저문 날에 여산 청초 속절업고 분수에 추풍곡은 한무제의 서름이라 말 잘하든 소진 장의 육국제왕을 달냇스되 염라대왕 못 달내여 한 번 죽엄 못 면하고 독행천리 관운장은 천하에 맹장이로되 미흡하다 말쌴이라 그러한 만고 영웅 사적이나 잇건마는 우리 초로인생이야 아차 한 번 죽어지면 사적인들 잇슬소냐 우리도 국민되야 사업장려를 하올 적에 정신수양 업슬소냐 거드렁거리고 놀아보자

16. 〈어화 세상〉: 리갈 262-A

창 오비취 북 한성준

어화 세상 벗님네야 세상을 허송 말고 할 일을 하여보소 인간의 백행근본 충효밧게는 또 잇느냐 왕생은 고빙하여 어름 구멍에 잉어 낙고 부모봉양을 하여 잇고 맹종은 읍죽하여 엄동설한에 죽순을 썩겨 부모봉양을 하엿스니 그 아니 충효열인가 인생이 뜻 업스니 세상 공명이 부운이라 인생일장춘몽임을 아니 노지는 못하리라 공명을 하직하고 팔도강산을 유람갈 제 죽장을 집고 망혜를 신허 천리강산을 드러가니 일등 미인이 다 모엿네 왜 이다지 소식좃차 무소식 부인화역이면 조미인당문공과 촉석경루 원선부인이 일면으로 안젓는데 경치가 장히 기이하다 수천장 걸닌 폭포는 의시 은하 락구텬이요 백만 길 놉흔 봉은 만첩청산 금부용이라 백로 백구 부안 들은 도화류수 써서 놀고 황금 같은 저 쇠꼬리는 세류 간으로 베를 짠다 출처 업는 원종성 곳곳에 이러날 제 난물도 하려니와 춘주나 먹으리라 형상 백옥반의 팔진미 다 먹어놋코 대모잔 유리병의 천일주를 부어 내여

264

17. 〈죽장망혜(竹杖芒鞋)〉 : 빅타 49036-B

창 이동백 장고 지동근

엘화 청춘 소년들 가는 세월 원망 말고 깁히 생각하여보소, 백발을 원망 말게 쌋댁하면 늙는구나 늙으면은 할수업지, 창해갓치 깁흔 뜻을 어느 곳 가 호소할 고? 광활남북 조흔 천지 금수강산이 제일 좃네, 노쟈 젊어 놀아 늙으면은 못 놀 지 엇지하야 못 노는고? 일왈, 자손 경계하쟈니 체면에 못 놀고, 남의 말 어려워 도 못 놀고, 돈이 앗가와도 못 놀고 또 못 놀고 그리면은 엇질거나? 죽장 둘너집 고 강산천리 들어가, 폭포도 장히 좃타마는 려산이 거긔로구나, 비류직하삼천 척을 녜-ㅅ말 듯고 차져가니, 과연 허언이 아니로구나 그 물이 류두하여 짐검 씻고, 석경은 하 줍은 길 탄탄격로로 내려가니 철익은 밧 갈고 사호는 안져 바둑 을 두시네, 금릉탄 여흘물에 고기 낙는 어옹 하나 양의갓옷을 썰어 입고 버슬 줄을 몰으는가? 오회라! 성현기군평하니 미제 군평역기세라, 황산곡을 돌아드 니 죽림칠현이 다 모엿구나, 령척은 소를 타고 맹호연은 나귀를 탓구나 두목지 볼야 백락천변 내려가니

18. 〈죽장망혜(竹杖芒鞋)〉 : 리갈 262-B

창 오비취 북 한성준

大丈夫 功成 進退之後로 할 일이 바이 업서 竹杖 집고 芒鞋 신어 千里江山을 드 러가니 瀑布도 장히 좃타만은 廬山이 여기로다 飛流直下 三千尺은 녯인 말로 드 럿더니 疑是銀河落九天은 과연 虛言이 아니라 그 물 流到하여 塵襟을 씻친 후 石徑 의 좁은 길노 인도한 곳을 나려가니 沮溺은 밧흘 갈고 四皓人 안자서 바둑을 둔 다 箕山을 넘어들어 潁水로 도라드니 許由는 어이하여 팔 것고 귀를 씻고 巢父난 무삼 일로 소고세를 거사렷나 滄浪歌 반겨 듯고 소리 좃차 나려가니 嚴陵灘 여울

물에 고기 낚든 漁翁들은 羊衣 갓옷 썰쳐 입고 벗을 줄을 몰으신다 嗚呼라 世人棄
君平하니 美哉 君平亦棄世라 黃山谷을 도라드니 竹林七賢이 다 모혓다 寧戚은 소
타고 孟浩然은 나귀 타고 杜牧之를 보랴 하고 白樂天변을 내려가니

19. 〈태평천지(泰平天地)〉: 리갈 268-A

창 오비취　북 한성준

태평천지 늙은 몸이 광주 고향을 보랴 하고 제주 어선 빌녀 타고 해남으로 건
너갈 제 흥양에 도든 해는 보성에 빗쳐 잇고 고산에 아침 안개 영암을 둘너 잇다
차인란신 우리 성군 우혁을 장흥하니 삼태육경 구촌심은 방백 수령의 진안군이
라 고창성에 놉히 안자 나주 풍경 바라보니 만장 群峰이 놉히 솟아 층층한 익산
이요 백리 담양 흐르난 물은 구비구비 만경인데 용담의 맑은 물은 이 아니 용안
치며 능주의 붉은 곳은 곳곳마다 금산인가 남원에 봄이 드러 각색 화초 무장하
니 나무나무 임실이요 가지가지 옥과로다 풍속은 화순이요 인심은 함열인데 기
초는 무주하고 자혜는 영광이라 창평한 조흔 세상 무안을 일삼으니 사회 봉상
낙안이요 구례 형자 동복이로구나 강진의 상고선은 진도로 건너갈 제 금구 험한
길노 나진 게 금기로다 아니 놀고 무엇을 할거나 거들어거리고 놀아보자

20. 〈명기명창(名妓名唱)〉: 리갈 268-A

창 박소춘　북 한성준

명기명창 풍류랑과 가진 호사식혀 교군 태워 압 세우고 일등 세악수 통영갓
방패 철익 안장마를 태우고 형세 좃코 아름아름 먹도 알고 강기러진 오입쟁이
수백 명 모도 모아 각기행찬찬함 작만하야 팔도강산을 유람갈 제 경상도 태백산
낙동강을 구경하고 전라도 지리산 동진슈를 잠간 들너 충청도 계룡산 백마강을

잠간 보고 강원도 금강산 구룡연을 구경하고 함경도 백두산 두만강을 보고 평안도 묘향산 대동강을 좌우로 둘너 황해도 구월산 세류강을 구경하고 경기도 삼각산 임진강을 보고 금부용 만장봉 종남산은 천년산 한강은 만년수라 북악은 억만봉 상봉 삭출이요 선재건곤 만안은 즁이로다 수락산 폭포수 남에는 서장대 이화정 당춘대 필운대 세검정 백령도 달쓴 구경 남안산셩 허유에 올나가서 아니 놀고 무엇을 할거나 거들거려 놀아보자

　　명기명창(시요지구레코드 8-A, 창 한성기)
　　명기명창(콜롬비아 40539-A, 창 김차돈 북 한성준)

21. 〈청류원(靑柳怨)〉: 리갈 288-A

　　창 정남희　북 정원섭

세상은 거짓 갓고 인심은 호박한데 뉘를 밋고 사잔 말가 동원에 도리화는 나 밋고 피엿스며 시내가에 실버들은 원앙 밋고 느러젓나 구십춘광 다 가도록 나만 홀노 쓸쓸하다 젓나니 옷깃이요 흘으나니 눈물이라 지난 밤 모진 광풍 봄비를 아서가고 서산에 지는 해는 이내 청춘을 아서간다 가는 봄도 가석하나 이내 청춘 더욱 설다 여보소 친고님네 창가소부를 웃질 마소 홍안 방면 못 면하여 울 쌔에 우슬망정 마음좃차 웃겟는가 일배 일배 싸른 술이 손 싯테 한이 맷쳐 넘치난 줄 몰나구나 당신에 학발양친 이래지망이엿드니 마음은 주마 갓고 일신은 천 근이라 청루에 잇는 몸이 봄이 온들 무엇하며 꼿치 진들 소용 잇나 우리도 언제나 한업시 노라볼거나 거드렁거리고 노라보자

22. 〈청춘을 허송 마라〉: 리갈 288-B

　　창 정남희　북 박상근

어화 청춘 벗님네야 청춘을 허송 말고 할 일을 하여보소 인생의 백행 근본 충효 밧게는 또 잇느냐 왕생은 고빙하여 어름 구녁에 잉어 낙고 맹종은 읍죽하여 눈 속에 죽순을 쓴어서 양친성회를 하오면서 서산에 지는 해는 진 쓴으로 매여 두고 북방에 학발양친 임은 더듸 늦게 하오면서 대력으로 학문하여 입신양명이 더욱 좃타 군불견 동원도리 편시춘 창가소부야 웃질 마라 청춘몽을 겨우 깸이 백발설움이 더욱 설다 락양성중 락화소식 금제왕 소식이 처량쿠나 천황 지황 인왕씨 염제 복희 실농황제 요순우탕 문무주공 덕행으로 늙어스며 천하영웅 진시황은 만리장성 단장 삼고 육국 제후 조공밧고 삼천궁녀 세유할 제 삼신산이 멀고 멀되 원한은 게 불사약이라 거드렁거리고 노라보자

23. 〈가자 어서 가〉 : 리갈 299-A

창 오비취 북 한성준

가자 어서 가 위수 건너 백로 가 백로 횡강 함쇠 가 소지로화월 일선 초강 어부가 빈 배 기경선자 간 연후 공추월지단단 자라 등에 저 달 실고 우리 고향 어서 가 한산농명월 원근 산이 조흘시고 고고텬변일륜홍 부상에 놉히 솃다 어룡은 잠자고 자규새 펄펄 나라들 적에 동정여천에 파시추 금성추파가 이 아니냐 압발노 벽파를 쎡어다리며 뒷발노 창랑을 탕탕 요리저리 저리요리 앙금 당실 쩌 사면을 바라보니 동정은 칠백 리 파광은 전일색 천의무삼십이봉은 구름 밧게 멀고 해우 소상 일천 리 안악에 경계라 악양루 놉흔 집 뒤잠이 안저 뒤웅거려 동청을 채위하고 북방소식 저 기럭이난 소상강을 돌고 천봉만악을 바라보니 치어다보니 만학은 천봉 나려 구버보니 백사지 쌍이라 허리 굽고 늙은 장송 광풍을 못 이기여 우즐우즐 춤을 추고 천리 시내는 청천으로 돌고 이 골 물이 쭈루루 저 골 물이 쌍쌍 여리열두 골 물 한 데로 합수쳐 천방자 지방자 언덕져 구부져 건너 병풍 속에다 쌍쌍 마주쳐 산이 쑬렁거려 떠나간다 어데메로 가자느냐 아

마도 네로구나 요런 경치가 또 잇느냐 아니 놀고 무엇하리

24. 〈경기가(京畿歌)〉: 리갈 344-A, B

창 정남희 작사 김석구 장고 정원섭

죽장망혜 대활보로 삼각산에 높히 올나 좌우 산천을 둘너보니 룡반호기 안산이요 정도가 리쳔되니 상영이 명월이라 풍덕으로 적성하고 숙예로 개성하니 용인에 인사들과 양지에 지장들은 윤강을 시흥하고 무용을 진위타가 오대산 속 이산에 수원이 이쳔되니 성언을 입고 오니 인쳔이 안이든가 장단에 쉬지 안코 련쳔으로 흘러쳐서 태극으로 안고 도니 포쳔이 되얏서라 정이 깁게 교하하야 통진이 되엿스며 낙조가 영수되니 금포가 여긔로다 적벽강 채석강을 긔 뉘라서 부러워하랴 죽산에 놀든 봉황 흥에 겨워 춤을 추고 양근에 쇠꼬리는 환유성이 아름답다 마젼에 심은 면마 시시로 무성하니 시화년풍 되엿스니 사해가 부평이라 광주산성 다시 올나 임죽하에 자리하고 시수를 펼쳐놋코 풍월을 읊흐면서 양성에 바람쐬어 진금을 떨친 후 고양쳔을 바라보니 흘러가는 양쳔이라 농사계를 틈을 타서 지평에다 독긔 갈아 왼 어깨에 들이메고 양평 가평을 들어가서 락락장송 비여내여 파주 언덕 터를 닥가 수간초옥 지여노니 배산금수경이 조타 남양에 밧흘 갈고 양주에다 술을 사서 쳔일환주 장취하니 태평곡을 불으더라 이내 몸이 부운 갓고 우수 갓치 반기서라 세상 써난 이 취미를 긔 뉘라서 알겟느냐 멋 모르는 소년들은 우부라고 일으더라

25. 〈탐승가(探勝歌)〉: 리갈 377-A, B

창 정남희 작사 김석구 장고 정원섭 (가야금병창)

(A) 어화 청춘 벗님네야 부귀와 공명을 좃타 마소 이주륙국 탄하고 만리장성

높히 싸든 만고영웅 진시황과 백만대병 호령하야 삼국세력 독심하든 일세영웅 조맹덕도 지금 와서 쓸데업다 장생극락 방법 어더 천지 주인 되어보세 삼삼오오 죽장을 끌어서 광능춘화 구경하고 동방명승 차저가니 무릉산이 여기로다 해양 고도일리간에 구곡 시내 맑은 물결 석경을 빗겨 잇고 청송록죽 곳곳마다 양심인 가가 은은하구나 산수 좃차 들어가니 수원지가 여기로다 아이 장난 푸릇난듸 경 수북풍에 야자파라 백구 편편 나라오고 금인 펄펄 쇡여노니 경치가 더욱 한가 하구나 취가 일곡 맛친 후에 석교 건너 들어가니 증승사가 여긔로구나

(B) 보리쌍수 푸르러 잇고 백운류수 깁헌난듸 시이내니 쇠북은 땡땡 삼생 인 연을 깨울세라 송하 동자 갈킨 길노 백운 속을 드러가니 양사암이 석불이라 오 류봉이 놉하 잇고 취하자련 깁헌난듸 비류직하 급한 형세는 은하수를 쏫아내니 용출폭포가 여긔로다 탕영탁족 하고 나니 빈인후라 상쾌하구나 승피백운 놉히 올나 선정봉을 당도하니 긔암괴석 장엄하다 천황 지황 인황봉과 입석 서석 삼존 석은 십대절승을 버러 잇고 도화 천편 붉엇난듸 왕모일원 한가하다 크게 색인 천세운전 안긔 수적 분명하고 백제 무릉 부곡이면 실라 소사 고려 태사 충장공 의 구접구련 산린벽해 수유개로 백운쑨만 유유하구나 보조국사 서실리며 지공 불의 큰 너들은 우해마생 공석인데 지장귀봉 원여암은 우리 극락 정토길을 것침 업시 모도 이러스니 시호 시호 부재래로구나 아미타불노 노라보자

26. 〈남원산성(南原山城)〉: 리갈 414-A

창 조농옥 북 한성준

남원산성의 긔화문 우에 허유 허유 올나가서 치어다보느냐 만학은 천봉 나려 구버보니 백사지땅이라 허리 구부러진 늙은 장송은 광풍을 못 이기여서 우줄 우 줄 춤을 춘다 느러진 잔목이며 펑퍼진 썩갈 능수버들이며 호두자 벗나무라 안즌 키 물푸리 지자는 동백이요 가는 뎅뎅의넝출은 얼키러지고 트러저서 구비 칭칭 감겻난데 원산은 낭아 근산은 충추 긔암은 층층 매산이 우러 시내유수난 천산으

270

로 돌고 이 골 물이 쭈르르 저 골 물이 쭐쭐 여리열두 골 물이 한 데로 합수쳐 천
방자 지방자 얼떡져 방울져 건넌 평풍석에다 쌍쌍 마주 쌔려 벅금이 북적 울넝
거려 뒤둥그러져 워리렁 궐궐 뒤둥그러져 산이 울넝 써나간다 요런 경개가 쏘
잇슬소냐 거드렁거리고 노라보자

    금수강산 (오케이 1605-A, 창 임방울 장고 김종기)

27. 〈화류정한(花柳情恨)〉 : 리갈 2024-A, B

    창 정남희 장고 한성준

    (A) 東方이 得意하니 萬物이 生心이라 靑帝가 東巡함에 到處마다 春光이요 坊坊
曲曲 和氣로다 마른 나무 닢이 피고 시든 芳草 싹이 난다 草木禽獸도 皆有樂이라
各色 花草 너울너울 春光을 자랑하고 飛禽走獸 싹을 지여 弄春和答 往來한다 百花
爭發 爛漫 中에 探香 蜂蝶 亂舞한데 九十春光이 조흘시고 玉시내에 드린 버들 물에
반만 잠겻스니 周亞父는 없었으나 細柳營이 거기런가 황금갑옷 썰쳐 입은 金衣
公子 노래소리 喚友聲이 분명하다 空手來空手去로 浮生 百年 덧업것만 어이타 이
네 신세 路柳墻花 몸으로서 오는 나뷔 가는 벌에 시달리는 곳이 되고 送別客이
주고 밧는 버들이 되단 말가 靑樓 紅燈 遊興場에 歌舞가 本業이라 月明 風淸 夜三更
에 風流郎과 對酌하니 金盞에 쓴 정이 秋波로 일키인다
    (B) 芝蘭같이 사긘 情을 鴛鴦같이 살쟀더니 惡運이 摩戱하여 멋 해가 다 못 되
어 各分 東西 晝夜相思 생기난 게 病이로다 곳핀 아츰 달뜬 저녁 흐르나니 눈물이
요 쉬는 것이 한숨이라 獨守空房 凄然心懷 呼訴할 곳 어듸이며 相思 不見 斷腸曲을
뉠과 함께 和答하리 서름으로 보낸 세월 春風 秋雨가 멋 번이며 눈물이 비가 되면
九曲肝腸 타는 불을 拘礙없이 써주련만 한숨이 바람되여 붓는 불을 돕는구나 임
게신 곳 어듸런가 山疊疊 水重重의 音信조차 頓絶하니 三春花柳 五陵公子를 怨望한
자 멋멋이며 鬪鷄少年 아이들아 곳을 진정 사랑커든 고히 길너 썩지 말고 白馬金

鞭 豪傑들아 綠陰을 앗기거든 버리지를 말엄으나 보고 썩고 썩고 버려 발길에 짓 발피니 賞春惜花登道者라 어느 뉘가 일을손가

28. 〈천하태평(天下泰平)〉: 리갈 2029-A

창 신숙 장고 한성준

천하가 태평하면 은무수문하려니와 시절이 분요하면 포연탄우 만날 줄을 사람마다 아는 배라 진나라 모진 정사 맹호 독사가 심하더니 사슴조차 잃단 말가 초망의 영웅들이 질족자의 솟을 두고 곳곳이 이러날 제 강동의 성낸 범과 패택의 잠긴 룡이 각자기병 힘을 모아 진나라를 섬멸할 적에 선입정관중자즉왕하리라 깊은 언약이 어젠 듯 오날인 듯 어쎄타 초패왕은 잠시 세력을 밋고 배은망덕을 하단 말가 무죄한 패공이를 아모리 살해코저 홍문연에 와 설연한들 하나님이 내신 사람 버서날 길이 없을손가 유령즉아 옛말삼을 일로 보아 알리로구나 우이를 살펴보니 백모 황원 장창 매고 청도 금도 대기치며 영기 방패 숙정 패수 장능 장삼 모장을 좌우로 늘이세우고 증군수착기를

29. 〈청루가인곡(靑樓佳人曲)〉: 리갈 2040-A, B

창 정남희 장고 한성준

(A) 이팔청춘 이내 몸이 나비 길의 솟이로다 한궁의 비연이요 초대의 선녀로다 한양의 유협객과 오릉의 귀공자로 가무를 수련하니 천금이 일소로다.

마음 안의 풍류랑을 황혼가약 굳이 맺고 연이지혜 천년기약 운무몽이 자잣더라 앵무배에 자하주를 월하에 흘러 부어 금루에 한 곡조로 내 잡고 님 권하니 부용장 비취금에 봄도 길고 밤도 쨟다.

삼생의 맺힌 연분 능라같이 잠긴 정을 용천검 드는 칼로 비려든 비거나 홍로

272

화 모닥불로 살르려든 살르거나. 공명도 허사이오 부귀도 쑴밥이라.

굶고 먹고 먹고 굶고 살지 말쟀더니 조물의 세음인지 금석같이 굳은 맹서 구름같이 흩어지니 월로에 맺힌 실이 악인연이 되단 말가

강산이 멀고 멀어 소식조차 돈절하다 추파로 흘린 정이 단장하는 칼이 되어 상사불견 이내 간장 구비구비 오려낸다

(B) 박명한 이내 인생 이별할 제 왜 살았노

만정이화 밝은 달과 오동추우 듣는 밤에 일병잔촉 벗을 삼어 독수공방 맺힌 근심 월삼경 두견성에 겨우 든 잠 깨여보니 원앙침에 우든 흔적 눈물이 새로 젖고 상사에 자든 자취 틔끌만 남어 있다 상시에 품은 진정 쑴에 만나 왜 못 폈노

옥창 밖 앵도화는 봄은 어이 쉬 가노

꽃 속에 잠든 나비 우리 님의 넋이런가 가지 우에 우는 새는 이내 시름 짜어낸다 나 혼자쌘 남아의 호신세로 화류춘풍 잠겼으니 쓸쓸한 한 여자를 쑴길에 나 생각하리 한숨이 바람되면 뫼라도 문허지고 눈물이 비 곧 되면 돌이라도 풀리리라

행인임발우개봉하니 다 못 그린 이내 사정 벽사창 지는 달에 몇 번이나 새로 쓴고 세월이 무정하야 록발이 절로 인다 금생에 그린 님을 후생에나 다시 만나 녹수의 원앙같이 백년을 함께 하세

30. 〈몽유가(夢遊歌)〉: 콜롬비아 40008-A, B

창 심상건 장고 이흥원

(A) 大丈夫 虛浪하여 富貴功名을 下直하고 三尺童 一匹驢로 勝地江山을 遊覽할 제 秦始皇 古國址와 萬里長城 阿房宮과 鳳凰臺 黃金臺며 仙人掌 承露盤에 漢武帝 千秋遺跡 吳, 隋, 唐, 越, 魯, 蔡, 宋, 都邑터를 다 본 후에 江山이 旣盡하되 豪興이 尙存하야 玉欄干에 놉히 올나 引壺觴而自酌 後에 邯鄲枕을 모두 베고 莊周胡蝶에 잠이

드니 쑴이 또한 생시갓치 右手를 놉히 들어 瀟湘斑竹을 둘너접고 半夜靑山 들어
가니 山容水勢도 조컨마는 草木茂盛이 아름답다 層層巖絶壁上에 落花로 자리삼고
古今英雄 文章 烈士 隱逸화탕 絶代佳人 玄巾野服으로 喧嘩하여 모혓는데 座上에 안
진 손님 누구누구 안지셋노 天下壯士 風流英武 事君父養 皐陶稷高 萬古忠臣 龍逢比
干志節 놉흔 伯夷叔齊 劍舞一手 項將이며 秋風江東 張翰이며 五湖泛舟 范相公

　(B) 기주하던 劉伶이며 愛月하던 太白先生 喋喋利口 蘇秦 張儀와 洞簫名唱 張子
房이 一邊으로 모핫는데 英雄과 豪傑이 모힌 곳에 一等美人이 모하든다 媄姬 妲己
褒姒姬며 唐明皇 楊貴妃 夏姬 息夫人 蔡文姬 烏江落淚 虞美人이 一邊으로 모핫는데
英雄과 絶色이 모힌 곳에 景致 無窮 奇異쿠나 數千丈 걸닌 瀑布 疑是銀河落九天을
百萬길 놉흔 峰은 靑天削齣 金芙蓉과 白鷺 白鷗 鳥雁들은 桃花流水 떠 놀고 鸞鳳孔
雀 靑鶴 白鶴 杜鵑 鸚鵡 海東靑은 萬壑千峰 往來한다 春酒나 먹으리라 白玉盤 鯨骨樽
에 第一山茱 不老草며 一等 海物 조흔 안주 畫器에다 가득히 담아 놋고 座上에 안
진 손님 巡盃대로 勸하올 제 川去漁夫 欸乃聲에 南柯一夢 훗터지니 어화 덧업구나
大丈夫 平生 所願 夢中에도 못 니루니 웃지 아니 寃痛하리 洛陽城 十里許에 놉고 나
진 저 무덤은 英雄과 豪傑이 멧멧치며 絶代佳人이 누구누구냐 憂樂中分非(未)百年
을 少年行樂이 片時春이라

　　　호접몽(장부한) (오케이 1579-A, B, 창 이소향 장고 박녹주)
　　　장부한 (콜롬비아 40472-A, 창 한농선 북 한성준)
　　　引壺觴而 (콜롬비아 40639-A, 창 주송사 북 강만수)

31. 〈소상팔경(瀟相八景)〉: 빅타 49088-B

　창 심상건　장고 한성준

　泛彼中流 써나갈 제 茫茫한 滄海이며 蕩蕩한 물결이라 白빈洲 갈마기는 紅蓼岸
으로 나라들고 湘江의 기럭이는 平沙로 써러진다 요량한 남은 소래 漁笛이 그엿

마는 曲終人不見에 巫山만 푸르럿구나 欸乃聲 中 萬古愁는 날노 두고 이름이라 長
沙를 지내가니 賈太傅 간 곳 업고 멱羅水를 바라보니 屈三閭 漁服忠魂은 어듸로
가셧는고 黃鶴樓를 다다르니 日暮鄕關何處是오 煙波江上使人愁는 千秋에 遺跡이로
구나 鳳凰臺를 다다르니 三山半落靑天外요 二水中分白鷺洲는 李太白의 노든 데요
潯陽江을 당도하니 白樂天 一去 後에 琵琶聲이 싇어젓다 秦 淮水를 드러가니 隔江
에 商女들은 亡國恨을 모르고서 煙籠寒水月籠沙에 後庭花만 부르더라

32. 〈소상팔경(瀟湘八景)〉: 콜롬비아 40028-A

창 이화중선 장고 이흥원

山勢이 潛形하고 陰風이 怒號한데 千兵萬馬 서로 마자 鐵騎刀槍 이엇난 듯 簷下
仝에 急한 形勢난 百尺 瀑布가 쏘아를 오고 대숩풀 흡쑤리니 皇英의 깁흔 恨을 葉
葉히 呼訴하니 瀟湘夜雨가 이 아니냐
七百坪湖 맑은 물은 上下天光이 푸르럿다 어름박휘(氷輪) 문득 솟아 中天에 徘
徊하니 桂宮 姮娥 丹粧하고 새 거울을 열엇난 듯 寂寞한 魚龍들은 勢를 웃어 出沒
하고 楓林의 鬼火들은 빗을 놀내여 사라지니 洞庭秋月이 이 아닌가
煙波萬頃은 하날에 다앗난데 바람 힘에 어기여……어기여……이야하……
저어가고 다만 압헤셧든 산이 문득 뒤로 올마가니 遠浦歸帆이 이 아닌가
水碧沙明 兩岸苔에 不勝淸怨却飛來라 날아오는 기럭이난 갈대 한 아름 입에다
물고 일점 이점으로 점점 나라 行列지어 쎠러지니 平沙落雁이라고 하는 데요

소상팔경 (콜롬비아 40519-B, 창 권금주 북 한성준)

33. 〈만고강산(萬古江山)〉: 빅타 49004-A

독창 이화중선 장고 지동근

만고강산 유람할 제 삼신산이 어디멘고 일봉내 이방장과 삼령주 이 안이냐 죽장 집고 풍월 실어 봉내산을 구경갈 제 경포 동정호 명월을 구경허고 청간정 낙산사와 총석정을 구경허고 단발령을 얼는 넘어 봉내산을 올나서니 천봉 만학 부용들은 하날 우에 소사 잇고 백척 폭포 급한 물은 은하슈를 기우린 듯 잠든 안 개 새여 잇고 말근 안개 잠겻스니 선경일시가 분명쿠나 새맛참 모춘이라 불근 꼿 풀은 입과 나는 나뷔 우는 새는 춘광춘색을 자랑헌다 봉내산 조혼 경치 지척 에 던저두고 못 본 지가 몃 해런고 다행히 오날이야 만고강산을 유람할 제 이곳 을 당도하니 옛일이 새로워라 어화 세상 벗넘네야 상전벽해를 웃지 마소 엽진화 락 뉘 업슬가 서산에 걸닌 해는 양류사로 잡아매고 동령에 걸닌 달은 계수에 머 물너라 한업시 놀고 가자 어이 허면 잘 놀손야 젊어 청춘에 마음대로 놀고지고 놀고 먹고 놀고 주야장천에 노아볼 적에 거들엉거리고만 놀아보자.

만고강산 (오케이 1780-A, 창 박록주 장고 이소향)
만고강산 (TAIHEI 3070-A, 창 김남수)
만고강산 (콜롬비아 40531-A, 창 황재경 피아노반주)
만고강산 (콜롬비아 40590-A, 창 김차돈 북 한성준)

34. 〈팔도강산(八道江山)〉: 오케이 1649-A

창 박중근 장고 김종기

가자 가자 놀녀 가자 江山 구경을 단일 적에 慶尙道 太白山과 洛東江을 구경하 고 全羅道 智異山과 東流水를 구경하고 忠淸道 鷄龍山 白馬江을 구경하고 京畿 三角 山의 臨陣江 구경하니 往十里 靑龍이요 萬里재(峴) 白虎로구나 南山은 千年山이요 漢江은 萬年水라 北岳은 億萬峰이요 上峰 削뻬 大衝視하니 仙場 人地 天下乾坤 西方 山水 地境外라 壺裡乾坤 萬壑中과 水落山 瀑布水 南原의 西將臺 붓척 굴러 梨花亭 蕩

春臺 弭雲臺 洗劒亭 白煙洞 달쓴 亭 보고 南原山城 箕華門을 허유 허유 올나갈 적에 치여다보느냐 萬堅千峰이요 나려굽어보니 白沙地에 허리 굽고 늙은 長松은 狂風을 못 닉이여 우줄우줄 춤을 추는데 느러진 長松 펑퍼진 썩갓 능수버들이며 호도 잣 벗나무 행경피 물푸레 지자는 冬柏이요 가는댕댕 으름넌출 얼크러지고 뒤틀어저서 구븨칭칭 감겼는데 거드렁거리고 노라보자

35.〈싹타령〉: 콜롬비아 40496-A, B

창 한농선 북 한성준

(A) 황상은 허주벽산월이요 고목은 기임창우운이라든 이태백으로 한 쌍삼은 정리관삼월이요 만국병정 초목풍이라든 두자미로 싹을 짓고 낙하는 여고목 제비하고 주수는 공작천일색이라든 왕자안으로 웃짐 지고 백노는 횡강하고 수강은 접천이라 하든 소동파로 말 몰여라 둥덩지덩 지더라둥덩 지덩덩

좌무수이종일하고 탁청청이자결이라 하든 한태수로 한 쌍 삼임야강인불식하니 낙금비파동정호라 하든 여등빈으로 싹을 짓고 유산곡수에 헤풍화창이라 하든 왕히지로 웃짐 지고 부강은 약금이요 정영은 침벽이라 하든 빙징으로 말 몰여라 둥덩지덩 지더라둥덩 지덩덩

여양비고동지내하니 경파에 상어위곡이라 하든 백낙천으로 한 쌍 부수는 탈상징하니 평생을 일편심이라 하든 맹호연으로 싹을 짓고 청산수첨에 벽계일곡이라 하든 도연명을 웃짐 지고 통만지여우하여 감제왕제홍망이라 하든 사마천으로 말 몰여라 둥덩지덩 지더라둥덩 지덩덩

역발산기개세는 초패왕의 버금이요 추상점열일충은은 오자서의 정영이라 봉궁과인하고 독행처니 하든 관공주로 한 쌍 춘광일월하고 송투금석하여서 북송실하든 악봉지로 싹을 짓고 장판파구에 아도일신이 도시담이라 하든 조자룡으로 웃짐 지고서 량명상으로 보전육자하든 마번기로 말 모여라 둥덩지덩 지더라둥덩 지덩덩

(B) 오호편주를 흘이저어 범상국을 딸아가든 서시로 한 짝 회도일소뱅미상 어육궁본대무안생이라든 양옥진으로 짝을 짓고 아하영옥장에 주파의 눈물지는 우미인으로 웃짐 지고 여웅어천근지를 일조에 이가하든 초선으로 말 몰여라 둥덩지덩 지더라둥덩 지덩덩

낙양동춘이화정의 마구선자 옷 택하든 증겨파로 짝을 짓고 창오산 구름 속에 죽상전에 눈물지든 아왕영으로 웃짐 지고 청설영 놉은 고개 피눈물을 홋쑤리든 왕소군의 말 몰여라 둥덩지덩 지더라둥덩 지덩덩

벽람의 추월 갓고 녹파의 부용 가튼 춘향으로 한 짝 낙양과객풍뉴호사의 이도령으로 짝을 짓고 종기를 기우하여 수유수이화창이라 하든 방자놈의 말 몰여라 둥덩지덩 지더라둥덩 지덩덩

타고 노자 타고 노라 대국천자는 코기리 타고 우리 조선왕은 연을 타고 각 재상은 초안 타고 각 골 수령은 내묘 타고 안기생은 사자 타고 적송자는 구름 타고 일광노는 하유 타고 두목지는 소를 타고 맹호연은 나귀를 탓구나 거드렁거리고 노라보자

판소리 더늠의 시학
ⓒ 정양 2001

1판 1쇄 │ 2001년 12월 7일
1판 2쇄 │ 2007년 3월 26일

지 은 이 │ 정양
펴 낸 이 │ 강병선
책임편집 │ 김현정 조연주 장한맘 손미선
펴 낸 곳 │ (주)문학동네
출판등록 │ 1993년 10월 22일 제406-2003-000045호

주   소 │ 413-756 경기도 파주시 교하읍 문발리 파주출판도시 513-8
전자우편 │ editor@munhak.com
전화번호 │ 031) 955-8888
팩   스 │ 031) 955-8855

ISBN 89-8281-448-5 03810

www.munhak.com